簡　媜　總策畫
簡　媜、楊茂秀 等　故事

黃照美　主廚
石　憶　整理

獻給　每個屋簷下
揮動鍋鏟的灶頭菩薩——媽媽。
獻給　經歷滄桑卻依然真誠的人。
獻給　有情有義的
好朋友。

總策畫序——

一桌珍饈，換一個故事

簡 媜

這是一本讓人流口水、也流淚水的書。

最初的構想大約在四五年前產生。那時，飲食已鬧烘烘成為這社會的顯學，而且幾乎是唯一顯學。我當然不否認其重要，卻也不太能接受其如此重要。有一天，我忽發奇想，既然每個人皆有所謂「性格」，是否也可以套用「飲食性格」加以指稱其餐飲習性，而一個人的「飲食性格」從何時開始形塑，被誰塑造？由此提問，自然地將朝形上層次搜索，換言之，除了生理過敏反應、顧及健康因素而被排除的食物之外，每個人心中都有一部精彩的食物版《史記》，勝敗興衰、愛恨情仇，必呼應其童年成長與深刻的人生體驗。簡言之，菜餚只能飽口腹，故事卻能宴肺腑，裝菜餚的那個盤子，就是每個人獨一無二的故事。

我不禁期待這樣的聚會場景：三五好友圍坐餐桌，不談政治不問財經不搬弄是非，只樸實地輪流說出自己的故事，桌上擺的都是家常菜，每道菜對應著一段不為人知的生命故事。說者、菜餚、故事三者合一，與好友共享人生感悟。

這本書初具雛型，卻一直無法下手。因為，說故事的人易尋，能重現說故事者念念不忘的佳餚的「廚房巫師」難找。有一天，我對擅長廚藝的黃照美女士（朋友慣稱她黃姊）提起這個想法，她反應熱烈，而且露出「來啊！只要說得出菜名，我就做得出」的派頭。我善意提醒她，說故事者開的菜單可能天南地北甚至旁及台灣小吃，至少要做八十道菜且不能重複。她充滿自信，一副「一夫當關，萬夫莫敵」模樣。我自此知道天降神兵，她不僅是廚房巫師更是鍋爐玩家。靈魂人物現身，接下來，一桌珍饈換一個故事。

收在本書裡的共計八次盛宴，八個說故事人帶來八個扣人心弦的生命故事。時間上，從日據時代、抗戰時期、白色恐怖時期、民國六〇年代……，貫串出歷史縱深與時代背景。就地理言之，大陸和台灣南北各縣皆具。菜系而言，江浙、客家、閩南、福州與西式兼備。難得的是，在好友圍繞的溫馨氛圍裡，每一個從未說出口的故事因被全神貫注地聆聽、被理解、被以婆娑淚光回應，因此反而能回過頭來撫慰了說故事的人。

從這些足以歌哭的故事中，我們彷彿重回昔日現場，看到朋友如何通過坎坷路途，自困厄中提煉出珍貴品質而成爲一個可敬的人；我們在〈菊妹的一生情債〉看到母性堅強與寬恕，在〈將戰火煉成太陽的女子〉看到把缺憾化爲無私的愛，在〈幸福，像曇花開落〉體會補償的眞諦與相知相惜的夫妻之愛，從〈追夢的吉他〉見識到追求夢想的毅力與永不放棄的精神……。透過生離死別的故事，我們進入好友的內心深處，體會、憐惜，而說者也經由故事敘述得到釋懷與昇華。

一個人，若認眞走過一條路，即使路況泥濘不堪，也會在腳印凹痕處長出奇異花草，散發不可思議的能量，鼓舞著同樣必須走這條路的陌生人。我期盼這八個故事亦如八條崎嶇之路，能各自安慰天涯同路人；若有人從中得到勇氣、信心或僅僅只是心有戚戚焉的幾滴淚珠，那麼這書就能破格而成為「心靈流水席」，與讀者「共饗」，那些被提煉出的高貴品質更能匯聚而產生力道，鼓動我們珍視自己的人生，即使千瘡百孔、孤獨無援，也要朝向更溫暖、更有意義的地方前進。

書中八十多道菜，除了兩道應景與應急的之外（饅頭與燒仙草），其餘皆出自黃姊的巧手，包括糯米腸、碗粿、米糕、發糕等道地台灣小吃，不用懷疑，都是她親手做的。她一人包辦全場，讓朋友們驚豔、驚嘆不已。附錄的食譜，除了讓朋友們可以睹照緬懷，也供讀者按圖操作，藉以豐富自家餐桌。

我們的故事說到這裡，接著，輪到您！

總策畫者簡媜同時也是第七宴的「吃朋友」，她的故事在一七八頁話說從頭。↓

主廚序——

灶腳的生命隨堂考

黃照美

活了近一甲子終於實現藏在內心多年的心願，一本有故事的食譜誕生了，允諾當我下輩子「父親大人」的簡媜，做了多年的白老鼠，不嫌棄我燒煮出的菜，鼓勵我動手寫食譜，對於書的內容該如何呈現，我倆居然都心有同感，於是就付諸行動，辦桌了。

首先設定書中的幾位主角，經徵求同意參與盛宴，繼而分別與他們聊天，開列菜單訂出辦桌日期，每位主角口述從小到大對哪幾道菜記憶深刻並極具意義，逐一筆記，並加入我個人對他的認識而設計出的菜單，完成每一場盛宴。

八場盛宴中讓我內心感受最深的是我母親與楊茂秀教授那兩場，我與母親感情甚深，備料過程心情是感傷的，拿起鍋鏟烹煮母親最愛的菜餚，不聽使喚的眼淚掉了下來，家人全程參與盛宴，熱鬧溫馨，但最最遺憾的是母親已無法享用為她準備的佳餚。「苦兒」楊茂秀教授談到他的菜單時，當時的我內心一陣酸楚，為了彌補他童年的不足，食材上加了料使之更豐富，託友人從日本帶回鹹魚，蘿蔔乾用了長輩送我私藏近十五年的老蘿蔔乾，其他的多道菜也分別加了配料使之更「澎湃」，以表達心中對老友的疼惜。

每一場辦桌都在熱鬧、快樂，聽主角說故事、聽眾隨著故事內容的起伏有眼淚有笑聲，但誰也都不會忘記把菜送進口中，直到盤盤見底下結束。

書中的每位主角分別有不同背景，在烹煮過程的心情是截然不同的，很高興有這機會幫摯友們做菜，印刻出版社初安民先生，江一鯉小姐敢冒風險爲這名不經傳的我出版此書，還有參與過程的好友與家人，請受我深深一鞠躬，感謝大家的成全，希望此書能帶給讀者同樣的感動。

二〇〇八．十．廿六於新店檳榔坑

主廚黃姊同時也是第一宴與第三宴的說故事人，她的故事分別從廿六頁和八十二頁說起。

目錄

開宴

【日據大正初年生，從嘉義而來】

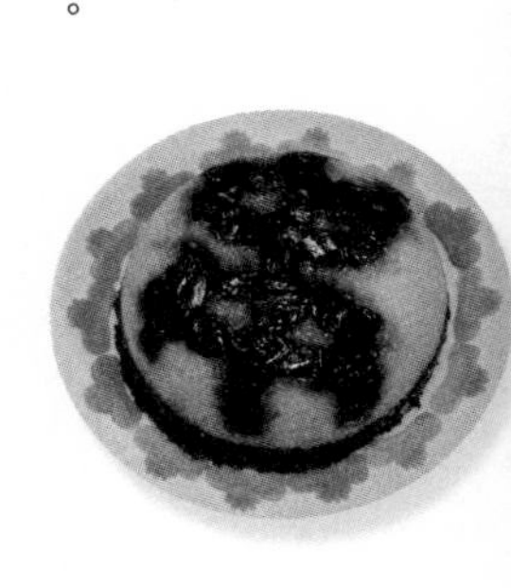

趙國瑞
江蘇武進人，一九三六年生。台北女師幼師科、國立台灣師範大學國文系畢業。曾任幼稚園老師、主任、小學教師、奎山小學校長、台北師專及文化大學講師，救總台北兒童福利中心副主任退休。著有《讓孩子快樂的上學》、「和孩子說話」親子溝通系列主題、童話創作數十篇。

吃朋友的話。一

廚藝達人

初次領教黃姊的廚藝是水餃。

那天她背著大包小袋的食材，搭乘新店客運到我家包水餃。攤開早已準備好的餃子內餡及麵皮，一面用手熟練而快速地包出一顆顆又白又胖的水餃，一面與簡媜、惠綿談笑風生，而我正趴在床上接受酷刑。可風用特製的小鋼杯，在我背上刮痧，刮一次哼一聲，刮一片哀叫一回。這輩子從未正式接受刮痧治療，想不到如此淒慘，真是痛不欲生，連呼叫停。可風不肯罷手，定要刮完全程，幸好黃姊在外呼喚：「餃子煮好了！趁熱快來吃。」我立刻擦乾眼淚衝到桌前，用筷子夾起一個水餃往嘴送，來不及細嚼品嘗就吞了下去，吃第二個才嚐出味道。水餃餡精細飽實、鮮美而不油膩，不沾作料就可一口接一口吃下去。我盡情享受餃子的美味，竟然一時忘記疼痛的前胸後背。

我下定決心，從此以後絕不刮痧，水餃只吃黃姊包製的。

其實黃姊的廚藝博大精深，水餃不過是「冰山一角」，凡是叫得出名字的山珍海味、佳餚美點，她都能輕手拈來，揮鏟即成。她的刀法一流，加上對蔬果雕刻的特異功能，又講究擺盤藝術，上桌的菜餚，盤盤生花香味四溢。

黃姊用愛心和專業烹調食物，不愧爲廚藝的達人，我何其有幸成爲她的《吃朋友》之一。

「趙老師」趙國瑞是第二宴的「吃朋友」，在五十八頁開講。↓

趙國瑞老師過年時送給黃姊的紅包，祝願對烹飪極富興趣的她「遊走食物間 自由地取用盡情地烹飪」。

楊茂秀

輔仁大學哲學系博士、美國西東大學雙語教育博士研究、愛荷華大學哲學博士研究。創辦毛毛蟲兒童哲學基金會，曾任遠流出版公司社務顧問、兒童日報顧問，以及任教輔仁大學哲學系所、國立清華大學共同科、台東師院語文教育系、台東大學兒童文學研究所（迄今）。著有《看看我的新內褲》、《毛毛蟲的思考》、《我是好人》、《踩天地也是爲了解》、《我們教室有鬼》、《編織童年夢》、《蜘蛛人安拿生》、《高個子與矮個子》、《好老師是自己找的》、《誰說沒人用筷子喝湯》、《重要書在這裡》等十餘部作品；翻譯作品有《哲學教室》、《思考舞台》、《哲學與小孩》等哲學工具書，以及《我喜歡你》、《羅北兒故事集》、《綠笛》、《拼被人送的禮》、《讓湍河流走》、《石頭湯》等童書繪本三十餘本，其他另出版有改編、繪圖、有聲書，以及策畫主編等作品。

吃朋友的話。二

家裡有豬不擔心

台灣食物最缺乏的時期，豬吃的比人吃的好，而且好很多。

那個時期，起先，我們家在彰化二林原斗的清水橋邊。平常煮飯的人是我媽媽，一大桶十四、五個人吃的飯，其實是一大桶蕃薯，飯粒疏落，粒粒可數；後來，我媽媽往生了，我們家搬到花蓮吉安的慶豐。平常煮飯的是我的大嫂，一大桶飯其實也是一大桶蕃薯，四散其中的飯粒，乃然粒粒可數。

不管是媽媽煮飯的時候，或是大嫂煮飯的時候，我們家都有養豬，豬吃的和人吃的一樣，也是蕃薯，只是，那上面摻加的不是米飯一點點，而是一大把一大把的米糠。

請不要小看那些豬，我們讀書註冊的錢就靠牠們的奉獻犧牲。

蕃薯吃多了，如今我們長大了，也都老邁了，兄弟姐妹相聚時，吃飯，要是有蕃薯稀飯或蕃薯葉（我們稱之爲豬菜葉）我們會分兩派，我和我以上的哥哥、姊姊都吃，而且笑著吃，我以下的弟弟妹妹則把頭別過去，看都不看一眼，回頭來看到我們的愛吃相，他們會異口同聲說：「豬！」

可是最近幾年，我們因爲都有遺傳的心臟、血管的疾病，醫生交待我們多吃蕃薯，說其中有對心血管有益的養份，我們兩派人聚會吃飯時，都拚命吃糙米蕃薯稀飯與豬菜，而且，會異口同聲笑著說：「豬，我們都是豬！」

也難怪，我們的孩子讀書註冊都不曾擔心過呢！

「大毛毛蟲」楊茂秀是第四宴的「吃朋友」，他的流浪故事自一一八頁啓程。↓

黃淵泉

畢業於西班牙馬德里皇家音樂院，輔大音樂系博士。一九八五年於台南家專創立吉他木笛主修課程，次年於國立台北藝專創吉他主修課程。目前任教於台南科技大學（前台南家專）、輔大音樂系；並擔任XXI世紀古樂團團長、音樂總監，台北市教師木笛成長團指導老師，以及台灣區音樂比賽常任評審。

吃朋友的話。三

引領「食」代風騷

《孟子》七篇中的〈告子〉上篇中有句常被引用的名句：「食色性也……」，（告子名不害，常有人誤以爲這名言出自孟子，實出自告子口中。）祖先們從食，足以裹腹可也，到豐衣足食後的美食主義，這過程，「吃飽」一直是不變的事實，「吃好」則就有無窮的變化了。東坡居士「無竹令人俗，無肉令人瘦」的名言道出了人類心理與生理的慾望，葷菜、素食、暴食、養生，這些問題經常困擾著現代人對飲食的「喜怒憂思悲恐驚」，哈！這七情用在飲食好像不倫不類，但其實是很合邏輯的：看黃照美我最小的妹妹一紙菜單，令人「喜」上眉梢；她爲我滷製的東坡肉，被我「賢內助」拿給她朋友的胖老公吃了而不留一丁點給我時的「怒」；「憂」是大快朵頤後擔心心血管疾病發作；「思」是對久未啖之的美食之想念；「悲」是吃上一道辭世親人素喜之菜餚時，思親之情，令人悽然；「恐」則飢腸轆轆時，怕最後一片滷牛腱被外甥劫走；最後的「驚」，則是對黃照美的致敬——數不盡的宴客，總是令我邀來的佳賓們驚豔不已，他們稱道尙不足爲奇，每次不曾缺席的我，都會驚訝於怎麼會不斷有新菜且口味不斷推陳出新。一次和簡媜閒聊間，提到照美最近的菜轉趨清淡少鹽寡油卻仍時有新意時，簡媜說她從道教轉化到佛教了。

妹婿往生後有一段時期，逢春節，我會接照美回淡水過年，每次都會令人陷入天人交戰的景況，年節間二十天沒有重複過一道菜，這期間的「恐」自然而然的出現——怕站到磅秤上。照美的手藝我可以用貝多芬的音樂比擬之，貝多芬早期的音樂仍有海頓、莫札特的影子，但是中後期的音樂已然獨具一格自成一派，且引領時代風騷。

很高興照美心想的期待即將付梓，這麼多年來在照美的實驗室中，好多親朋好友都一起快樂的非常盡本份的當她的白老鼠，而且這書竟然請得到簡媜策劃，總成其事，令人額首，也該。小道消息指出，簡媜是一位很有口福的作家，有她參與，當能驅文字入菜，加油添醋一番，精彩可期矣！

「三哥」黃淵泉是第五宴的「吃朋友」，在一三八頁登場獻「憶」。

李惠綿

台灣台南縣人，一九六〇年生，台灣大學中國文學博士，現任台灣大學中國文學系教授。《用手走路的人》獲二〇〇〇年第廿三屆中興文藝獎散文獎。幼年隨母親看歌仔戲，從此鍾情。十二歲在台北振興復健醫學中心，承蒙趙國瑞老師指導，參與聖劇演出。生命中兩位重要女性的啓蒙提攜，播下研究戲曲的種子。二〇〇二年因緣際會寫下第一齣歌仔戲劇本《宋宮秘史》。

吃朋友的話。四

廚藝乾坤

第一次吃黃姊烹調的美食，是在台大醫院婦科病房。

一諾千金的黃姊，慨然允諾送我進開刀房，接受子宮切除手術。當天清晨七點，她如約來到。那一刻，我活下去的士氣仍然低迷，輕聲言道：「但願在手術台上一睡不醒。」她嗤之以鼻：「開玩笑！赫赫有名的黃醫生，不會因爲妳這個小女子毀了一世的英名啦！」面對困境，她總是有「四兩撥千斤」的瀟灑。

歷劫歸來，第一位送補品到病房就是黃姊。她深知病人手術後的胃口，因此不熬滋補藥膳的四物雞湯，而煮甘甜純淨的清燉雞湯。我一向不喜歡喝雞湯，但是腸胃排氣後的午餐喝了一碗，甚至原本不愛煮湯的雞肉，居然吃了兩塊。飽足之後，忽然傻傻的想：「爲什麼雞湯不油膩？爲什麼雞肉這麼鮮嫩？爲什麼雞塊沒有骨頭？」原來是雞腿去骨切塊，先將雞骨用幾片老薑、幾粒蒜頭、幾滴米酒熬湯二十分鐘，再將雞塊放入煮十分鐘。這就是照美姊的飲食藝術，化簡單平凡爲奧妙神奇，猶如將她人生一連串的「問號」轉化爲「驚嘆號」。

感謝簡娟牽引，得與黃姊結緣。八年來，生命中多了一位疼惜我的「大姊頭」，分享喜樂，化解悲苦，往往出奇不意送來許多佳餚。有一天傍晚我正在上課，她突然出現在教室門口，我向她揮揮手致意，繼續上課。當晚她向簡娟告狀：「我專程送去酸白菜、東坡肉和獅子頭，惠綿居然讓我站在教室外面枯等半小時，國民生活須知都不及格，虧她是個教授！」

自從發現我上課「六親不認」的廬山眞面目以後，索性「限時專送」登門造訪。有一天上午十點左右，突然來電話：「中午不要弄午餐，找簡娟一起來吃潤餅。」我一邊兒吃得津津有味，一邊兒問：「怎麼突然想起要吃潤餅？」黃姊輕描淡寫：「我媽媽生前最愛吃潤餅，想念她老人家的時候，就做潤餅。我包了六個潤餅供在後院請她回來享用，其餘帶來一起吃，熱鬧。」不用三牲，不用水果，只是六卷潔白素淨的潤餅，包捲天人永隔無限悵惘；而這樣超越世俗儀式的遙想祭拜，不在生日，不在忌日，只在內心方寸之間，念茲在茲。我細想這份母女情緣，淚水不禁溢滿眼眶……。

不知不覺，以黃姊爲圓心，以簡媜、惠綿、趙老師爲半徑，畫成四人小組的小圓，不定時地向黃姊取食取暖，我們樂在其中。有一段時間，她向我們宣佈：忙碌。忙什麼？原來不辭奔波，到處義務指導朋友學習烹調東坡肉、醬蹄膀、獅子頭、滷牛腱、鹹粿、酸白菜、瀏陽豆豉（湖南名產）等料理。有人將烹調祕訣藏私，但是黃姊推己及人，她說：「讓大家都吃到既經濟又美味的食物，多快樂！」

黃姊的飲食烹調是創作藝術，灌注能量溫暖朋友更是無價情義。因此，當她憑藉刀鏟鍋碗，將各色品類的食材精雕細琢出一盤盤色香俱全的佳餚，彷彿也將人生的酸甜苦辣重新鋪排。月之陰晴圓缺、人之悲歡離合，逐一收納於五彩拼盤，成爲黃照美女士廚藝乾坤的化境。

戲劇學者李惠綿是第六宴的「吃朋友」，她的人生故事在一五八頁展開。

魏可風

輔仁大學歷史系畢業，靈氣師父、德國彩光針灸治療師考試及格。曾修習中醫、針灸、氣功、靈氣、德國彩光針灸、生命能量檢測法、肌內效貼布物理治療法、紫微斗數、家族排列等等。目前爲彩光針灸治療師、靈氣治療以及傳授者、塔羅牌諮商師、食物能量調整治療師。曾任《聯合文學》雜誌執行編輯，著有《臨水照花人——張愛玲傳奇》、《張愛玲的廣告世界》。

吃客感言。五

負責吃的朋友

淡水到三芝的登輝大道上，有家賣魚的小店，和一般的魚鋪子不一樣，他們沒有把魚攤在荷葉上，開車的人必須是識途老馬，否則很容易錯過小小一根立在門口的活魚招牌旗子；有時超過晚上七八點，就半拉下鐵門，露出裡面發出微微的日光燈影。我跟另一群「吃朋友」把車一停，吆喝著老闆，鑽入半拉下的鐵門，老闆娘還沒來得及從樓上下來，我們已經把急速冷凍在冰櫃裡的鱸魚和鱒魚挑了兩大尾，等會兒到了三芝山裡面的八賢餐廳，請老闆直接做來吃。冰櫃裡大半的蒲燒鰻也被大家拿光。

這些魚們都是店家自養的，在大約陽明山小油坑那樣高度附近的地方有他們的冷泉魚池，這次的鱸魚裡面有一尾特大——老闆娘說那是養了十年的，本來山上冷泉池裡面的魚也不急著撈出來賣，因為做鰻魚出口日本的生意就已經做不完了，後來一尾養了十一二年的鱸魚翻白肚浮出水面，才知道原來魚也有壽命，過了魚壽命的魚如果繼續活下去會變成什麼，傳說中不是有什麼魚精之類的嗎？又是終年霧氣繚繞的高山裡，照顧起來心裡頭也會怪怪的。

果然十年的老鱸魚皮厚脂韌潤，肉卻不老，別有一番風味。這時我卻想起如何認識另一群吃朋友中的黃姊，她燒魚的功夫超厲害。我因為簡媜姊認識她，又因為簡媜姊認識趙老師和惠綿姊，當我還是無業遊民的那一陣子，簡媜姊每每登高一呼，約了約時間，台大附近的好餐廳、簡單的餐廳、華麗的餐廳，都是常常光顧的，我只有被請的份，他們的理由是我的年紀最小。

實際上我也知道，他們都是不喜歡欠別人人情的，雖然每次我都挑明了說：「請大家給我當白老鼠，我正在學彩光針灸和靈氣，用玻璃光筆放在皮膚上，是不會痛的療法，但是不知道有沒有效，有什麼感覺請告訴我。」但是大家還是把我當成重要的朋友，覺得我舟車往返，花時間在他們身上，其實應該感謝的人應該是我這個練習生才對呢！

後來黃姊開始學中餐菜餚，我們的口福也相對增加更多，逢年過節，甚至簡媜姊搬新家、誰生日，都由黃姊主廚，幾乎沒有重複的菜餚，每上一道菜，餐桌上就發出一陣讚嘆聲。黃姊在出版社做事的時候是一板一眼的，無厘頭的舊事業體常常可以給她整頓得煥然一新，只要她決心做的事情沒有不成功的，更何況她原本就喜歡做菜。夏天黃姊在廚房煮得揮汗，我們在冷氣餐桌上也幾乎都來不及吃，因爲每一道都太好吃了；吃的人和煮的人大概一樣盡心。

我們這種單身不會下廚的人，是門外看熱鬧的讚嘆；趙老師和惠綿姊她們是老饕兼有一身好廚藝，當然就是內行人，想知道其中的奧妙。年節的菜餚當然很華麗，黃三哥最喜歡吃的豬蹄膀做法，大概我這種人就算黃姊仔細解釋三遍也是聽不懂的。看起來不華麗、卻一樣好吃的家常小炒，沒想到做的步驟依然複雜，我的腦袋一樣聽不懂。結果趙老師說，沒關係，可風就負責吃好了。從此以後，我在吃朋友中，就固定了這麼個角色。

朋友的緣分眞是無法預料的，學習成爲治療師之前，我所熟悉的出版雜誌界朋友，只留下少數幾位，簡媜姊是其中之一，她看過我最貧窮無助的時候，也看著我逐漸脫離困境，開創出新的道路與天地。因爲她，我認識了這麼多好朋友，眞是一件非常幸福的事。

治療師魏可風是第八宴的「吃朋友」，在一九八頁壓軸。↓

整理者的話——

每一道菜都暖著心頭

石憶

只要餓了，不管是誰都會找食物吃；向來食物只在這個時候才立即顯得重要起來。換句話說，食物僅止於果腹，肚子一塡飽了，它便像失寵的嬪妃迅速被打入冷宮，而且桌上的杯盤狼藉也很令人反胃，讓人迫不及待地想離開。然而，我這樣的想法被徹徹底底顚覆了，就在冬季的一個週末晚上，地點是黃姊的家——她爲八場「吃朋友」所設計的菜單，以及八位說故事人令人鼻酸的故事，讓我如此單純看待食物的眼界看到了前所未見的另一個充滿思念、執著、害怕、悲傷、溫馨的食物多元世界。

楊茂秀教授點的鹹粥、李惠綿教授指定的碗粿、治療師魏可風的米粉湯……當黃姊適時地自廚房送出一道道菜時，眼前彷彿便浮現了說故事人剛剛才說起的時空。食物不僅止於果腹，食物還能喚起生命旅程中你一輩子都不想忘記的那個人的點點滴滴，不管那個人是不是就在身邊，還是已經離開人間數十年；所以，一碗鹹粥，似乎讓從小失去母親的楊教授再次與母親對話。加了許多肉燥的碗粿，彷彿讓李教授回到了準備過年的熱鬧家中。我頓時明白了，或許最能吃到心坎裡的滋味，往往不是來自五星級餐廳的名廚之手，而是來自家中那個擁擠、不起眼的小小廚房。

難忘的食物，其背後往往隱藏了一個難忘的人。那個人現在好嗎？
每回「吃朋友」到了最後一道菜，心裡總暗暗期待還會有下一道菜、還想再繼續聽故事。我不想離開，儘管桌上杯盤狼藉。

開宴了，請入席！

第二宴

菊妹的一生情債

美食創意家黃照美母親的故事

說故事人：黃照美

菊妹的盤中故事

潤餅。對廚娘來說，潤餅不只是清明時節的應景食物，也是捎給母親的思念信息。

故事食譜，請見217頁。

日據大正初年生，從嘉義而來

攝於一九七三年四月。

姻緣簿這本天書，凡人豈能輕易看懂參透？菊妹已經落幕的人生故事，演繹著情與愛的雙重難題：背負一筆情債，以及靠一雙纖手養大六個孩子。在情債面前，她是爲愛癡狂的柔情女子，難分難捨，既愛且恨；但在嗷嗷待哺的孩子面前，又像張牙舞爪、捍衛幼雛的母獅，天不怕地不怕。至柔與剛強，錯愛與寬恕，交織成她的一生。

菊妹的孩子們像被母愛的恩澤浸潤過的葉子，堅毅獨立，也具備自信與詼諧。今晚他們相聚，拼圖，呈現母親這棵大樹的形貌，也道出母樹所經歷的晴空麗日，和侵襲她一生的暴風雨。

關於菊妹

菊妹已經永遠離開這個世界了。

直到一個寧靜的春夜，她的故事才被完整地說出。

這個漫長的故事，演繹著情與愛的雙重難題：一生背負一筆巨額情債，一生靠自己那雙女人的纖手養大六個孩子。在情債面前，菊妹像一個為愛癡狂的柔情女子，難分難捨，既愛且恨，但在嗷嗷待哺的孩子面前，她又像張牙舞爪、捍衛幼雛的母獅，天不怕地不怕。至柔與剛強，錯愛與寬恕，交織成菊妹的一生。

這一晚

雖是個初春之夜，冷冬的氣流仍在天地間遊蕩。這是很特別的一場盛宴，朋友們懷著期盼而來。數月以來，嘗了多道佳餚，聽了淚眼婆娑的生命故事，重新認識朋友，也獲得一瓢瓢的人生甘霖。這說者與聽者同醉的經驗，並不多見。

今晚，更不能錯過。這微寒春夜，要說的是黃姊母親——菊妹的故事。

因此，今晚更像一場家庭聚會。菊妹的大兒子因病早逝，大媳婦專程從高雄來。大女兒、女婿因身體微恙改以電話提供意見，二兒子夫婦亦不克出席，二女兒夫婦、三兒子夫婦皆帶著對母親的思念與所知的故事而來。菊妹最寵愛的么女就是照美，她在母親的身邊最久，目睹母親走過每一步的坎坷路。

其實，二女兒從事醫檢工作是克紹母親箕裘，三子是音樂家，繼承母親對音樂的愛好，照美獨得母親的好廚藝與幹練。他們像被母愛的恩澤浸潤過的葉子，今晚相聚，拼圖，呈現母親這棵大樹的形貌，也道出母樹所經驗的晴空麗日，以及侵襲她一生的暴風雨。

少女菊妹

生於日據時期大正三年（民國三年）苗栗縣的客家姑娘菊妹，從小聰穎過人，多才多藝。父親是前清舉人，日據後擔任嘉義縣竹崎車站站長，全家遷往嘉義。

菊妹頗得父母寵愛，下有二妹一弟，幼年生活優渥。八歲時，母親不幸過世，父親再娶茶山美女。雖然遭逢變故，並未阻礙菊妹的教育；她受日文教育，就讀「台南州立嘉義高等女學校」（今嘉義女中前身），雅好藝文，頗具語言天分，能說閩南語、客語，精通日文、中文，略懂英文。畢業後，任職嘉義醫院護理長，之後至蒜頭一家醫館擔任護士。

十八歲的菊妹出落得十分標致，她長得高挑，南台灣的豔陽賜給她健康的古銅膚色，臉上總是掛著一朵親切的笑；她對美的事物具有鑑賞力，擅於裝扮，喜穿香雲紗旗袍，愛到照相館留影，兼得音樂藝文浸潤，使她的氣質、涵養皆異於同齡女性。在那個困頓年代，能受教育的女性如鳳毛麟角，菊妹稱得上是得天獨厚。怪不得，親戚鄰居常在背後閒談：菊妹這個千金小姐，條件這麼好，將來不知要嫁什麼樣的人物呢！

然而，姻緣簿這本天書豈是凡人看得懂參得透的；固然有死生相許、終成眷屬的歡喜章節，恐怕也有情債難了的垂淚篇幅吧。滿心浪漫情懷的菊妹，豈不知周遭常有年輕男士投來思慕的眼光，但她不為所動，半是矜持半是眼界不同，她的心已無法依循父母之命式的婚姻，如樹林裡一隻白鴿的哨聲，她渴求一見鍾情般的唯美，願意為愛而受苦！

這一天，竟來了。

醫館的醫生娘很欣賞菊妹的性情與能力，也看出她身邊尚無護花使者。這類有點年紀的女性就像月下老人的行政助理，以天下未婚男女的鴛鴦譜為己任，不時在腦海進行配對，很快地，替兩個陌生人搭起一座鵲橋。

醫生娘對菊妹提起有個朋友的兒子，家道殷實，一表人才，與菊妹門當戶對，她想做這個媒。菊妹沒放在心上。醫生娘又提了幾次，某日，帶一張照片來，放在菊妹桌上。

毫無預警地，菊妹的眼睛邂逅照片中那位叫「松君」的男子；他一身英挺帥氣，穿著講究，眉宇間流露一股倜儻氣息，眼神似笑非笑，彷彿正看著她一般。

菊妹的心似乎被一陣旋風吹動了，樹林裡的白鴿撲翅飛起……。

為媽媽做料理

踏進黃姊家的朋友都看得出，今晚桌上的每道菜都散發著女兒對母親的回憶與孝思。

古色古香的謝籃裝著下午才蒸好的紅豆發糕，一朵朵如花兒盛開，散發節慶的喜氣。黃姊說，媽媽喜歡吃粿，所以特地蒸一籠。這小巧可愛的紅豆發糕入口綿密，少了西式蛋糕繁複虛榮的奶脂類裝飾，返璞歸眞，彷若母女親情。

媽媽的廚藝精湛。黃姊很後悔年少時不懂得多問多學，媽媽像一本敞開的大書，蘊藏各種生活知識與人生智慧；她又十分聰明，很多事情一學就會，更青出於藍。譬如「排骨酥羹」，媽媽自創獨門訣竅，沒人比得過，連酒家的廚師都來請教。黃姊在菜單上加這一道，向媽媽致敬。

薑絲芋梗、蟹肉豆腐、芹菜炒軟絲，是媽媽年老牙口不好，黃姊做給她吃的。有一次，黃姊心血來潮做韭菜盒子給媽媽嘗，沒想到她很喜歡。

小時候每逢過年，媽媽會炒麵，菜料豐富，令孩子們難忘，炒麵也成爲黃家兄弟姊妹的年節記憶。

五柳枝魚，是一道心酸菜，記錄了媽媽的艱苦歲月。

潤餅，是清明時節的應景食物，媽媽也愛吃。每逢清明，黃姊想媽媽時，會做潤餅，在後院擺上小桌供著，對空中低語：「媽，吃潤餅了！」

黃家長媳

嘉義縣蒜頭村，據說這地名的由來是「每個人都算是頭」，「算頭」演變成「蒜頭」，由此可知當地乃臥虎藏龍之處。

小巧可愛的紅豆發糕，入口綿密，不講究虛飾，返璞歸真，彷若母女親情。

黃家，是蒜頭無人不知的望族。日據時期，祖上擅經營，極力厚植產業，領有菸酒牌，開碾米廠、製冰廠，房屋以一整排計，土地連綿，「鳥兒飛不過的」。黃家有三子，松君是長子，含著金湯匙出世。

菊妹嫁進黃家之後，很得公婆寵愛。她擁有高學歷，在醫院做過事，完全是個能幫家族事業的高手。很快地，菊妹成為公公的得力助手，協助他料理龐大的產業。

婚後，她與丈夫有過一段恩愛時期。尤其長子出世後那幾年，松君頗陶醉於喜獲麟兒的歡愉之中，曾帶妻兒乘飛機到蘭嶼旅行，兒子穿著日本男童常穿的海軍裝，松君出手闊綽，叫兒子抓著大把大把的硬幣，朝原住民撒去……。

然而，漸漸有些詭異氣氛、不尋常語句，揉成一條粗糙的麻繩，開始朝菊妹的頸子靠近。

菊妹終於知道黃家刻意隱瞞的事情。松君結過婚，妻子病故，留有一個女兒。這事讓她頗鬱悶，不能諒解這種幾近騙婚的居心。然而，她也沒有回頭路可走，孩子已陸續出生，公婆對她的依賴也日漸加深。

日復日，這個透過照片就能讓人怦然心動的美男子，不在家的時間多了。起初，菊妹以為他為家族產業四處奔波，漸漸才發覺全然不是如此。沒人知道他去哪裡——即使知道，家人也不會告訴菊妹，她讀得出他們話語中隱藏的訊息：松君去的地方，誰都能知，就是不能給做妻子的知道。

松君難得回家，每次回來都行色匆忙，跟父親預支款子，轉眼間，影子又飄走了。

有三條繩子綁住菊妹的手腳。每兩年出生一個孩子，環腰的、懷抱的、餵奶的，纏著她不放；家族事業需她分勞，最後一條是婆婆臥病，需親侍湯藥。

在人多嘴雜的閩南大家族裡，菊妹這個客家女子盡責認份地扮演比職業婦女還複雜的角色，度過戰爭年代那段飄搖歲月。

這幾條繩子只帶來身體的勞累，菊妹不以爲苦。眞正讓她痛的，是勒住脖子的那一條；她已經知道她嫁的是一個浪蕩子，一個不務正業、通宵達旦追求玩樂的紈袴子弟。

菊妹哭過。夜深人靜時，她獨自擁著孩子入睡，卻心亂如麻。這個家不成家，任何一個正常家庭的男主人都不會這樣，放著妻兒過日子，自己卻在外夜夜笙歌。菊妹也怨過，這家族與做媒的人顯然爲松君設想的多、爲她顧念的少，要不，再怎麼說都不應該把正當璀璨年華、條件優異的菊妹拉進這個無底深淵。

菊妹不禁好奇，松君的第一任妻子得什麼病死的？眞的是生病嗎？還是……，她起了一陣寒顫。

夜漸深，天籟俱寂，只遠處傳來蟲唧。此時此刻，她知道即使有返家的腳步聲，那腳步聲也不屬於她。孩子們熟睡著，發出鼾聲，全然不知做母親的眼睛像路邊的兩盞燈火，渴望照破這深淵這長夜，還給他們一個正常的家庭。

黑暗中，菊妹輕聲地哭了起來。

⊙想起媽媽受過的苦楚，菊妹二女兒露出不捨的神情。

蒜頭三朵花

黃家大少爺松君，喜穿一身白西裝，戴一頂紳士帽，身高一百八十公分，一雙眼勾魂攝魄，更顯得風流倜儻。他一出生就得寵，大家從沒見過這麼可愛的小男孩，待他長大更受寵，大家從沒見過這麼英俊長得像美國影星約翰韋恩的男子。這是天生的不公平，一個長得帥的男人似乎可以直接跳過「種田餵豬挑水」等粗活，只要坐在涼快處等吃喝就行了。而長得粗獷的男人正好相反，彷彿必須為這張臉贖罪一般，從小被送去當長工。

松君知道他家的財力夠他花一輩子也花不完，他對家產的唯一貢獻就是盡情花費。他獵奇逐豔，追求極度刺激，結交的都是酒肉損友，與另兩位亦是黃姓的多金子弟號稱「蒜頭三朵花」，當然，他是花中之花。

松君隨身攜帶一只手提箱，裝滿鈔票，提箱空了，回家找父親要，父親不給，找弟弟商借，簽張字據，「以後分家產，你再扣吧！」松君簽的借據當然不會讓菊妹知道。

有一晚，他提著手提箱跟一群酒友進了酒家。叫老闆把門鎖上，今晚他包了。所有的小姐圍著這幾個男人喝酒取樂，唱歌跳舞划酒拳還不過癮，幾分醉意的松君叼著菸站起來：「讓開讓開！」他叫所有人坐到牆邊去，打開手提箱，抓起白花花的鈔票往榻榻米一灑，小姐們的眼睛都直了，不知要玩什麼把戲。松君宣布，他要小姐們脫光衣服，打滾，黏在身上的鈔票就算她們的。

小姐們尖叫，鈔票刺激本能欲望，像野獸般，她們爭先恐後褪去衣褲，裸身打滾，一圈又一圈，有的甚至滾撞在一起，披頭散髮爭執哪幾張黏在我胸部被妳撥落了，男人們七嘴八舌嚷著，有人隨手抓幾張鈔票幫那小姐黏回去。滿地打滾的女體，肢體橫陳，叫得更淫穢了，兩手抓著一疊被那癲狂男子視作糞土的鈔票。

而松君，呑吐煙霧、半醉半夢的松君，看得鼓掌叫好，彎腰大笑，眼角甚至笑出了淚光。

同此時，狗吠聲可以傳遞的數里之外，正是他的妻子菊妹在黑暗中擁著孩子飲泣的時刻。

失子

久病的婆婆過世了，不久，公公也倒下。

老人家對菊妹有一份歉意，他深知自己的兒子遠遠配不上菊妹；陸續出生的孫子孫女這麼幼小，連他這個見過世面、掙得大片產業的老商人也不敢往下想，菊妹要怎樣搖飼這些囝仔長大。

據說，老人家寫了一份遺囑放在內衣口袋，留三間房產給菊妹養孩子。據說，這份遺囑被松君的姊妹發現，收走了。

老人家嚥了氣，菊妹的苦日子來了。

分家產時，親兄弟明算賬。松君簽下的那一疊厚厚的借據被弟弟們保留得清清楚楚，加減乘除，他的財產已所剩不多——裸體滾鈔票的遊戲不只玩一次，第二次要小姐幫他洗腳，再叫小姐赤腳去黏鈔票，那晚也散去一提箱。光算這兩次，已值一大片小厤雀飛不過的田地了。

市街上，一整排房子門牌從一號到一百三十幾號都是黃家的。菊妹帶著孩子住一間，另有兩間出租，讓她收取微薄的租金過活。分了家，從此就是一家一業，富是他家的事，窮是你家的事，各顧各的灶火。

分家時，松君捲走名下剩餘的款項，頭也不回地走了。他很少回來，在外頭另築愛巢，這已是婦孺皆知的事。菊妹當然也知道，兒子們走在路上，自然也有存心不良的三姑六婆「提醒」他們：「恁老爸去做別人的老爸囉！」

大家族裡的人已對松君厭煩，他回來，除了榨錢沒別的作爲。兩老不在，有些尖酸評論就直接了當端到面前——當然是端到菊妹面前。所有怒氣沖沖的評論翻來覆去都不是同情菊妹而是指向一個隱藏的核心：「查甫人夜不歸營，一定是做妻後的不對。會讀冊有啥路用，連自己的尪都抓不住，卡輸那些茶店仔查某。」

另一個令菊妹百口莫辯的指控是：「妳喔，不但沒幫夫運，還命帶鋤頭柄掃帚尾，敗壞家運。阿松以前足乖，娶妳後才變這款！」

公公過世後，菊妹原寄望分家會讓松君浪子回頭，興起一家之主的責任感。怎知他的心野慣了，尋常人家的親情繩索已綁不住一個著了魔的男人。他變本加厲，牌桌上，旁人帶消息：「松君，菊妹生了，你還不回去！」

大兒子、二兒子、大女兒、二女兒皆已出生，每一個孩子都是菊妹自己斷臍，自己做月子，自己命名，自己餵奶照顧。每隔一段時間，松君留一個孩子讓她忙，省得管他。

菊妹對松君用情至深，落入起起伏伏的情緒漩渦。她畢竟是明媒正娶的妻子，掌管一個家護守一堵牆，她懷抱希望，每一個誕生的孩子都有寶石重量，合起來讓做父親的生命有了重心。總有一天，在花街柳巷玩累了的男人總要踏上回家的路，她就是他唯一的路。

牌桌上，松君玩得兩眼赤紅，事不關己地說：「生了就好啊！」

同此時，出生不久的嬰兒躺在床上，啼哭聲微弱如蠶絲，臉色灰白。虛弱的菊妹抱著這個稍嫌瘦小的小嬰，心裡起了從未有過的恐慌，爲母的直覺告訴她，這孩子留不住。

第五個孩子，彷彿不願落生在一個父職不彰的家庭般，死在床上。

愛孩子的菊妹很傷心，哭得恍惚。受這事影響，松君稍爲收斂一段時間，那眞是狂風暴雨之間的短暫寧靜；對四個孩子而言，爸爸在家吃飯睡覺，每天有機會喊「爸爸」，竟是這麼美好的事。

這個家像胭脂風暴中的一棵樹，隨著狂風遠離似乎漸漸穩定下來。菊妹臉上出現笑容，這個勤奮聰慧的客家女子，一生不愛財不慕榮華。她從不在意公公有沒有留私產給她、小姑是否暗中攔截，也從未想要爭取家產；若她像潑婦般尋短哭鬧（只要持三炷香對掛在客廳的公公的遺照哭訴，請求主持公道），不難從黃家整疊房產權狀中抽得幾張。但她對金錢具有天生的潔癖，不屬於她的一文不取。她滿心渴慕的是執子之手與子偕老的愛情誓言，渴望建立一個恩愛溫馨的家園。她的確具備這種能力，只要嫁對男人。

但菊妹嫁錯了。

溫馨時光如此短暫，大約是菊妹懷第六個孩子幾個月後，正逢台灣光復，松君抱怨在家窩到骨肉都生鏽，男人怎可不知外頭的世局變化，又開始往外跑。這一跑，兩眼火紅的魔相又出現。他吃喝嫖賭，口袋空了，回家找菊妹要。要不到，撂下惡言惡語，走了。到月底，菊妹跟房客收租金，房客說：「妳尪早就收去囉。」

菊妹彷彿被棍棒打到腦門，一陣嗡嗡響，不能思考。這是第一次，她驚覺自己一無所有。

不久，松君回家，菊妹與他起了嚴重爭執，氣他怎可以不顧孩子死活把僅有的生活費搜去花用，兩人甚至推打，孩子們嚇得躲在門後，咆哮聲撕裂了他們心中好不容易才黏合的甜蜜家庭的圖像。

松君燒著一把怒火走了。當晚，菊妹腹中的胎兒流產了。

捉姦

外頭又有風聲傳來，松君跟女人同居。

憤怒的火苗在菊妹心裡燃起，焚燒她的感情，燒出千不甘萬不甘，也逼出一個女人的頑強。她已經被磨得沒有尊嚴，亮麗青春被這個浪蕩子糟蹋也就罷了，但孩子無辜，好歹要為孩子把他們的爸爸捉回來。

菊妹踏上一條難堪的捉姦之路。

她打聽到松君與女人的租處，帶著大女兒與二女兒去抓。到那裡，門上掛著鎖，她又狼狽又憤怒，氣極攻心，不知哪來的神力竟一把扭下那副大鎖。

進了門，人都不在，滿屋傢俱物件喋喋不休說著一對男女的生活現況，這原應隸屬於她與孩子的家居細節竟出現在另一個女人身邊，深深刺穿她的芳心與自尊。她忍住眼淚，忍住一個自視甚高的女性所受的割傷，咬牙發抖著，一一檢視她的丈夫的衣褲如此親暱地攤在床上與那女人的交疊，竟至理智潰散，控制不了自己，菊妹像發狂的野獸，把松君與女人的衣服全部剪碎，扔到糞坑去。

彷彿前世結下的宿仇鴛鴦，松君與菊妹的婚姻進入糾纏分合的抗戰時期，這期間，不該出生的第三個兒子誕生。

有一次，聽說又換了女人換了住處，窩在新竹。菊妹帶著十一歲的二兒子、六歲的二女兒與一歲的三兒子，坐火車到新竹。

出了車站，沿路問人，二兒揹著三兒，菊妹揹二女兒，走到日暮黃昏了還沒找到。二兒一直怪弟弟好重，他快揹不動了，女兒喊餓。菊妹的心宛如刀割，陌生的新竹市街上來來往往的行人好奇地看著她——一個女人帶三個小孩打聽一個男人，這已經夠他們猜測了，菊妹可以感到她的背後佈著賊亮的眼睛，那些三姑六婆一定正在竊竊私語：「來找尪的啦，查甫人在外頭飼查某，一定是做妻後的不對！……」

路，這麼漫長。她越走越覺得落魄，心裡有個聲音問著：「菊妹啊菊妹，妳怎麼走到這款地步啊！」

她停住腳步，帶著孩子往火車站的方向走。

漫漫苦日

最後一個女兒照美也出生了，這個缺乏父親身影的家竟也有六個孩子的規模。

菊妹極愛孩子，這也是她與松君的關係無法切割的重要原因。每個孩子對她來說都像撿到的寶貝，她管教嚴格，重視孩子的教育。菊妹喜歡音樂，常聽收音機、哼歌（她必定具有音樂天賦，三子後來成爲音樂家，孫輩有兩人亦踏入音樂界，一是小提琴家，一是創作歌手）；晚上躺在床上，會說《基度山恩仇記》與賽珍珠的小說給孩子聽，還讀《包公案》。那年代，像菊妹這樣單槍匹馬爲生活奮鬥又不放棄閱讀的女性實在太稀少，她的好學精神影響孩子至深。

大大小小六個孩子全靠菊妹拉拔，兩間出租房子的租金不夠用，必須靠自己掙錢。她十項全能，在後院種菜種水果養雞養豬，爲了施肥，設法從茅坑處挖一條灌溉渠道，省時省力，種出來的果菜又甜又大。

她具備旺盛的學習欲，無師自通地學會多種技藝；幫人織毛衣、做日本被套，買縫紉機替人做衣服繡學號，也到民眾服務社去教學，賺各種外快貼補生活。菊妹不怕吃苦，她的韌性與毅力完全發動，再苦也要把六個孩子拉拔長大。

然而，較大的幾個孩子進了小學，陸續增加的學費成爲菊妹的難題。

大女兒記憶猶新，每到過年，媽媽就憂愁。一是沒錢過年，再則過年後就得註冊交學費，媽媽的肩膀彷彿壓了千斤擔。

菊妹曾叫女兒去找爸爸設法。松君在外多少有些營生，手頭時鬆時緊，鬆的時候依舊提一只裝著鈔票的手提箱，回家吃飯時，手提箱寄放在朋友家，他空著手吃飽飯走人，好像孩子都是菊妹的責任，這地方只是飯館。

女兒去跟爸爸要學費，沒要到。松君掛在嘴邊的名言：「去學校讀啥書？等我那艘大船入港，再請家教來家裡教！」這個做爸爸的有錢買腳踏車一人一台送朋友，他女兒卻騎別人不要的腳踏車去上學，一段路要停下來修鍊條好幾次。

那眞是菊妹的惡夢，往往下午就是交學費的最後期限了，早上還未籌齊。無計可施，她鼓起勇氣向開漢藥店的房客開口借錢，對方知道她是個一諾千金的人，都願意借她救急。數十年後，三兒子還記得當年爲了考初中交不出補習費被老師罰站的屈辱感，每個月，他自動去教室後面罰站，低著頭處理心裡的感受。

菊妹對松君已心灰意冷，他們也曾吵過要離婚，松君的條件是要帶走三個孩子。這一點，菊妹死也不肯，她知道孩子跟了他一定男的做流氓女的進酒舫。孩子是菊妹捧在手掌心的寶，卻是松君的「財物」──大女兒說，爸爸曾動過念頭要把三個女兒賣掉。

爲了越來越重的學費，菊妹完完全全變成一個做粗活的女人。豬價好，她養豬賣錢。某次，有一頭豬得病，眼看快要不治了，若讓牠嚥氣就是死豬，白白浪費掉；三更半夜，孩子睡了，菊妹提刀，獨自去豬圈殺豬。

儘管生活是千斤擔，菊妹仍常在年節時做炒麵，並多加菜料；或是在孩子們生日時做紅燒豬腳，搭配滷蛋、麵線，包含了濃濃的疼惜與祝福之情。

她被柴米油鹽逼到絕境，卻不認輸。那襲華麗的香雲紗旗袍早已脫下，告別了浪漫唯美的少女菊妹。她認清她的愛情與婚姻不是繡著鴛鴦牡丹、裝「白頭偕老」誓言的錦囊，是一只處處破洞的粗痲袋，裝著謊言惡行與鄰人親戚的訕笑，即使如此難堪，她也不肯認輸，不浪費任何一滴眼淚，能伸能屈，變成護衛六個孩子的大地之母。

連豬都敢殺了，還有什麼粗活不能做。

如果必要，菊妹也想殺人！

有一日，兩個屠宰商拉著車要來載豬，菊妹問：「我的豬仔還未飼大，你們弄錯了吧？」

屠宰商說：「松君已經把豬賣給我們，錢拿走了！」

賣豬錢是孩子的學費來源，菊妹暴跳如雷，破口大罵：「夭壽亡！這個夭壽亡！伊最好不要回來，我刀子磨利利等他！」

那是一種揪心肝的痛，這個男人像永遠長不大的小惡童，更像一匹劫財的大貪狼，他只活在自己的感受裡，不能體會他人的辛苦與痛楚。菊妹不只一次問：「爲什麼這樣對待我？跟我結髮做夫妻的人，爲什麼眼睛裡看不到妻兒？」每一次都下定決心認定他就是這種人，每一次又留了半絲希望：他，應該不是這種人吧！

有一天，松君竟把菊妹的縫紉機也偷賣了。

她回到家，看到窗邊地上只有縫紉機留下的灰塵印，椅子上攤著未完成的客人的衣服，她賴以維生的生產工具沒了。只有一圈印子，嘲笑著她。

菊妹碎心絕念，一雙腳像綁了鉛塊。她恍惚起來，在屋裡走來走去，眼神渙散，忽而憤恨忽而疲憊，彷彿有人在她的腦裡灌鉛泥，有個聲音微微地誘引她：「算了吧！放手……，算了吧！」

當晚，大女兒看到媽媽背著他們從抽屜拿出一罐藥——曾任護士的她不難取得藥品，女兒直覺詭異，害怕地問：「媽媽，妳要做什麼？」

女兒這一問，問醒了菊妹的魂魄，她看著自己手中的大把藥粒，似乎也嚇了一跳。

日後，大女兒回想這一幕，揣測媽媽應該是想帶著六個孩子一起吃安眠藥，共赴黃泉。

磨手皮

么女照美每想起媽媽吃過的苦、受過的屈辱，總會哭，她心疼地說：「媽媽不應該過這種日子！媽媽不應該過這種日子！」

那段瀕臨斷糧的日子，不堪回首。

菊妹叫二兒子去叔叔的碾米廠拿米，公公臨終前曾交代，碾米廠是自家的，再怎麼困難也不會欠孩子一頓飯。二兒子捧著米斗去，怯怯地跟嬸嬸說明來意，嬸嬸橫眉豎眼，當著孩子的面一腳踢掉那只米斗，滾動的空桶打到二兒子的腳踝，這種痛永遠烙在孩子心裡。

出現在餐桌上的總是蕃薯簽、地瓜葉、豆腐乳、醬菜，無油無肉，正在成長的孩子吃得眼冒金星。但，菊妹用嚴格律則教出的這六個孩子，個個人窮志不窮，他們絕不在他人面前露出苦相：吃飯時，要是聽到有人來，孩子們會火速將手中碗筷、桌上盤子收入碗櫥，沒事一般，待人走了，才繼續吃。沒人知道這些孩子吃什麼長大，他們從小訓練自制力以掩藏窘境，聯手護衛被父親奪去一切之後僅剩的幼嫩尊嚴。

松君依舊在外，另有住所。三兒子記得小時候曾帶照美去朴子東和戲院附近找爸爸，跟松君同居的女人煮白飯、魠魠魚給他們吃，還有蘋果，兩兄妹吃得心花怒放。回家，三兒子被菊妹打，罵：「你若想被毒死，自己去就好，帶你小妹去做什麼！」

有陣子，蒜頭國小有士兵駐紮，日久，多多少少耳聞這家的困窘，若廚房裡有多餘物資，伙夫軍會叫在外頭玩耍的男孩拿回家。阿兵哥有些衣物需縫補修改，會找菊妹做。不能穿的衣服就送來，讓菊妹改給孩子穿。陌生人的人情溫暖本是美事，但鄉里間總有心態扭曲的三姑六婆，背後嚼舌，說菊妹「討客兄」。在那個封閉年代，一個女人帶六個孩子，除了能幹還要有一顆鐵鑄的心，以抵擋密佈在四周的野蠻部落射來的毒箭。

彼時，孩子們的外公與舅舅搬到高雄鳳山。聽到風聲，捎來關懷，外公大老遠從鳳山挑米來探望這群無辜的孩子。照美記得曾跟媽媽回客家庄，舅舅與阿妗親切地招待他們，阿妗煮的肉片湯、雞肉塊溫暖了孩子們的心。

外公過世後，阿舅搬到台東種鳳梨，門前也種果樹，有一棵龍眼樹叫「菊妹樹」，阿舅交代孩子們，這棵樹結的果誰都不能摘。收成後，阿舅專誠挑來蒜頭。天邊海角的一趟路，做弟弟的憐惜姊姊的遭遇，在困頓歲月，血濃於水的親情帶給菊妹不少安慰。這點點滴滴的恩情，六個孩子終生不忘。

相反地，近在咫尺的親戚們，對他們的窘況抱著近於幸災樂禍的態度。妯娌——孩子們的嬸嬸，嘲諷：「菊妹啊，守茶不滾，守子不穩。」勸她不需這麼辛苦，孩子送養，再尋第二春才是上策。

住在附近的這位嬸嬸，很愛耀武揚威。從礱米廠出來，經過菊妹門前，兩隻手掌攤著兩疊鈔票，唸：「來去農會寄錢囉！」她不知閃到哪條筋，特別愛炫耀財富，可恨那時治安太好，沒搶匪出來維持「財不露白」的秩序。她動不動就拿話刺菊妹，某日，要去小吃店吃「五柳枝魚」，吃就吃，不關別人的事，她也能得一個話頭說：「像我，要吃五柳枝魚就來去吃，不像菊妹，要磨手皮才有得吃！」

她一生服膺「妻以夫貴」的封建鐵律，認爲女人嫁個富丈夫就是一生最大的成就，因這成就如此顯赫，鄉里皆知，遂取得以「勢利眼」恣意取笑他人的特權；她最得意的大概就是拿自己與菊妹相比，以此顯出高人一等的富貴命：同樣嫁進黃家，妳丈夫怎能跟我的比！延伸地說，「我是旺夫興家的命，非一般女人；妳是剋夫敗家，誰娶到誰倒楣。」千錯萬錯，都是女人的錯，倒楣女人生的小孩都是倒楣鬼，當然不值得她用勢利眼瞧一眼。她以爲自己的作爲豎立了「富者貴，貧者賤」的標竿，足以醒世教化，殊不知，這些孩子眞不受教，壓根兒沒把她放在眼裡。

父親不顧家的孩子，總會被不明理的街坊看不起，有鄰居丟了雞鴨，竟誣賴是菊妹的孩子偷的，菊妹氣得叫孩子們不要出門玩。

然而，也有宅心仁厚的鄰居。相隔不遠，有一家診所，那醫生叫張燕明。孩子們生病，他來看，知道菊妹手頭緊，淡淡地說：「錢以後再給。」孩子們寫功課時，他若有空會過來巡視，腳步聲很重，用嚴肅的口吻叮嚀他們要用功，以免將來不如人！

菊妹比以前更操勞，她連外燴也接了。沒人知道她從哪兒學會辦桌這一套？雙手提著去市場採買的各種食材，自己規劃管理，手腳勤快如風似火，一個人料理十幾桌。她也曾承辦公所的午餐，煮飯給職員吃，端出一盤盤精緻的套餐，公所人員無不稱讚。剩餘的食材足以給孩子打牙祭。

收入時好時壞，菊妹像牛拖犁，沒日沒夜，孩子們都看在眼裡疼入心裡。懂事的大女兒捨不得媽媽爲學費憂愁，以優異的成績自嘉女畢業後考上大學，竟決定放棄，早早出社會工作。二兒子與大女兒的薪水袋，都原封不動交給媽媽。

苦也苦慣了，孩子是菊妹的選擇，她從未在孩子面前怨天尤人、自悲自嘆，她具備自信與樂觀的天賦，能從種種低潮迅速地自我平衡，家常生活中甚至與孩子笑鬧玩樂，孩子天性裡的快樂成分被誘發出來，長大後皆保有幽默、快樂的能力，不至於鑽入自憐自艾的憂鬱胡同。媽媽的性格與身教影響孩子的心靈氣候極深，三兒子說：「媽媽給的教育很溫暖。」菊妹教出來的孩子都具備自信與詼諧，堅毅與獨立，她不能交給他們一帆風順的命運，但交給他們迎戰暴風圈的膽識與毅力。

菊妹還教他們慈悲。

尋常人能輕易嘗到的小吃「五柳枝魚」，在當年竟無端成為鄰人奚落菊妹的話柄。這道心酸菜，記錄了一個女人的艱困歲月。

照美記得，媽媽賣了豬，手頭較寬，牽著她去市場買五花肉、麵線和虱目魚，這些難得在餐桌上出現的食材讓小照美一面走一面流口水，恨不得插翅飛回家看媽媽愉悅地料理下一秒就有油滋滋的肉片麵線配煎得赤黃的虱目魚……。

走到半路，看見一個很窮的老人，乾乾瘦瘦地坐在門口，哀聲嘆氣。菊妹二話不說，把菜都送給他。兩手空空牽著照美回家，照美失望得兩眼發黑差點哭出來，不明白媽媽爲什麼這麼做。

媽媽說：「我們苦，有人比我們更苦，我們有高麗菜吃，有人沒東西吃。」

這段話，影響照美一生。

叫爸爸，太沉重

照美從小跟在媽媽身邊，完整地看到媽媽的艱辛，幼小的心靈蒙受陰影，提早將「爸爸」那一頁撕掉。

那段時期，松君落敗，曾想把照美賣掉。五歲那年，松君回家，看到照美，命她：「叫爸爸！」倔強的照美不叫，松君打她一巴掌，照美大哭：「媽媽！媽媽！伊打我……」菊妹衝出來，隨手抓了扁擔，對松君撂下重話：「你敢動我這個么女兒一根寒毛，你試試看，我刀子磨好等你！」

從那天起，「爸爸」二字從未在照美嘴裡出聲，她說：「我只有媽媽，沒有爸爸！他是我媽媽的丈夫，不是我爸爸。」

照美永遠忘不了民國四十八年「八七水災」。中南部受災慘重，房屋全倒二萬七千多間，四百多人失蹤，死六百六十多人。

那天，雨勢驚人，蒜頭沉入一片汪洋之中。媽媽叫八歲的照美去鄰人的樓房躲避，照美不肯，要跟媽媽在一起。媽媽呵斥她快去，卻一個人留在家裡搶救物件，把十幾隻小豬趕到床上，顧著，保護這僅有的財產。照美一直擔心媽媽會不會淹死……。藏在內心的怒吼聲隨著成長懂事越來越響亮：「媽媽不應該這麼苦，媽媽不應該這麼苦！」以至決定，永遠成爲一個沒有爸爸的人。

照美把全部的愛獻給媽媽。菊妹也最疼這個么女兒。照美四十歲生日那年，菊妹打一條一兩重的金項鍊，一時浪漫情懷湧現，叫銀樓在長形金墜的兩面刻字，正面刻「黃照美」，背面刻「媽媽愛你」。

媽媽愛你。蒼天爲證，母愛，刻骨銘心。

以寬恕爲句點

民國五十年代，除了大兒子落籍高雄，兒女大多在台北成家立業，已無須爲衣食奔波的菊妹升格爲阿嬤，在老屋一手帶大五六個孫兒。六十年，菊妹與照美揮別蒜頭那三間本應屬於他們最後卻被佔去的老厝，搬到新莊，之後菊妹至淡水與三子一家同住，直到終老。

晚年的菊妹深受糖尿病、中風之苦，病榻歲月雖然漫長，子孫皆承歡膝下。大女兒大女婿多次帶坐輪椅的菊妹出國旅行，有一年，子女們一起帶媽媽到韓國賞雪，雪地滑，兒女在菊妹的輪椅上綁繩子，一人推椅一人拉繩，避免滑倒，不管如何一定要把媽媽推到最美最亮的銀雪美景裡，同歡同樂。

幼時，菊妹把六個孩子當寶，如今，六個孩子加上媳婿也把菊妹當寶。

兒女成年之後，松君分別找過他們，目的不外是生活所需，兒女也不吝於或多或少給予財物資助。二女兒說，有一次正在醫院做實驗，一抬頭，看到玻璃窗外一個人影，就是爸爸。

照美除外，松君從未找她。

但照美找過松君的「兒子」。

照美從蒜頭親戚那兒得知松君與人生了一子，可想見境況並不好，但孩子很上進，剛到台北上大學。照美心裡很同情這個「弟弟」，打聽名字科系，一通電話打到系辦，問到宿舍。有一晚，照美要丈夫黃恆正陪她，兩人站在宿舍門口，等這個跟她一樣倒楣有同一個爸爸的「小弟」！

那一天，這兩個本應怒目相視卻流著一半相同血緣的陌生人相見了，是個長得很端正、好看的男孩。照美對他說：「我是小姊姊，以後有什麼困難，你儘管找我。」照美不吝於資助他，像個姊姊。她把兩件事分開看，父親歸父親，孩子歸孩子。

兄姊們知道後，常笑鬧她「妳那個弟弟」，照美哈哈大笑不以為惱。她認弟弟，但不認爸爸。

⊙上圖：照美繼承了媽媽的幹練與好手藝，媽媽也最疼這個么女兒。下圖：菊妹在照美四十歲生日那年，打了一條金項鍊送她，正面刻上名字，背面刻「媽媽愛你」，如今是照美最珍愛的紀念物。

八十五歲那年，正是寒冷的一月，菊妹再次中風，步入生命最後一段路，身體承受巨大的痛苦。躺在醫院病床上，呈無意識狀態。但，小女兒握她的手：「媽媽，我是照美，妳知不知道？知道的話，握拳！」被照美捧在手裡的菊妹的手卻有反應，緩慢地用力握了拳。

病榻上，菊妹受洗成爲基督徒。每當痛楚折磨她，照美對她說：「媽媽，上帝會把妳的痛拿走，好不好！」菊妹握拳回答。

菊妹選擇這最小的女兒送她跨過生死邊界。

輪到大姊與照美顧守的那天下午，一直握著媽媽的手的照美，發現心電圖螢幕顯示媽媽正在離開，她忍住哭，把最親愛的媽媽抱在懷裡，緊緊握手，對她說：「媽媽，您放心走吧！」

喪禮時，兒女糊一棟靈屋附了一張所有權狀燒給菊妹，看著媽媽一生辛苦卻從未擁有自己房子的照美，放聲大哭：

「媽媽，您終於有一間自己的厝了！」

菊妹永遠離開這個愛恨情仇的世界。但她一生的劬勞辛苦都滴入兒女的心裡，永遠不忘。她的照片一直放在照美的床頭，每天關燈就寢前，總要再看媽媽一眼；她的照片也掛在兒子的書房琴室，即使年紀一大把，三兒子有什麼心事還是會上樓對著媽媽的照片哭，媽媽是這世上最了解他的人。

三兒子說：

西方有位文學家曾說過：「眼淚不及內心深沉的痛」，有記憶以來，很少看媽媽掉淚，在我們兄妹面前，她總是昂首闊步，一臉堅毅。但在握著她佈滿老人斑的手，陪她話家常時，她的眼神裡偶爾會掠過一抹「深沉的痛」。媽媽臥病在床那段時間，只要在家我會盡量陪在她身旁，只要我離開她的視線一陣子，她會呼喚我，然後輕輕對我說：「沒什麼事，只是想看到你……。」

有一回，我與二哥在電話裡長談，提到子女教養的問題，兩人皆有不知如何是好的感覺。我說，我們「爲人父」之所以摸索得這麼辛苦，是因爲我們從來沒有爸爸做楷模，教我們應該怎樣「做爸爸」才對，當然摸索得萬分艱難！

二哥沉默了，接著嘆了一口氣。

菊妹走後，大女兒告訴弟妹們，病床上，媽媽曾交代她兩件事。一是，她走後，子女們要回蒜頭探望爸爸；另一件，她留了十萬元，將來要給松君辦後事。

兒女們聽了，再次見識媽媽的胸襟與境界。

遵從媽媽囑咐，菊妹逝後兩個月，兒女們攜家帶眷租了車，浩浩蕩蕩回蒜頭老家探望爸爸。

松君也已年邁了，見了兒女，說：「兩個禮拜前，我夢見你們穿黑長衣，你們媽媽是不是走了？」兒女們點頭。

⊙菊妹最愛的小女兒照美。母親以身作則，用生命最後一把力氣示範了對這一生傷害的寬恕；並留給子女，她曾擁有、並一直在守護的，純真的心靈。

他一一叫出兒女名字，輪到照美，卻遲疑了，努力想著的樣子，終於放棄：「妳是誰，我忘記名字了！」

照美並不在意，媽媽已用母愛幫她填滿空缺。她與松君兩人如此相忘，各自平安，也是合理的。

二十歲時，菊妹全心全意選擇愛情，卻背著一生的情債。

八十五歲臨走前，菊妹全心全意選擇放下；床榻上受病痛折磨，一吋吋消殞肉身也一吋吋撕去恩怨情仇，她依然將生命最後一把力氣用來教育她最心愛的子女，以身作則，在所有傷害她的人未曾還給她一句「道歉」的情況下，示範如何自我修復，劃下一個只留恩情不帶怨仇的人生句點。

她把這一生被愛情腐蝕過的枯槁記憶恢復成參天綠蔭，把乾涸恢復成潺潺的清泉，喚回那個渴慕真善美的純情少女，回復一顆冰潔、浪漫的心。

那搖曳的綠蔭，那潺潺的清泉，彷彿低語著：

「我是菊妹，我寬恕一切。」

回憶渣子

盛宴中，菊妹的兒女媳婿以歡愉的心情追念與她相處的情景。三兒子看到妹妹有一件和服，進照美房間穿上，頭上綁毛巾，即興載歌載舞，二女婿見狀亦立刻加入，變成老男人歌舞雙人組，朋友們皆笑倒。

——親人，是無須外求的、人生最早注定了也最晚離開的朋友。

大媳婦說，婆婆非常親切隨和，她與婆婆沒大沒小，婆婆叫她「瘦的」，她叫婆婆「胖的」。二女兒說，媽媽一直很好學，晚年還在練習簿寫英文字。

照美說，媽媽跟他們笑鬧在一起，當年大家未婚嫁時，一屋子年輕人打地舖同出遊，令人非常懷念。媽媽曾很驕傲地說：「看，我六個孩子個個高頭大馬，一起走在街上，我覺得好光榮！」

第二宴

將戰火煉成太陽的女子

幼教專家趙國瑞的故事

說故事人：趙國瑞

趙國瑞的盤中故事

一・龍井蝦仁　太平時節好躬身
二・蔥燒鯽魚　歲月陷落時，人如離江鯽
三・粉蒸排骨　累世方釀尋常味
四・煎雙面黃　風雲翻騰兩面煎
五・燴五色　巧色安排，智珠在握
六・南瓜盅（鹹八寶）　錦繡盡收肚腹中
七・炒寧波年糕　年年熱鬧，步步高
八・燒芥菜　先苦後甘，人生提味
九・紹子豆腐　分散有時，團圓有時
十・栗子燒雞　戰火後的天倫迴光
十一・腐乳肉　光陰膏脂層層疊
十二・金鉤玉牌湯　金鉤懸國運，玉牌展瑞圖
十三・糯米煎　澤雨無偏，心田受潤

栗子燒雞。是趙老師母親爲熬過戰火的全家人所做的最後一餐其中一道菜，也成爲記憶中的永恆密碼，聯結了對母親的思念。

故事食譜，請見229頁。

民國二十年代生，從南京而來

一九六二年，攝於日本大阪。

「如果沒有戰爭，」或許就沒有後來朋友心目中散發聖人光環的「趙老師」了罷？那以國運祥瑞命名、「大小姐生的大千金」，可能仍在累世貴冑的舒適大宅門裡，細細品嘗廚娘動輒耗費數個鐘頭、卻「只是家常菜」的精細江浙佳餚，如夏日的平凡驕陽，悠然地見證太平盛世的光景。

「但戰爭來了，」相同的名字卻諷謔著風雨飄搖大歷史的開端，以及一家人身如飄蓬流轉的機遇；女孩更被迫在青春期之初，失去母親的惜護與教導——這使她決定要代替母親延續生命、彌補悔恨，「加倍又加倍地活下去」；也使她展現過人的堅毅，流淌溫熱豐沛的愛，成爲更多缺憾易感靈魂的知遇者。

主廚情意

趙國瑞老師是朋友們心目中永遠的「趙老師」。

惠綿的恩師曾永義老師稱趙老師是「聖人」，與惠綿自大學即認識的簡媜說趙老師所散發的溫暖令人有勇氣度過寒冬，三哥說趙老師是「絕無僅有」，黃姊則直接了當說，像趙老師「這款人」，是瀕臨絕種的保育類動物，應當請政府加以保護。

奇特的是，趙老師三十多歲時，周圍的大朋友小朋友這麼說她，過了七十，朋友還是這麼說。她天生懷藏累世的修為與涵養，世事瞬息萬變，多少人節操不保，但她沒減損半分，什麼都不用說，她站在那兒，一看就是一座書香門第，一靠近如日之東升。

趙老師是江蘇武進人，這次黃姊接的是全新戰帖——江浙菜。每次盛宴都是朋友出難題給她，她接得樂呵呵地，不以為苦。此次菜單頗具江浙風味，唯「南瓜盅」裡面本應是甜八寶，考慮趙老師不宜吃太多甜食改以鹹八寶。甜點部分，趙老師本來點的是「芝麻球」，這得用大鍋熱油霹叭霹叭炸的小球，根本過不了李惠綿這關，當然到了黃姊這裡也會只剩芝麻，球不見了。為了不要太刺激「老人家」，黃姊還是添了甜點「糯米煎」，腐皮裹圓糯米藏以豆沙，煎得兩面金黃香酥，如一塊黃玉。果然，就忘了芝麻球。

敗就敗在，席間趙老師說故事說得欲罷不能，忘了下箸；聽故事的又因太久沒吃過這麼好吃的江浙菜，停不了箸，以致說故事的人當晚回到家竟然「很餓」，再一「盤點」，居然有好幾道菜沒吃到，而且，跟她的故事最最相關的「栗子燒雞」、「紹子豆腐」都沒出現……。

一向重視「滿意度」的黃姊決定爲趙老師追加這兩道菜另外再奉送一道「腐乳肉」，放在惠綿的盛宴裡。這例子一開，有人也嚷嚷，要比照「追加制」，但黃姊回以「你免肖想」。

是呵，誰能跟趙老師比呢？

這一晚

正是臘月冷冬，這樣的天氣非常適合江浙珍饈，尤其寧波年糕、南瓜盅，散發濃郁的年節氣氛。所謂年節，除了跟親人團圓，也要撥一回跟摯友圍聚。今晚，黃姊的料理手法帶了節慶味，跟楊茂秀教授那次的客家小村風情不同，這次有王府風格，頗印合趙老師的大家風範。

眼前一桌令人讚嘆的龍井蝦仁、蔥燁鯽魚、燁芥菜、煎雙面黃、粉蒸排骨、炒年糕，頗讓人不知從何下箸。果不其然，座中有人問：「應該先吃哪一道？」趙老師答：「從燁芥菜開始，先苦後甘。」微苦的芥菜，入口軟綿，一滑進喉嚨，甘味如湧泉汩汩而出，轉眼間一盤費時個把鐘頭烹調的芥菜已盤底朝天，被撤進廚房，後頭等著的佳餚才能上場。這加了紹興提味的燁芥菜，果然不同凡響，著實讓大家嘖嘖稱好。既已「破題」，接著大家各憑喜好舉箸尋歡；有人中意煎雙面黃，這道將陽春麵、肉絲、銀芽、韭菜等煎得兩面金黃酥脆的上海點心，也速速擄獲人心；有人鍾情於蜷縮著白裡透紅的身軀、飄逸陣陣清香的龍井蝦仁，三哥故作天真，問：「這蝦是上海的蝦嗎？」惹得一陣笑聲，蝦不是上海蝦，不過龍井是杭州的。龍井茶的香氣交織著香菜根的氣味，這道味鮮、色艷、香雅的蝦仁，讓衆人筷不離手。

這桌讓黃姊動輒要㸆一兩個小時，同時又讓大家吃得眉開眼笑的江浙美食，在趙老師年幼時僅只是家常菜罷了，有人不敢置信地再次問道：「都是家常菜？」趙老師十分肯定地說：「對啊，都是家常菜。」即使是花了黃姊兩個小時烹調的粉蒸排骨，那也只是家常菜，三哥說：「這個粉蒸排骨和廣式飲茶裡的味道很不一樣。」眼前的粉蒸排骨是加了酒釀、甜麵醬、辣豆瓣醬等蒸了一個半小時，之後放入南瓜再蒸三十分鐘才上桌，南瓜與排骨皆香軟，且保有南瓜的鮮黃色澤。黃姊稍稍跟大家這麼介紹完之後，轉身又進廚房準備另一道菜——燴五色，這是她特地爲趙老師所獨創的。大夥兒才剛剛心生期待，忽然一顆橘紅帶蒂的渾圓南瓜出其不意地先現身，趙老師一見馬上說：「南瓜盅！太棒了！」揭去南瓜蒂帽，這才得以一窺堂奧，裡頭是白糯米、紫糯米、肝腸、臘腸、香菇、青豆等煮成的鹹八寶。緊接著燴五色也亮相了，果然名副其實，盤中五彩繽紛，但那一顆顆滑不溜丟的各色小圓球讓衆饕客面面相覷，黃姊竊笑，連珠砲似地說：「干貝、冬瓜、南瓜、蘿蔔、紫山藥。」黃姊只是將冬瓜打成泥，再將其他的變形成圓，大夥就不認得了，不過，衆家舌頭都嚐出箇中鮮美與清爽的滋味，算是稍稍扳回老饕們的面子。

粉蒸排骨、南瓜盅，這些費時費工的江浙佳餚，竟只是趙老師當年家中常見的「家常菜」，惹足朋友們艷羨的眼光。

故事開始

一九三六年抗戰前一年，黎民百姓引頸期盼的太平盛世不僅沒有到來的跡象，整個中國在內憂外患的煎熬之下，忽而飄搖忽而靜止，忽而動盪忽而安定；各處相繼爆發零星衝突，嚷嚷一陣又被新的衝突取代了，每一個被取代的事件似乎變得不重要，焉知這些衝突並未解決，相反地，正等待一個匯聚時刻，將齊力掀起濤天巨浪，呑噬整個中國。

這一年，沒有人算得出命運之神將對中國非常殘酷，無數次逃亡像密密麻麻的鐵鎚，將從天空滾落，砸在酣眠的四億五千萬人身上，從此生離死別。

戰爭還在醞釀。一九三六年農曆元宵節後不久，湖北省漢口市趙之鵬、楊應華夫婦迎接他們的新生兒，是個女兒，新春喜氣添在這個健康的女嬰身上，讓趙楊兩家欣喜異常，取名國瑞。

趙家原籍江蘇，著有《二十二史劄記》的清代史學大家趙翼（一七二七～一八一四）是其先祖，更遠可溯至宋太祖趙匡胤（九二七～九七六）。國瑞的曾祖這一支，爲避太平天國之禍遷至湖北省漢口，從事輪渡事業，經商有成，往來皆達官富賈，曾在武漢蓋大舞台請梅蘭芳演出。

父親之鵬出身外文系，本欲朝外交官發展，家中不允長子遠遊在外，改任英文老師。趙家亦儒亦商，這代多文職，趙元任是父親的堂兄。

母親應華是名門閨秀，出身官宦之家，爲大房的長女，在家中被僕傭、姨娘尊爲

「大小姐」，聰穎幹練，遇事能斷能決。依父母媒妁之言，二十三歲頗有女將之風的楊家大小姐帶著一部《資治通鑑》，嫁入趙家。

如果沒有戰爭，趙家的輪船將繼續行駛江面，拓展事業版圖。如果沒有戰爭，應華將像所有太平盛世的大少奶奶一樣，相夫教子，輔佐家業，以她過人的才學與涵養親手教育子女，晚年被成龍成鳳的子孫圍繞，盡享福壽。

但戰爭來了，為了阻擋日本軍艦進犯，趙家多艘輪船奉命開至江西馬當沉入江底，以船禦敵，至此家中連一條船也沒了，戰爭讓數代根基一夕化為烏有。而應華，沒有機會擁有晚年。

國瑞，「大小姐生的大千金」，承接了何等豐沛的祝福與祝禱。然而相反地，她的名字卻標示一個風雨飄搖大歷史的開端。

千里尋夫

一九三七年七七事變，中日開戰了。

踏入趙家的應華褪去大小姐華服，兩隻手得理一個不算小的家；上有公婆，下有新生兒，旁及一個才八歲的小叔。

國瑞記得，母親把做嫂嫂擺在做媽媽之先，吃飯時，餵到處跑的小叔吃飯，卻讓不足兩歲的女兒自個兒拿湯匙挖飯挖得滿桌都是。有什麼好吃的糖果餅乾，總是小叔先享，而後才輪到國瑞和小她三歲的弟弟。那年代的女性，既要新又要舊，理家得理三代，齊家的學問不下於治國。

母親也是國瑞的啓蒙老師。

三歲時，母親總在丫頭冬梅哄弟弟午睡時教她識字。她要國瑞端坐桌前，伸出右手心擱放桌上，以挨打的姿態等著。母親拿出一盒方塊字，一張一張教她識字，只要有認不得、記不住的，小小的手心便要挨尺拍一下。

大概持續了一年，這漫長可怕的「識字挨打」時光結束了，因爲母親忙著安排逃難，無暇再教她識字。

抗戰期間，許多人被派往外地，將妻兒留在家鄉，兩地相隔千里，身邊因而有了所謂的「抗戰夫人」。國瑞的父親隨政府入川，書信往返越見困難，之後甚至音訊中斷，而漢口受戰火波及，亦不能安居了。

母親盱衡局勢，眼看這場戰爭沒那麼快結束，可是這個家得守住，否則會像無數家庭毀於亂世狂濤一樣，從此骨肉離散。膽識過人的她決定放手一搏，千里尋夫。

民國三十年左右，日軍已蹂躪了大半個中國，母親帶著五歲的國瑞和兩歲的弟弟，跟著跑單幫的一位王先生勇闖封鎖線。騎馬走山道，坐篷船行水路，母親幾乎夜不能安眠，機警地保護自己與孩子的性命，經過個把月長征，母子三人都長了疥瘡，蓬頭垢面、千辛萬苦地來到成都，見到丈夫那一刻，多日的艱辛才化成喜悅的淚水。這個家能團圓，全靠母親膽識過人，她不愧是國瑞外祖父眼中獨具將才的掌上明珠，否則這個家必然會因八年抗戰而分離失散。

⊙趙老師拿出老照片，一一訴說照中人物，朋友們驚呼：「您跟媽媽長得好像啊！」

在戰火中漫步

當時國瑞的父親在新津空軍機場工作，向附近農家租借一間房。一家安頓妥當後，國瑞被送去上新津小學一年級。六十多年後，她仍記得上學第一天的情景：「我站在教室門口，看到黑鴉鴉的人群，嚇得嚎啕大哭，死也不肯進去，老師只好把我帶到她的宿舍，讓我一個人哭個夠。」

日本飛機不分晝夜轟炸，大人小孩時而躲到甘蔗田，農家小孩教他們拔甘蔗吃，又躲到包穀田吃包穀，對國瑞來說，上學遠遠不及躲警報刺激好玩。

記憶中，母親不曾帶他們出門遊玩，唯一僅有的一次是在竹林散步。那是一條幽靜的鄉村小徑，國瑞和四歲的弟弟快樂地向前奔跑，突然眼前冒出一群大白鵝，雙翼大張朝他們攻擊，弟弟差一點就被咬到屁股，嚇得嚎啕大哭，逃跑時還掉了鞋，國瑞逃得快早已躲到母親背後。

走進竹林裡，只見母親在地上尋找竹籜，挑選又大又厚的竹籜放進袋子裡，國瑞問母親：「竹籜不能吃，幹嘛撿回家？」母親說：「誰要你們的腳長得那麼快又頑皮，十天半個月就磨穿鞋底、頂破鞋尖，把竹籜夾在粗布中納成鞋底就會結實經穿些。」

在物資匱乏的抗戰時期，母親總能想出應變的妙招。除了縫製布鞋之外，母親還會打毛線、裁衣裳，讓小孩常有新衣穿。有一次母親在國瑞的內衣縫了個小口袋，小小的口袋誘引著她總想放點什麼東西在裡頭。某日，她偷偷從抽屜抓了幾個銅板藏在口袋，

趙老師六歲時，與父母弟弟合影於成都。這段期間正值抗戰，動盪歲月的童年記憶卻特別鮮明。

準備買東西用，哪知半夜起來上廁所，撩動衣褲時，口袋裡叮咚作響，當場被沒收並輕責幾句。第二天，母親釜底抽薪拆掉口袋，自此姊弟倆的衣服再也沒有口袋了。

不久父親調職重慶航空委員會，不管是辦公、住家還是學校，都在三元廟。三元廟位於長江與嘉陵江的匯流處，供奉堯、舜、禹三位聖君。當時他們一家四口就住在三元廟大殿右側的一間房，裡頭擺放兩張床和一張方桌，大床父母睡，小床兩姊弟各睡一頭，方桌既是餐桌也是書桌。三餐吃的是在公家搭伙的糙米飯、大鍋菜，由勤務兵天天按時送來。弟弟上小學一年級，教室就在大殿旁，沒有課桌椅，每天自己拎著小板凳、帶著石板和石筆去上課。國瑞的教室在殿後，放學不消兩分鐘就回到家。遇到物資缺乏，鉛筆短少時，甚至用毛筆寫數學習題。

每天吃過晚飯後沒有任何娛樂只有做功課，母親重視教育，常常催促躺在床上的父親起來督課，其實功課並不多，父親督課的三法寶：背書、默寫、吃栗子（彎曲手指關節敲叩額頭）。不知是聰明還是怕吃栗子，國瑞姐弟的成績大多名列前茅，總算在平淡簡樸的生活中，給父母帶來小小的安慰。

母親懷了第三胎，生產那天夜裡，找來助產婦在大床接生，國瑞告訴弟弟等一下要看媽媽怎麼生小孩，於是兩人躺在小床偷看。父親要他們面牆睡不准偷看，最後也就迷迷糊糊睡著了。第二天一覺醒來，母親身旁多了個小女娃。母親原是大家閨秀一向養尊處優，但遇到這樣的時局，她也能堅強地適應戰時生活，一切靠自己，產後三天便下床忙家務，三個孩子都靠她照顧，連像樣的月子都免了。

投靠外祖父

戰事越來越吃緊，日軍不分晝夜轟炸，警報頻頻鳴響，黑暗潮濕的防空洞裡坐滿惶恐不安的人們，口中不斷念經祈禱。也許是因為住在三元廟，受到三位聖君的特別保護，國瑞一家才有驚無險地躲過可怕的空襲。從躲警報的經驗裡，她體認到恐懼與安全的強烈感受。

由於戰事節節敗退，百姓跟著逃難遷徙，紛紛來到大後方重慶。國瑞的祖父母也帶著五叔由湖南芷江逃到重慶，家人團聚備覺歡喜，母親特地跟鄰人借廚房做了紹子豆腐加菜慶祝，相較於天天吃的大鍋菜，這道紹子豆腐是人間美味，永遠留在國瑞的記憶裡。

但緊接著的難題卻讓父母親愁眉不展。團聚的八口之家使經濟走到山窮水盡地步，老的要奉養小的要撫養，米糧空了誰也變不出來，好大的擔子都落在父母親肩上。他們糾著眉商量之後，決定冒險返鄉，投靠當時擔任親日政府湖北省主席的外祖父，於是父親辭職，一家人扶老攜幼踏上千里歸鄉路。

返鄉仍走來時路，祖父母坐滑竿，國瑞姊弟各坐在籮筐裡由挑夫挑著走，母親穿草鞋抱著妹妹，和父親、五叔一起押隊，一路爬山涉水。

此時封鎖線更是關卡重重，每到關口必有駐軍盤查搜身。有一回，士兵要帶母親到後面民房搜身，要是跟著去恐怕會遭到欺凌，母親很機警，斷然拒絕：「不必進屋，就在這兒檢查吧！」接著，毫不遲疑，當衆解開外衣。母親膽識過人，把那士兵的賊念給壓下了。

戰火燎原，人命如草芥的時代，母親押著這個家從漢口到四川團圓，又從四川回湖北安頓，來回兩趟路老弱婦孺沒短少一條命，不能不令人嘆服她若是男兒身，該有何等作爲啊！

一家人好不容易平安回到漢口，得了外祖父的襄助，暫時可以喘一口氣，不料警報笛聲又響起，這回來轟炸的是美軍，於是再度逃難。之後暫時在漢陽落腳，與國瑞的三姑婆同住一個屋簷下。這時，母親在廂房生了個漂亮小妹，在屠宰場工作的大堂舅送來豬腰、豬肝、豬心、豬肺、豬腸給母親做月子。一個月後，母親便忙著醃製臘肉、香腸、鹹魚、豆腐乳，歡歡喜喜過了一個豐盛年。

此時戰火仍未停歇，但戰爭已進入末程。一家又遷居南京，於靈隱路一幢高級花園洋房與外婆、舅媽同住。國瑞曾在這裡與外祖父吃過唯一的一次早餐，外祖父並不兇，但她卻不敢抬頭看他，只知道桌上滿滿地擺了一桌菜。

父親賦閒在家讀書寫字，母親陪著外婆種花聊家常，國瑞與弟妹在後花園遊玩，這樣悠閒的日子是國瑞記憶中最後的幸福，因爲戰爭一結束，幸福的五彩光影就要滅了。

抗戰中期，趙老師全家在大後方團聚，母親特地跟鄰人借廚房做了紹子豆腐加菜慶祝，是當年屈指可數的人間美味。

最後的中秋節

抗戰勝利，日本投降，這是所有老百姓日夜祈求的一天，趙家也不例外。然而，趙家萬萬沒料到，隨之而來的政治清算大禍，將毀了一切。

汪偽政府瓦解，官員遭到逮捕，均以漢奸治罪。外祖父即刻被帶走，房舍查封。趙家一家老小，全被從花園洋房趕了出去。

父親另外租屋安頓。外祖父被抓走，母親的心情極為鬱悶，她心裡有數，這一回恐怕凶多吉少，卻又抱著一絲希望。當時，幾乎求助無門，政治氛圍肅殺，漢奸的大帽子扣下來，滿門抄斬也不是不可能，誰敢靠近。她一邊打聽外祖父的審判結果，一邊安撫外祖母，同時又擔心自己的丈夫受到牽連被捕，叫她一人如何面對老邁的公婆與四個嗷嗷待哺的孩子？

這場政治大劫讓母親陷入無底煉獄，她一夫當關的氣魄被這場風暴摺倒了，日夜受悔恨與憂傷的折磨，她懊惱不已，說：「千辛萬苦從大後方回來，一轉眼變成漢奸同路人，早知道等勝利再回來，命運就截然不同。」

消息傳來，外祖父被槍斃了。

母親哭紅了眼，在佛寺為外祖父做了一場法事。哀傷與恐懼浸潤她的全身，這個一向有勇有謀的大少奶奶被看不見的惡神掐住脖子，使她食不知味，寢不成眠，常常自丈夫被抓走的惡夢中驚醒，卻必須打起精神挑著長女長媳的重擔。

中秋節，本是歡喜團圓的日子。母親，身心俱疲，卻強打起精神，烹煮豐盛美味的午餐。彷彿，預知生離死別的符咒將貼在她身上一般，無論如何，要親手爲丈夫孩子煮這最後一餐。

「當天中午我放學回家，」國瑞回憶著，「看到餐桌上有栗子燒雞、紅燒肉、紅燒魚、紹子豆腐、排骨湯，陣陣香氣撲鼻，我們一家六口一起享受天倫之樂，好久好久沒那麼開心了。」

母親做的永恆的一餐，栗子燒雞最讓國瑞難忘；往後一生，這道菜像一句密碼，聯結了對母親的思念。

下午，母親依禮數回娘家向長輩拜節，帶回安徽的蕩山梨。晚上，母親切了一盤水梨搭著月餅，全家一邊賞月一邊吃。

沒人察覺，當母親一刀切開水梨時，那張「分離」的符咒已經生效了。

次日放學回家，只見母親躺在床上，國瑞說：「從小我不曾看過媽媽生病，也不曾替她做過任何事。這時，她叫我：『幫媽媽把那床被子拿下來蓋上』，媽媽怎麼連拿被子的力氣都沒有了，我心裡有不祥的感覺。」

媽媽病倒了，發高燒。家裡的氣氛凝重，父親請醫生看診、煎煮湯藥，但媽媽仍高燒不退，全身長紅疹，中秋後第三日，還來不及送醫院，媽媽過世了。

父親悲傷地把孩子叫來，圍在床前向媽媽告別。

年僅十歲的國瑞突然感受到生離死別的恐懼，趴在母親的大腿哭喊「姆媽！姆媽……！」淚水濡濕了母親餘溫尙存的身軀；七歲的弟弟也在一旁哭泣，三歲的大妹似懂非懂地跟著哭，八個月大的小妹躺在搖籃裡，天眞得什麼也不知道。

母親懷著深沉的憂懼離開這個世界，臨終前，千交代萬交代，要父親把孩子安頓好之後趕緊逃命，她怕殘酷的政治刀斧會架在丈夫頸子上，四個孩子會成爲無依無靠的孤雛。斷氣後，三十五歲的媽媽，睜大著眼睛，不肯閉上。

送葬時，棺木越抬越重。抬棺的工人說，唉，你看看那群孩子，十歲七歲三歲還有個抱在手裡的嬰兒，這怎麼說呢，不是棺木重，是裡面做娘的捨不得走，眞是可憐，我們好好抬她吧！

母親一過世，小妹被迫斷奶，一下子便消瘦了，大家叫她「瘦小妹」。也許是母親不願讓這個小女兒從小失去媽媽的襁抱所以帶走她，幾個月後，瘦小妹越來越病懨懨地，國瑞抱著她，她竟在姊姊的懷裡夭折了。

國瑞說：「媽媽走後，這個家好像空了。爸爸剪下媽媽的髮絲和指甲，珍藏了六十年，常捧在手心對著哭泣。」

媽媽走後，一家幾乎四散。國瑞跟著祖父祖母回武昌念小學，之後到漢口上初中。沒有母親照顧的成長路，國瑞走得艱辛孤苦又寂寞。初中住校，需以白米抵繳伙食費，同學都是由家長背去，只有她，一個瘦小的初中女生，自己背著大包白米走路去學校，袋子綻了線，一路灑米，都不知道。

那年紀的女孩正逢青春期，有好多事需要母親教導，女同學們左一句「我媽媽說」

右一句「我媽媽說」，更讓國瑞傷心。她對母親的思念不曾稍減，曾與同學一起坐在學校的升旗台上哭著想媽媽，每逢中秋更是暗自流淚，從此再也不敢與家人分梨吃。想媽媽想得深時，她會特意去吃小時候討厭吃的南瓜和麵疙瘩，因為這是母親最愛的食物，彷彿如此，可以跟母親近一點。

一九四九年，另一波逃難潮起，十三歲的國瑞跟著家人渡海來台，「我們就像落葉，跟著風到處吹」。從此，她連母親的墳都上不了。

孤女的奮鬥

父親在台中縣東勢電廠工作，國瑞進了東勢國中讀初二。不久，父親調職總公司，舉家北上，國瑞想插班北一女初中，考試時，根本看不清楚黑板上的字，當然落榜了，國瑞很沮喪，想去跳淡水河（那時對台灣地理不熟，只知有條淡水河），走來走去都是馬路，找不到淡水河，居然走回家了。之後，考上「台北女子師範學校」（今台北市立教育大學）幼師科，她用公費替自己配了第一副眼鏡，才看清楚黑板上的字。

十七歲自女師畢業，她拿到今生的第一張文憑，之前念的兩所初中、五所小學都沒拿到畢業證書。因表現優異，被熊慧英老師賞識留在女師附小幼稚園當老師，從此踏上教學之路，大家稱她「趙老師」。工作有了薪水，她不僅經濟獨立，每月還能給弟妹零用錢。

⊙黃姊三哥（音樂家黃淵泉）即興吹奏一曲，笑淚交織的故事更令人縈懷。

多少人在十七歲時還浸泡在自憐自艾的苦悶青春裡，對國瑞而言，她沒有權利自憐自艾，相反地，必須加倍自立自強，讓母親在天之靈放心。也許因為這一層體悟，使她完整地繼承母親的幹練，另一個具有大將之風的「大小姐」長成了，如當年的母親。

二十一歲，國瑞隻身赴日本大阪的僑校教小學，六年後回台。之後，受王昇將軍夫人熊慧英老師賞識，聘任私立奎山小學校長。不論幼稚園或小學，她秉持以愛為圓心的教育理念，一切以學生為中心思考，在她的帶領之下，各種改革一一推展，校風丕變。六年之後，漸感與恩師有理念上的衝突，權衡之下，決定離開奎山，保全師生情誼。

其實，這是命運的安排。為的是，要讓她與一個南部鄉下來的小女孩相遇。

民國六十一年夏天，她們相遇了，改變了彼此的一生。

義結母女緣

離開奎山小學之後，趙老師應邀至「振興醫學復健中心」教學組擔任主任。振興醫院與華興中學都是蔣夫人宋美齡女士創辦的。當時，振興是治療小兒痲痺病童最重要的醫療院所，許多行動不便的小孩在此開刀做復健，甚至也有不少孩子離鄉背井來此住院治療。為了不中斷學習，院方由華興支援，設立教學組加以銜接，以治療為主教學為輔。趙老師雖具有豐富的教學資歷，但從未有過特教經驗，心中頗遲疑要不要接這份工作，特別去了一趟振興。

在這之前，她從未看過行動不便的孩子，在振興院區，映入眼簾的是那麼多承受肢體之苦的小孩，這景象緊緊揪住她的心。這些好似被天神遺忘的孩子，觸動她從小失去母親彷彿也似被遺棄的原初感情，心裡很難過，她想爲他們做點事，毅然接下這份跟之前的校長職位相比稍嫌降格的工作，身兼教學主任與國文老師。

上課第一天，趙老師一站上講台，立刻發覺必須重新排座位。

約二十名十歲至十三歲學生，有拄杖的與坐輪椅的，竟有坐輪椅的被排在教室內側，出入當然不便，而原來的老師竟連這一點都沒想到。排座位時，有個學生生病沒來，趙老師問：「她是坐輪椅還是拄拐杖？」學生答：「坐輪椅。」因此把她排在靠門邊與一個男生相鄰。這女生知道後很生氣，她叫李惠綿。

命運那條柔軟的繩子將三十六歲的趙老師與十二歲的李惠綿輕輕地綰在一起，對她們各自艱辛的人生而言，這條繩子是最美好的補償。

趙老師對教學與實務總能獨創革新。她心思細膩、具備行政長才又處處以學生爲本，因此很快地發現生活庶務頗多需要改革。

譬如，通勤生有點心吃住校生反而沒有，五點吃過晚餐得熬到次日七八點，不利於孩子的成長發育，她去爭取。孩子吃什麼她也吃什麼，發現廚房供應的麵包是過期的，大怒，要求改進。她察覺孩童的睡衣太舊太小，有些女生開始發育了，穿起來會爆釦子，又去改革。浴室洗澡設備未考慮學生的治療狀況，讓孩子爬著去洗澡把石膏都弄濕了，她又去改革。這位宋太祖趙匡胤的後代，果然很有帝王將相之風，背後有人稱她「趙改革」。習於因循苟且的人，很怕跟「趙改革」一起開會。

在教學方面，她考量孩童治療後都會返回原來的教育體制，因此不重複課本教學，另外設計課程內容，以唐詩宋詞三字經等經典爲主，鼓勵背誦；好勝的惠綿總是背得又快又好，得了口琴與笛子獎品。

每週一兩次，趙老師會帶一朵花插在講台花瓶裡，告訴孩子花名，教他們欣賞美麗事物。她知道行動不便的孩子形同禁錮，藉此拓展他們的視野。

學生中有好幾個離鄉背井來治療，小小年紀飽嘗雙重辛苦。每到假日，趙老師克服種種困難帶他們到戶外散心，遠觀星空近賞花草，提供照相機讓他們互相攝影留念。孩子們臉上綻放興奮、快樂的笑容。

爲了提升語文能力，她讓孩子寫日記，既練習文筆也讓飽嘗病苦的小心靈透過文字傾訴。每天交來的日記，她必定仔細閱讀，用紅筆批改，寫下讀後感，與他們進行私密的對答。孩子們早上交日記，下午做完治療都迫不及待地回教室領日記，看老師寫給他們的悄悄話。其中，李惠綿的日記本上總是寫了滿滿的紅字。

李惠綿，從台南鄉下北上的這個小女生，展現了超齡的聰慧與堅強。她具備強烈的企圖心，努力學習，好似重重厚繭中，有一顆渴望破繭而飛的心。

趙老師注意到她，特地去社會組調閱惠綿的資料。當時，振興要求來治療的孩子需附全身照片，十二歲未治療前，惠綿不能站立，照相館用兩把椅子把惠綿夾在中間，讓她雙手撐著椅子保持「站姿」，速速拍下全身照。趙老師看到資料表上這張照片，看到惠綿那雙骨瘦如柴的腳，哭了。

以淚眼相認，趙老師在這裡「認出」女兒，而惠綿從此多一位母親，一路照顧她，栽培她。

趙老師的決定曾遭到質疑，有人問：「學生那麼多，比李惠綿優秀的多得是，妳爲什麼選她？」

趙老師斬釘截鐵：「比她優秀的，我沒看見。」

振興一年後，趙老師應聘至「大陸災胞救濟總會」附設的「兒童福利中心」任副主任，直到退休。二十年，永遠的副座。但大家都知道，主任來來去去都是酬庸的過客，有什麼事，找副主任。

在戰火中成長的一代，有過人的堅毅，失去母親護持的孤女，反而流淌豐沛的愛。趙老師說：「我曾經想像母親一樣活到三十五歲，等到年齡將近，才知壯志未酬豈能身先死，也才更加了解母親當年的悔恨，於是決定要代替母親延續生命，加倍又加倍地活下去。」

愛，是一切的解答。因爲對姆媽永恆的愛，讓這位以國運祥瑞命名的女子，傾全力，將一身戰火都煉成發光發熱的太陽。

趙老師七十壽辰，與惠綿合影於餐廳。她們的「母女奇緣」，是最動人的篇章。

回憶渣子

黃姊非常尊敬趙老師，趙老師對黃姊的手藝亦讚不絕口。黃姊每隔一陣子會做點兒清淡可口的小料理，「犒賞」伏案趕論文的惠綿和趙老師。趙老師一聽到黃姊要來，高興地說：「有好吃的東西了！」大約自覺如此高興有點不當，轉個小彎對惠綿說：「我是說，黃姊來得正好，我們有些東西可以順便給她！」

——只要願意相信。
像宗教救贖般無私——有些朋友的出現，
竟只為了完滿彼此缺憾的生命，並終生信守護持。

第三宴 幸福，像曇花開落

翻譯家黃恆正的故事

說故事人：黃照美與黃恆正朋友

黃恆正的盤中故事

【與黃恆正相關的菜餚】

一．蒜炒溪蝦　但爲孺子甘伏首

二．烏魚子　日曆紙包裹的手足情

三．壽司　憂煩欲寄無從寄，畫個圈兒替

四．人蔘雞湯　當病魔來敲門

五．麻糬　天眞爛漫多憨態

六．甜湯圓　團團圓圓迎新婿

七．原味饅頭、地瓜稀飯　預知自虐紀事

【朋友點菜】

八．紅糟肉醬　牆外母親如相見

九．醉雞　微醺才解苦悶時

十．鮮蚵絲瓜煮豆簽　兩地遙隔，親子同煎

【黃姊設計】

十一．黃金白玉　雪膚花貌玉精神

十二．古早日子　番薯不怕落地爛

壽司。黃恆正住院期間，心疼妹婿的二姐，每天都會帶著他愛吃的壽司來探望，是徬徨無助的病人夫妻最重要的支柱。

故事食譜，請見243頁。

民國三十年代生，從嘉義而來

被熱血燙過的人生是什麼滋味？被折磨的人生是什麼滋味？被遺棄是什麼滋味？被珍惜疼寵是什麼滋味？被硬生生掠奪，又是什麼滋味？

這些，黃恆正都嘗過。他一生雖短，卻豐實。時鐘滴滴答答。病榻上乾淨舒服的黃恆正回想過去四十八年的人生，時而看見奔跑於美麗土地嘉義田間的小童，時而看見激昂澎湃的青年，時而看見綠島風浪裡一隻孤鳥飛過……

遲到的幸福圍確實來訪過，像潔白曇花盛放。然而，總有不可測黑暗力量等在前方。這次，等著逮捕他的不是警總的囚車不是「大衆幸福黨」事件，是陰狠病魔嫉妒他怎可如此幸福——卻無損於他用一生印證的，補償的眞諦，以及相知相惜的夫妻之愛。

台灣大眾幸福黨

一九六〇年代的風已經吹遠了，但是，那年代的悲傷故事依然在翻動歷史書頁的微風中低吟。

那年代，獨裁統治的威嚇暴力已把整個社會鎖入風聲鶴唳的恐怖氛圍中，什麼都能動就是不要「動腦」，什麼都能問就是不能對「大有爲」政府產生「質疑」。那年代的知識青年不知如何安放自己，頭，不能往後看——二二八是致命禁忌；眼，不能遠觀國際，更不能看當局禁止的書籍。執政黨建造一座座「思想的溫室」，以特調肥料灌溉莘莘學子。

禁忌年代，宜蘭縣羅東鎮，有一群「思想溫室」無法改造的熱血青年，腦中長滿思想的草莽，由於不滿國民黨政府對台灣人的壓迫與差別待遇，決定籌組政黨，擬以非武裝方式推翻國民黨統治。

一九六五年，陳泉福、陳啓智等人因受艾思奇《大眾哲學》影響，經過長期籌備，組成「台灣大眾幸福黨」，並草擬組織草綱、青年同盟組織草案、入黨誓詞……等重要文件。黨員中頗多爲中小學教師及藝文人士，秘密聚會時，閱讀左翼理論之書、辯論政治理想、批判獨裁統治，更激勵這群熱血青年獻身爲台灣奮鬥的鬥志。黨員積極且謹慎地吸收新血，亦與散佈台灣各地的其他組織、讀書會有所交集，尤其，參與了顏尹謨、林水泉等組織的「全國青年團結促進會」。

一九六七年，「全國青年團結促進會」出事了，顏尹謨、林水泉被捕，當局一棒打兩窩、兩窩牽四窟，致使「台灣大衆幸福黨」黨員悉數被捕，遭判刑。

陳泉福、黃英武、簡金本、黃恆正……等被判有期徒刑十二年，林德川、劉炳煌等被判有期徒刑十年，蔡俊榮等三人被判有期徒刑六年……，台灣大衆幸福黨事件共有二十多人被捕入獄。

當牢房的鐵欄砰然關上，這群矢志要帶給台灣人民幸福的青年人，從此被奪去一生的幸福。

這一晚

二〇〇八年，距「幸福黨」事件已超過五十年，世局越來越像無法無天的頑童，隨意翻筋斗，翻得人驚嚇連連，昔日足以讓熱血青年爲之拋頭顱的崇高價值與原則，於今就像一只牆邊花瓶，被那翻筋斗的頑童一腳踢破了。

今晚輪到黃恆正說故事，他是黃姊的先生。

當然，黃恆正等不到這一晚親口說出自己的故事，十九年前，他得急症倏忽在第二十八天被迫告別人世——就像當年倏忽被警總逮捕一樣，他來不及交代任何一篇文稿，任何一筆檔案，任何一樁祕密，任何一句叮囑，匆匆地隨風飄逝。

但他生前，曾經從堆滿外文書與譯稿的雜亂書桌抬起頭，點一根菸，對妻子說：「黃照美，有一天，我要寫一本自己的書！」說完，重重地吐著煙霧。

黃恆正始終埋首於出版社交辦的翻譯工作，一本接一本，賺取生活所需。寫一本自己的書，是遙不可及的願望。

他的妻子替他記住了，想爲他完成大願，讓翩翩而飛的文字，記錄凶險年代一個年輕人艱辛卻堅定的腳印。

昔日，「台灣大眾幸福黨」的同志受邀參與這場盛宴。前「台灣地區政治受難人互助協會」總會會長黃英武先生熱心聯繫，散居各處忙於事業的難友依約前來，簡永松、鍾春蘭夫婦，簡金本、林德川、柯耀光、邱廣生，他們一踏入黃姊家，那年代祕密集結、聚無定所的讀書會彷彿再現。不同的是，當時大家都很年輕，擺在前面的是禁書，今晚，都有歲數了，擺在眼前的是滿桌出自黃姊巧手的佳餚。

蒜炒溪蝦、烏魚子、壽司、人蔘雞、麻糬、甜湯圓、白饅頭這幾道菜跟黃恆正有關。醉雞是黃英武愛吃的。紅糟肉醬是柯耀光點的，他說，坐牢時媽媽帶紅糟肉醬來探他，這道菜讓他想起獄中歲月。嘉義人林德川想吃絲瓜煮豆簽，他用這道菜懷念母親。那年代，兒子當政治犯，做母親的心千刀萬剮，看得見與看不見的牢同時關著母子，無怪乎，談起那段歲月自然想起媽媽。

黃金白玉是豆腐料理，古早日子以地瓜葉烹調，這兩道是黃姊另加的，她說，大家年紀大了，比較喜歡吃點清淡的軟食。俗話說「番薯不怕落地爛」，提起古早日子，有什麼比地瓜葉更能代言從那個苦難年代走出來的人呢！

朋友們談興正濃，夾雜國語台語，話題圍繞當年如何聚會、交換書籍，負責文稿的

以地瓜葉入湯，黃姊特別為老前輩們設計的「古早日子」。

石憶拿出錄音筆問：「可以錄音嗎？」老前輩們似乎驚動了一下，臉色微微一沉。雖然很快恢復和悅的神色，但那瞬間的反應透露了潛藏在意識深層的夢魘訊息。

啊，請問，那是個什麼樣的年代啊！

黃恆正這個人

一九四二年（昭和十七年），戰爭已進入末程。

這一年，美軍在中途島戰役重創日軍，是太平洋戰爭美日勢力的轉捩點。這一年，爲了力挽頹勢，日方在台灣實施志願兵制，舉行大遊行，全台籠罩在爲天皇光榮出征的慷慨氛圍中，四十二萬台灣青年申請加入志願兵行列，經過篩選，一萬多名十九至二十三歲的青年獲選，接受正規軍訓練，次年，台灣志願兵被送到南洋戰場。同樣這一年，黃恆正，生於廈門。

他的出生是個意外。

黃恆正的父親是嘉義縣蒜頭村人，家中薄有資產，但似乎心不在經營事業，跟當年處於戰爭浮盪局勢之中想要尋找新契機的年輕人一樣，他四處探查，尋找一步登天的生意而非如熱血青年去爲天皇上戰場送死。他與朋友至廈門遊歷，在那兒認識一位貌美的廈門小姐，結了婚，很快地，生了頭胎兒子。

直到五六歲，被疼愛他的契嬤喚作「宏星」的黃恆正，才隨父母回到故鄉嘉義。

此時，雖然已經光復，台灣社會依然處於亂局，二二八剛發生，嘉義爆發激烈的武

裝衝突。黃恆正的童年吸納過多來自父祖輩的激憤談論，成長過程累積了一個鄉下男孩不該有的政治思維，對不公不義之事常有切齒之恨，他並未發現但往後證實他是個行動主義者，具有赴湯蹈火的傾向。

蒜頭村不大，有三個姓黃的男子被稱爲「蒜頭三朵花」，他們是菊妹的丈夫亦即是照美的父親，一是照美好友秀貌的父親，另一位就是黃恆正的父親。男人有男人的「事業」（但在妻兒眼中，他們的事業比較接近玩樂，離大粒汗小粒汗的拼搏狀況較遠），這三家的孩子也從小相識。

因年齡關係，黃恆正較常跟照美的哥哥玩在一起，兩人反而不熟。他有一張俊秀和善的臉，個性活潑，朋友們都喜歡跟他相處，頗具異性緣。唸高中時，對新事物具興趣，喜接觸藝文書籍，但也沒變成書呆，跳舞、練舉重樣樣都來，是那年代難得的「正常」青年。

唯一不同的，他開始關注社會議題與被視作禁忌的政治黑暗面，他渴望知道世界變成什麼樣子，想了解這個小島與那塊大陸到底發生了什麼事？企圖詢問哪一種理論較接近社會正義。

一九六二年黃恆正當兵之前，他與同代青年都泡在一個苦悶年代，被綁手綁腳地成長。

國民黨政府雷厲風行地推動對台灣的統治與「改造」。一九五〇年代，伴隨台灣人民胼手胝足建設「復興基地台灣」的是嚴峻的外在局勢：一九五〇年韓戰爆發、一九五五五年一江山失守大陳島退兵、一九五八年八二三砲戰；致使撤退來台、喘息甫定的統治者更堅定地實施「反共大陸」基本國策，在這條至高無上的政策底下，統治的手腕愈加嚴苛。政治異議份子被視爲除之務盡的毒草，一九五二年「鹿窟事件」，死刑卅五人有期徒刑九十八人牽連兩百多人。第一才子呂赫若也在逮捕前一年死於藏匿的鹿窟深山。

然而，銅牆鐵壁的縫隙也能長出小草，不服輸地，標示自己的青翠。《自由中國》、《文星雜誌》，儼然成爲那年代追求新知的年輕人的窗口；藏在舊書攤老闆床下的一本本禁書，雖撕去封面，渴慕的眼睛仍然認出這正是他們欠缺的精神糧食，是心靈導師遞來的思想火把。

黃恆正活在這種時代的轉輪底下，困惑，疑慮，說不明白的抑鬱埋在心裡，他已不能成爲一個沒有聲音沒有意見的人。

自然而然，懷抱同樣困惑的年輕人像磁鐵般相互吸引；他們交換不知第幾手的世界局勢消息，批評國民黨的腐敗作爲，指證台灣人所遭受的不公不義，傳遞未曾聽聞也無法求證的政治人物祕辛。

黃恆正帶著不安且銳利的眼睛入伍。在軍中，看到更多黑暗面，在在刺激他的內心。不久，他認識一個叫柯耀光的人，兩人很快發現彼此看法一致。因他的關係，又認識其他志同道合的朋友；他們彼此從眼神指認抱負，從話語驗證心志，因這意志與抱負如此純粹、不疑，因這份純粹需要護守、支持，有一天，這群年輕人歃血爲盟。

黃恆正踏上一條改變一生的路。

讀書會

平心而論，一個閱讀的胃納較大、渴望拓寬思想視野的五、六〇年代青年，很快就發現找不到書讀了。

教育體系餵養的語文作品大多以鞏固最高領導爲選文標準，國文課本的課文俯拾皆是：國民中學聯合開學典禮訓詞、立志做大事、民元的雙十節、慶祝台灣光復、革命運動之開始、我們的校訓、黃花崗烈士紀念會……。坊間藝文作品中，反共小說一枝獨秀。新文學運動後二三十年代赫赫有名的作家們，除了相對安全的徐志摩、朱自清、夏丏尊等之外，凡陷在「匪區」的作家，懶得囉嗦，全劃爲禁書。其中，魯迅這名字像瘟疫一般，不，在統治者眼中，他就是瘟疫。而那時，一個想自殺的人只要站在派出所門口大喊：「我看馬克思的書！」自然有人幫他處理剩下的事情。

黃恆正參加讀書會，從一本本泛黃的書冊中打開知識的眼界，更助長其虎虎而生的奮鬥意志。那時，艾思奇的《大衆哲學》是必讀之書；這是一本深入淺出宣導馬克思主義哲學的作品，寫給懷有革命傾向、對馬克思主義理論尚未接觸的年輕人看，很多不滿時局、初初打開思想眼界的熱血青年深受此書影響。

黃恆正的心、眼、意志，已不是昔日那個懵懂少年了。他拿起筆，寫批判文章，一篇接一篇，下筆犀利，當然無處發表，除了讀書會的朋友看過，其它都是寫給抽屜看的。

一九六五年，以羅東青年爲組成基礎而拓展的「大衆幸福黨」祕密成立。這年，黃

老難友柯耀光（左）在服役時認識黃恆正，因緣際會，與更多志同道合的朋友相遇相偕，走上一條「寫歷史」的坎坷不歸路。右為簡金本。

恆正退伍。

退伍後，在一家工程公司工作，參與北港大橋的興建。一九六七年，他與交往的女友結婚，住在北港。黃恆正的父親在他小學時即已過世，幼年由阿妗照顧長大，他與原生家庭的關係較淡，底下雖有手足，但少了一般家庭的親密感。因而，自立的這個小倆口之家，可說是他的唯一歸宿。再怎麼鋼鑄鐵打的心，天黑了總要踏上回家的路，回去心所愛的妻子做好晚飯等著的家。

然而，陶醉在新婚喜悅之中的黃恆正，完全不知道以吞噬思想犯為樂的惡魔已經出動了。牠們沿台灣低空掠飛，以靈敏的嗅覺聞出血管中含有馬列主義成分的人——這些遭受污染、思想「骯髒」的人，必須以強制手段加以清洗！

一九六七年秋，受「林水泉等叛亂案」牽連，「大眾幸福黨」遭到滅黨式的逮捕。數名軍警踏入北港黃恆正的家，從書桌抽屜搜得數篇「反動」文章及兩顆子彈。

「誰寫的？」軍警問。

「我寫的。」黃恆正坦然回答，男子漢敢做敢當。

「子彈也是你的？」

「是我的。」

這個雖瘦卻精神奕奕的青年，如他的名字所指涉，恆且正，坦然面對迎面襲來的風暴。

他被帶走時，正好新婚三個月，之前幾天，妻子才告訴他，懷孕了。

入獄

沒有人知道從被押離家門到入獄服刑這段時間，他遭遇了什麼樣的對待。黃恆正有生之年，絕口不提。彷彿，一個獨自旅行的人不小心走入岔路，誤進地獄之門，遭受說不出口的對待，如今既已回歸原來路徑，那段岔路就讓它像一條生蛆的腐肉，永遠永遠丟了吧！

黃恆正被判有期徒刑十二年。原是十年，兩顆子彈發揮作用；這兩顆當兵打靶時撿得的彈頭，很多阿兵哥會留作紀念，黃恆正也不例外，卻成為加重罪行的證物。

罪名是——任何一個判斷力處於正常狀態且以公平為念的人都想不出能給這兩顆子彈安什麼罪名，然而在黃恆正的判決書上，這兩顆子彈被安的罪名是「意圖以武力推翻政府」。

一顆一年，兩顆加送兩年。

牢房的鐵柵在他背後砰然關上。黃恆正，這個二十五歲剛結婚快要做爸爸的男人，面對生命中最冷酷的現實：他什麼都不是，他只是一個必須被關十二年的政治犯。

被鐵蹄踐踏

一九六八年，三十一歲的小說家陳映真亦因「讀書小圈」被捕，叛刑十年定讞。三十二年後，他在〈父親〉一文（收入《父親》一書，洪範）寫到：

一九六八年秋，入獄後第一次獲准和家人會面時見到了父親。看到父親的白髮，感覺到給父親造成這麼大的憂慮，深爲歉疚，不覺淚下。但父親神態安詳，沒有一句責難怪罪的話，卻要我牢記我在獄中生活的三重自我定位：

「首先，你是上帝的孩子。其次，你是中國的孩子。最後，你才是我的孩子。」他說。

……

終其一生，父親都不曾是政治上世俗的反對派，但當一九六八年，他的兩個兒子——我和六弟遽爾同時被秘密逮捕下獄，在嚴峻的政治和社會的考驗中，父親表現爲一個信仰根基穩固的基督徒、一個慈愛而又對於思想人文具備了絕不同凡響的認識力的父親，和一個滿有智慧和尊嚴的知識份子。

來自家人強而有力的臂膀的擁抱，是政治犯僅有的感情資產，那毫不減損的親情之愛，恐怕也是漫漫苦牢裡最能抵擋瘋狂的靈藥。然而，在「嚴峻的政治和社會的考驗中」，並非每個政治犯家人都能具備如陳映眞父親般的境界；換個角度看，家裡出了一個政治犯，帶給家人的「恥辱感」與阻礙，恐怕會快速腐蝕親情這棵樹，甚至導致牢外的家人亦形同「坐牢」，在街坊指指點點的鄙夷之中，不得不搬遷、隱姓埋名。

入獄後第一次獲准與家人會面，黃恆正期待妻子的身影。

他徹夜難眠，恨不得天亮，眼神已失去偵訊時的堅毅，像個做錯事孩子期待寬恕一般。屈指數算，胎兒應已七八個月不多時將要出生，他想像妻子大腹便便的走路模樣，更愧疚讓她舟車勞頓。

然而，眼前的妻子，腹部平坦，表情嚴肅。

「囝仔呢？」黃恆正問。

「拿掉了。」

「拿掉了？……幾個月拿掉了？」

「七個月。」

黃恆正喃喃重複：「七個月拿掉了……！男的還是女的？」

妻子沉默。

在會面時間將盡之時，妻子拿出一張紙，遞到黃恆正面前，十行紙的第一行寫著「離婚協議書」。

霎那間，黃恆正無力判讀每一個字，像一個愚昧的文盲。

希望啊，最後一絲希望也被奪去了！

內心被掏空了，充溢苦澀，鼻腔一陣酸楚，他想問為什麼，隨即低下頭，一個在街坊鄰居面前被銬上手銬帶走的犯人還能奢望什麼回答？他知道，今天他必須「畫押」另一份「判決書」；他有什麼資格乞求憐憫，有什麼條件期盼溫柔的愛，有什麼能力奢求一個全心全意等待他的家？他自知一無所有，因而也就沉默卻堅定地抑制發抖的手，拿起筆，在紙的左下角，簽著「黃恆正」。

戴著手銬往牢房走時，黃恆正忍著心痛，想：「也好，我與她，至少有一人是自由的！」

暗夜，黃恆正側身躺著激動地流淚，無聲的淚水濕了衣袖。從此，暗黑的苦牢完完整整擁有這個二十五歲的青年。

獄中苦讀

獄中歲月是黃恆正永遠掩埋的一段記憶，他絕口不提，且用一個男人的全部意志嚴加封鎖。

十年光陰，他心碎過嗎？心神瘋狂過嗎？他哭過嗎？尋死過嗎？他信仰什麼？破滅過嗎？什麼時候開始，他度過最殘忍最黑暗的心志毀滅階段，從陰暗狹仄的牢房站起身，感受自己還是個堂堂正正的男子，不是如統治者詈罵的，是國家民族的罪人，是思想的鼠輩。到底吃過多少頓牢飯，他才決心把獄方故意安排跟他同房的精神病室友當作兄弟，把這間充斥屎尿薰臭的牢房當成「家」——他，黃恆正，一個沒有家的人，想必比其他人更能體悟「處處無家處處家」的滋味。

黃恆正進入「苦讀」階段。他的生命藉由學習一點一滴回來了，血液裡流淌的知識濃度越來越高。他自修英文、日文、德文，連字典也津津有味地讀爛了。

在綠島服刑時，換了一個新室友，大他二十二歲幾乎可以當爸爸，叫柏楊。

同遭「白色恐怖」的難友們共聚一堂，回憶當年，也說出對黃恆正的認識。由左至右：林德川、簡永松、黃英武。

一九六八年，柏楊因翻譯「大力水手」漫畫，將「fellows」（夥伴、同事、人、漢子、傢伙）譯作「全國軍民同胞們」，被調查局以「共產黨間諜」、「打擊國家領導中心」罪名逮捕，原判死刑後改判十二年。

這一老一少兩人各自尋得心靈寄託，耕耘稿田，展開文學進程。但在作息上，卻有了牴觸。

當時，柏楊正大量閱讀《資治通鑑》等史料，計畫撰寫《中國人史綱》，他慣於躺在枕上看書，否則就睡不著覺。而那段時間，黃恆正因長期用腦過度，有嚴重的神經衰弱現象，白天申請外役，挑肥種菜，種出的青江菜像芥菜那麼大，到了晚上，好不容易有睡意，卻會被柏楊的「翻書聲」吵醒，兩隻眼睛睜到天亮。

黃恆正請柏楊不要在睡前看書，柏楊答應。為了回報，他替柏楊做了一件龐大工程：用一年半時間，幫柏楊把六十萬字《中國人史綱》原稿抄到練習簿上，以備將來出獄時，若正本被查抄撕毀，囚室還留有一份。

雖說文人相濡以沫，但這可能是最離奇的「稿費制」，平均言之，黃恆正每天交一千一百字換七個小時的睡眠。

獄中歲月，最快樂的一件事發生在民國六十四年，此時他已關了八年。那年清明，老蔣死了，黃恆正無比快樂，獄中更有人敲臉盆慶祝。

刑期進入末程，有一晚，他做了奇異的夢。

夢中，回到童年的故鄉嘉義，蒜頭的田野屋舍依舊，陽光還是那麼亮，鄉親的招呼仍是那麼親切有力。他騎著車馳騁在鄉間小路，微風吹得他心情舒暢，竟笑了起來。不，他的好心情跟微風無關，夢中，他趕著去參加婚禮，所以才有好心情。車輪發出碰咚碰咚聲，接著，他立刻明白要去參加的是自己的婚禮。

彷彿慈悲的神，伸出溫暖大手撫慰這個受過情傷的男人，他在夢中重溫身陷囹圄者不可能奢求的美好滋味。更驚奇是，他看到新娘的臉。

他認得這張臉，知道她的名字，一個小他九歲的同鄉小女孩。醒後，他為這沒由來且荒唐的夢笑了起來。

一九七七年，因減刑之故，失去自由十年的黃恆正獲釋，踏出綠島監獄的他已三十五歲，外表顯得清瘦，前額微禿，背有點駝，滄桑刻在臉上。

當年那個有活力愛跳舞的熱情青年已死了。

沒人接他，沒人等他。他提著簡單的包包，坐船到高雄，想打一通電話，手裡拿著紙片，站在電話亭前很久，與人世隔閡太久，他連打電話都不會。

一個路過的小朋友幫他撥電話給住在台北的長輩，電話接通，黃恆正以戰戰兢兢的聲音說：

「喂……，我是阿星，我出來了！」

出獄

黃恆正投靠這位長輩，喊長輩再嫁的丈夫「伯父」。

⊙出獄後，黃恆正投入翻譯事業，每日伏案不輟。充滿才情的文筆，也發揮在寫給未來妻子照美的情書上。

回到現實生活，他顯得不適應，事事都得從新學起；睡慣了硬鋪，連睡床都讓他傷腦筋，心情一直悶悶地。

民國六〇年代，台灣經濟已打下基礎，漸漸進入起飛階段。這個蓬勃發展的社會，黃恆正完全不認得，求職之路難如登天；況且，坐過牢的人在老闆眼中等同黥面，臉上刻著：「請不要雇用我，我很危險」。數度碰壁之後，他認清要找一份正職工作很困難，遂想靠英日文實力接翻譯工作。他接觸遠景出版社。

遠景出版社於一九七四年由沈登恩、王榮文、鄧維楨創辦，頗受藝文界矚目。黃恆正接譯日本小說家芥川龍之介的《羅生門》，自此開始後半生的翻譯生涯。之後，王榮文另創遠流出版社，黃恆正接譯《青少棒揚威記》套書，從此較密集地與遠流合作。

翻譯是苦差事，充滿變數，譯畢才付費，譯費非常微薄。黃恆正曾接譯一本《聽新聞學日語》，譯畢交稿，老闆竟說：「經費不夠，你就贊助贊助吧！」

出獄後不久，大約是開始譯《羅生門》時，命運為他開了一扇門。

有一天，長輩要到新莊，蒜頭的老鄰居菊妹搬來台北跟兒子住，她想去探訪，要黃恆正陪她去。

菊妹很高興在異鄉還能看到家鄉舊識，她也知道黃恆正罹禍受了不少折磨。她對他的印象還留在孩子階段，以致初初見面他自我介紹：「我是阿星」時，菊妹幾乎不敢相信。

黃恆正不多話，安靜地聽兩位長輩聊天，從她們恣意跳躍的話語中捕捉片片段段的家鄉舊事，像張開手抓取從空中飄落的羽毛，他全心全意，抓到不少，藉此挖出深埋在

黃恆正譯作：

《青少棒揚威記》
《棒球爭霸戰》
《遠流活用英漢辭典》
《符號社會的消費》
《分衆的誕生》
《柔性個人主義的誕生》
《女性時代》
《日本式的愛》
《心的伴侶（心靈備忘錄）》
《中國人生意經》
《勝負》
《一分禪》（以上為遠流版）
《羅生門》（遠景版）
《假面具》
《侏儒的語言》
《復仇者的故事（以上為長橋版）
《聽新聞學日語》（和馬文化版）
《How To Telex》（亞太版）

內心某個洞窟的童年，溫習了那種被接納、被呵護，無憂無慮的感覺。出獄以來，第一次，他覺得自在。

這時，門打開，有個年輕女子從外面進來。

「阿星，你還記得嗎？這是我的屘查某仔，照美。」菊妹說。

黃恆正笑了出來。笑得有點怪，只有他自己才知道什麼事那麼好笑，幸好旁人沒有察覺。

眼前這個二十六歲穿著摩登、當裁縫老師的小姐，跟幼年時判若二人；黃恆正還記得小時候，看過她在川溝撒尿，瘦瘦小小膚色較黑的她很會跑，她三哥常欺負她，她哭著一溜煙跑回家跟媽媽告狀，在她三哥察覺的瞬間，就被同樣「一溜煙」跑來的媽媽打下去了。

但此時，黃恆正笑的不是童年舊事，是天意，是不可解的命運冊子被他預先偷看到一段如詩如畫的草稿。他的笑如稚子般開心，但又覺得自己是癡人獃子，不好意思極了，遂輕輕地低著頭。

就是她，黃照美，曾以童女形象出現在綠島苦牢黃恆正的夢中，做了他今生的新娘。

幸福，像曇花開了

黃恆正的心被不知名的力量填滿。三十五歲付過慘痛代價的男人還有資格、還有膽量追求幸福嗎？

他向長輩透露，想追求照美。長輩非常贊成。

他用稿紙寫了一封文情並茂的情書，摺成小方塊，塞入空的火柴盒，由長輩帶到新莊，趁菊妹沒留意，偷偷交給照美。他這步數完全是從監獄裡學來的，只有情報人員才會靈活運用，卻出乎意料地有效。一兩次之後，即使照美不在家，這位長輩也不難把火柴盒放在正確的位置。

他出色的文筆發揮作用。彼時，照美教洋裁，有志朝服裝設計發展。一向喜愛藝文、音樂的她深受吸引，欣賞黃恆正的見解與才情。密集的情書攻勢之後，黃恆正展開行動，每晚去教室等照美下課，招計程車送她回新莊，自己再坐公車回新店。

黃恆正總是笑著，癡癡地笑，對照美說：「遇到妳，我的生活才有快樂。」

對照美而言，她從未預料這位同鄉兄長會展開追求，實言之，在追求者中，他似乎是不利的。彼時，住在附近的一位媽媽非常喜歡照美，常來家裡與菊妹聊天，替醫生兒子牽線，希望照美做她的媳婦。如果沒有意外，這段姻緣很可能自自然然地培養出來。

但是，黃恆正，這個彬彬有禮、寡言且顯得蒼老的中年人撥動了照美的心弦；她爲他的遭遇感到心酸，深深憐憫，也嘆服他的才華，他像一本活字典，有問必答。

最重要是，他看到照美時的那種快樂模樣，任誰都不忍從他臉上奪去。照美也覺得不解，「爲什麼這個人看到我這麼快樂？」

數月之後，黃恆正親自到新莊，向菊妹表達想要娶照美的願望，祈求菊妹同意。

菊妹沒作聲。

家人知道了，都持反對意見。畢竟，照美是這個家的寶貝女兒。親戚間聽聞求婚的事，雜音出現了，「這種有案底的人，以後警察會常常來查。」

黃恆正了解對方的疑慮，十年牢獄磨掉了他的個性，唯一沒磨掉的是對渴望之事的堅持。他想爲自己爭取機會去過一種有港灣有歸宿的生活，把被奪去的家庭幸福一小片一小片地拼回來。他找了照美的三哥，做了很多保證，「我會好好照顧照美，即使賣菜養她，也不讓她吃苦。」

菊妹的態度是關鍵。照美事母至孝，如果母親堅決反對，她恐怕會受影響。然而，六十四歲早已做阿嬤的菊妹竟答應這樁婚事。

多年之後回想起來，更能體察菊妹的思想異乎常人。以當年的社會環境，以她歷盡滄桑的年紀，都不應該做出如此「不務實」的決定。然而，正因如此，方能體會菊妹是以一個母親無私的心，懷抱黃恆正這個受盡委屈的兒子，給予遲來的疼惜。菊妹受了婚姻的委屈，黃恆正受了政治的委屈，有誰比他們更能感受「無罪之罪」的折磨？從這個角度看，兩者同是天涯淪落人。菊妹同意這件婚事，等同經由她給了黃恆正一個補償。

照美帶著家族隆重的祝福出嫁。多隆重？

她說：「我左手戴的金手鐲，從手腕一直圈到肩膀。那隻手重得抬不起來。」

新店小牢房

帶著一大包黃金一本存摺，無須冠夫姓，黃小姐變成黃太太。

青春正盛的黃照美。她教洋裁，也擅妝扮，更從母親那裡繼承來一手好廚藝，但她跟黃恆正都沒料想到，命運是怎樣將兩人牽到了一塊？

婚後，與長輩同住。新店中華路四樓公寓有大中小三個房間一間衛浴，長輩夫婦住最大的主臥室，中型那間留給長輩的女兒女婿回來時休息，黃恆正與照美住最小的那間；屋內僅四五坪，擺了雙人床、衣櫃、書架、梳粧台後，已不能旋身。黃恆正沒書桌，寫稿時，坐在床上，用書架的拉板當書桌，弓著背一字一字翻譯。他是個老菸槍，那間小房終日煙霧瀰漫。若開門乍看這景象，會錯覺他仍在蹲苦牢。

不久，因爲只有一間衛浴，老人家使用的次數與時間都較久，來不及排隊，不得不在小房裡放尿桶，更像牢房了。

不久，照美瞥見「伯父」在洗臉台上刷布鞋，夠叫人驚駭了，再一看，發現他拿的是照美的牙刷。生性潔癖的照美哪受得了，只好把盥洗用具全收進小房。洗澡時，像在軍營，拿臉盆裝著去洗戰鬥澡——因爲，門外總有人一直催：「好了沒有？」

生活上的細節，照美都願意自我調整去適應。令她吃驚的是，黃恆正在這個家的處境宛如是寄人籬下的孤鳥。

教洋裁擁有一份收入的照美，婚前固然心理有準備她嫁的丈夫應該不寬裕，但她萬萬沒想到黃恆正身無分文。長輩與他約定，每月需付五六千元租金，黃恆正的譯費連付這筆錢都不夠。照美得知後，嚇出一身冷汗，開始動用私房錢。她個性好強，絕不讓媽媽知道，怕老人家會哭。爲了掙錢，更賣力教課。因過勞，竟讓第一個孩子在四個月時流產了。

黃恆正極度恐懼，往昔失去孩子的惡夢重現。他嚴禁照美再去工作，他說他向岳母保證過，就算去賣菜也甘願，不會讓妻子辛苦。然而，黃恆正的譯費收入很不穩定，照美的私房錢已用得差不多，不工作不行。

照美發覺自己跳入一座隱形的牢。

工作之餘，這個家的家務自然也變成她的責任額。她幾乎是自斷腳筋，從一個時髦、「很敗家」（她自我形容）的年輕小姐變成合法僕傭。這些，對菊妹調教出來、聰明幹練的照美都不是難事，難吞的是長輩的態度極爲強勢。

大年初二她要回娘家，長輩不允，咒她出門會被車撞，黃恆正覺得無理，仍陪照美回新莊。次日一早，長輩發威，盛怒之下把桌上瓜果橫掃在地，照美低聲下氣地清掃，從此知道自己必須是沒有聲音的人；當長輩發脾氣，冷戰，黃恆正與她端著飯進房間餵她、賠罪，照美知道他們夫妻必須做沒有意見的人。當該交的月錢還未湊齊，僵硬的話語像冷硬的石子塞入她的耳朵時，照美知道她要更加節省。當長輩對黃恆正說：「你對我不好，我就對你老婆不好！」她知道，奮鬥的目標就是搬出這間公寓。

民國六十九年，兒子黃玠出生，月錢調到一萬元。那間小房擠得比牢房還不如，白天，照美上班，黃恆正一面帶小孩一面譯稿。家中多了嬰兒，更增添磨擦。黃恆正想搬家。

但長輩不讓他們搬出去，每次提每次吵架。務實地說，黃恆正夫婦搬出，對長輩而言不只短少一萬元月費，也少了一個把家務理得乾乾淨淨、邀朋友來家打牌時又能伺候佳餚的能手。

有一次，又提搬家，長輩開了條件：「除非你們買房子，否則別想！」

共住五年之後，明中街有一間公寓要賣，九十萬，照美咬牙買下來。貸款五十，現金四十。現金不夠，照美的朋友借她，另外，那一大包嫁妝黃金，都賣掉了。

新莊大家庭

對照美來說，婚後最快樂是每週三回新莊看媽媽，為了這，她可以忍受其他六天的不適意。

菊妹有三個女婿，但誰都看得出她最疼「阿星」。每週三，中過風身軀發胖的菊妹親自走到巷口雜貨店，為阿星買兩罐啤酒，料理一桌好菜，給女兒女婿補一補。這個岳母恨不得用山珍海味，把女婿的心靈創傷補起來。黃恆正對待岳母，比自己的母親還要親。

生性熱情的黃家兄姊，給了黃恆正手足般的疼惜、寵愛。曾反對這門婚事的二姐，於婚後卻最疼妹婿。二姐夫家頗優渥，常以烏魚子宴客。二姐在廚房料理，偷偷切下一段烏魚子用日曆紙包著放口袋，帶給阿星下酒。

這些家常細節，流淌著豐沛的情意。無關貧富之估算，不涉社經地位之丈量，也把冤獄之罪從這無辜的人身上取下，扔到九天雲宵，黃家兄姊聯手送給黃恆正一個「黃式擁抱」。

因這擁抱如此溫暖，才漸漸改變了黃恆正。照美記得剛結婚時，發覺黃恆正很難相處，不擅於與人交談、往來，繫獄太久毀了他的社交能力，寡言、嚴肅、聽不懂玩笑

⊙家庭的溫暖擁抱，改變了因入獄轉變人生也轉變性情的黃恆正，使他再度找回了笑容……

話，照美與朋友相聚都帶他去，稍稍溶去他的硬殼，而黃家的親情更是打開他的心扉。

新婚後，照美帶黃恆正去台東阿舅家，受到阿舅阿妗全家隆重的歡迎，一大甕的甜湯圓、用大竹篩裝的麻糬，親族鄰居共聚，宛如迎接新官爺。

有一次，菊妹生日，愛玩愛鬧的兒女們帶她到北投慶生，飯後，有歌有舞，年輕時有「舞婆」實力的二姐，心血來潮，邀黃恆正跳舞，起初黃恆正很是彆扭，搖手推辭。二姐說：「阿星，來啦！來啦！」那音樂，那笑聲，那數十隻爲他鼓掌的最親最愛的家人的手，竟讓黃恆正進入魔術時刻——

他站起來，身體動了……

昔日人稱「舞棍」的嘉義青年，回魂了。

終於，有一個家

搬入明中街，照美辭去工作，專心帶孩子理一個家。

妻兒是黃恆正活著的唯一目的，他依賴他們近乎恐慌地步，妻兒不能離開他的視線，照美去市場採買要是多耽擱，黃恆正必來找。他會搶著做家務，除了煮飯，幾乎都是他做。照美不想影響他的譯稿進度，必須像小偷一樣做家事，要是被黃恆正聽到她在刷洗，會立刻放下筆跑來接手。家裡只裝一台冷氣，黃恆正堅持讓妻兒享受，自己從早到晚待在書房揮汗趕稿。有一回，照美帶兒子到台東阿舅家一個禮拜，行前替黃恆正煮好七天菜餚放冰箱，回來發現原封不動，他爲了趕稿餐餐吃饅頭配地瓜稀飯。他的譯筆

一大甕甜湯圓、竹篩裝的麻糬，是新婚後黃恆正在妻子親族那裡找回家人無限關愛的記憶鑰匙。

頗得出版社信任，一本接一本，幾乎沒間斷。後期幾乎與遠流合作，種類遍及文學、女性、大衆心理、商戰叢書。最大工程是獨力編輯《遠流活用英漢字典》，從這時起，遠流每月預支給他兩萬元，他也每月去出版社交稿。照美說：「他出門這天，是我最輕鬆的日子，可是他交完稿立刻趕回來，好像怕家被偷走。」

擁有這個家爲家人打拼，黃恆正非常珍惜，非常滿足。臉上的快樂，是其他男人不易理解的。

雖然經濟稍稍穩定，但總有意料不到的事件等著，讓照美一次次面對金錢難關。她覺得黃恆正越來越瘦，才發覺他的牙齒早在牢裡就壞了。照美連牙都不必咬，拉著黃恆正去做假牙，把好不容易存得的十萬元全花了。有了新牙，他的身體才轉好。

文稿工作極傷神傷身，照美儘量在飲食上寵他。常買溪蝦、活魚，爲了省錢只買一小條，煎得金黃香酥，吃飯時，照美夾菜夾豆乾夾海帶就是沒夾魚，黃恆正說：「黃照美，妳怎麼不吃？」照美皺一皺眉：「我不喜歡吃魚。」其實照美最愛吃魚。黃恆正愛喝茶，照美幫他買好茶，每天工作完畢佐以啤酒，菸也沒斷過。照美一算，光是他的固定開銷就要五六千元。人說貧賤夫妻百事哀，那得看什麼夫妻，照美有本事把一塊錢掰成三塊用，能勤儉度日，夫妻就是同命鳥。照美經過麵包店，剛出爐的波蘿麵包一個八元，她眞想吃，轉念一想，八元可以換一束麵夠兩人吃。這款精打細算，要是兄姊知道一定大哭出聲，他們的妹妹做小姐時，搽黑色指甲油，彈電子琴，出門都坐計程車。

靠近北新路的這間房子甚吵，白天車聲不斷，入夜從宜蘭來的卡車震得窗戶會抖。

黃恆正趕稿時，有連續一星期餐餐都吃饅頭配地瓜稀飯的記錄，連照美為他準備好的菜餚都忘了。

不久，樓下開了一家機車行，時不時傳來「耕！耕！耕耕潑潑潑！」的發動聲，一蓬蓬黑煙飄入黃恆正的窗口，小學徒們很認真，生意越來越好。怕吵的黃恆正快抓狂了。

有一天黃昏，黃恆正例行散步回來，開心地對妻子說：「黃照美，我剛剛去訂一間房，一百六十八萬！」

照美一聽，兩腿都軟了，錢從哪裡來？這間房子賣得出去嗎？她無計可施，天天拿香拜天公，祈求有人愛上這間奉送「機車行魔音搖滾」的小公寓。

有拜有保佑，一個月後，房子賣出去了。

文人渴慕山林，檳榔路倚著青翠山腳的這間房子，完完整整地撫慰著黃恆正。他擁有一間書房，恬靜地，從窗口望去正是蓊鬱的後山，蟬嘶鳥啼，終日伴著一個筆耕的人。

滄海似乎已換得一畝畝桑田，良田美舍，妻子像知己能交談能相守，寶貝兒子進了小學，還肯讓爸爸抱在腿上餵飯。黃恆正心中的感謝，也不是一般男人能理解的。

血色黃昏

幸福圍繞著黃恆正。然而，總有不可測的黑暗力量在前方等著。這次，等著逮捕他的不是警總的囚車不是「大衆幸福黨」事件，是陰狠的病魔是嫉妒他怎可如此幸福。

二三月春寒之際，起初，黃恆正一直腹瀉不癒，接著，每到黃昏就發燒，人漸漸瘦，甚至便血。他的忍耐力非常人能及，隱瞞病情不告訴妻子。照美覺得奇怪，看到他躺在床上肚子發脹，問：「黃恆正，你的肚子怎麼鼓鼓的？」他竟發怒。有一天，自覺虛弱，竟開口要照美燉人蔘雞。照美覺得不對，找一位相熟診所陳醫生看診，那醫生臉色一沉：「不是小病，快送大醫院！」

黃昏，鄰居朱爸（招忠先生）開著他的舊車送黃恆正與照美去醫院，從仁愛、台大轉至馬偕醫院，當晚發了第一張病危通知書。

照美二姐在醫院工作，很快得知病情，卻交代醫生不要讓照美知道。照美找到主治醫生，嚴正地說：「我是他太太，你要告訴我實話。」

血癌。

照美極震驚，眼前發黑，全身血液似乎倏地被抽光了，身體只剩一張紙片兒，會被風吹走。

她坐在走廊椅上，掩面哭了起來。

一聲一聲，她把自己的意識哭回來，一吋一吋把肩膀拓寬，她知道，要挑重擔了。放進擔子的第一塊石頭是：瞞著黃恆正。

大姐大姐夫常跑醫院探視，疼愛這個妹婿其實還比黃恆正小一歲的二姐，忙完實驗，每天固定帶著他愛吃的壽司來探，她的身影是徬徨無助的病人與照美的支柱。黃家兄姐的親情完全圍繞過來，那種從童年以來未曾淡薄的濃厚的溫暖，是讓照美不致發狂的力量。

菊妹幾乎天天從新莊來探，看著女婿瘦骨嶙峋躺在床上，老人家心裡受不住，躲在病房外，面對牆掩著臉在哭。旁床的人還以爲她是黃恆正的媽媽。黃恆正的長輩，從頭到尾只出現一次，難怪旁人如此誤認。

黃恆正的意識清醒，但病程發展快速，數日內下半身完全癱瘓，被病魔折磨，他痛到用手搥牆壁。有一天照鏡子，驚住：「我怎麼變成這樣？」化療讓他掉髮，面容憔悴，從此不讓兒子來醫院看他。

黃恆正不知病情，沒人敢告訴他眞相，朋友暗示他：「黃恆正，你……有沒有什麼事要跟太太交代？」他發脾氣：「交代什麼？我還要回家！」他展現頑強的求生意志，一直想活回來。

醫生先是爲黃恆正輸血後來輸血清，只換得一日面色紅潤，但次日，大量的血液從肛門流出，如一臉盆傾倒，照美蹲下來用床單包著擦著，鄰居美寶小姐來探，不嫌這穢血，也幫著擦拭，她每次來每次碰到黃恆正大出血，每次捲起袖子幫忙，一個鄰人的仁慈竟勝過血緣。晚上，嘉義同鄉照雄，下了班來跟照美輪流值夜，不吝給與鄉親的溫暖。馬偕的美玲督導，親自抱黃恆正上下病床。遇到急難，才知道誰不棄不離主動站到身邊來，誰躲得遠遠。

有一天，遠流老闆王榮文來探，問照美：「黃恆正知道自己得什麼病嗎？」照美答：「沒人敢跟他說。」

王榮文揪著眉頭想了想，「我來跟他說！」

他要照美也站在床邊，一字一句對床上已骨瘦如柴的病人說：

老難友們難得相聚，談興來時，意氣風發不減當年，只是黃恆正卻不再有機會加入了。

「黃恆正，你得的是血癌。你要拼，拼得過是你的，拼不過，你的妻兒我會照顧！」

從那時起，黃恆正的眼睛不肯閉，瞪著他努力打拼才獲得小小幸福的人間。

逝

黃恆正匆匆離開家就醫第二十八日。一九八九年四月八日黃昏，行人車輛像往日一樣喧鬧，溫暖的春日微風吹拂街道，卻吹不進冷颯颯的病房。

黃恆正躺在病床上，面容已枯瘦，兩眼仍然睜著。

他的妻舅也是當年促成婚事的說客淵泉，來了。

他說：「阿星，我幫你刮鬍子好不好？」黃恆正沒反應，但意識仍在。淵泉站在床邊彎著腰，捲起袖子，拿刮鬍刀幫他刮鬍；沿著削瘦的臉頰、鬢邊、下巴，淵泉小心翼翼地幫他去除花白的鬍渣。刀具發出蠅蠅聲，竟帶給黃恆正一絲尋常家居生活的滿足感，像每天早晨醒來一個刮鬍男人應該享有的那樣。如在自己家裡。

刮好鬍子，高頭大馬的淵泉用那雙音樂家的手，幫黃恆正修鼻毛，接著用溫毛巾擦拭全身。

「阿星，」淵泉用幽默的口吻說：「修一修，英俊樣都出來了，不輸新郎！」

黃恆正的臉上浮現舒服的表情，削瘦的臉頰綻出一朵淺淺的笑容。

此時，離他告別人世，還剩兩小時。

時鐘滴滴答答。乾淨舒服的黃恆正回想過去四十八年的人生，時而看見奔跑於美麗土地嘉義田間的小童，時而看見熱血澎湃的青年，時而看見綠島風浪裡一隻孤鳥飛過……。只剩最後兩小時，一生將盡，這被糟蹋過也被珍惜過的一生將隨風而逝。他仍然不閉眼，有好多話要跟妻子說，說謝謝妳帶給我幸福，遇到妳我才擁有快樂；他怎能閉眼，兒子還小，寶貝兒子黃玠還小，還沒對他說夠：爸爸愛你爸爸愛你……！

夜色湧入這間病房，只有照美陪著。她看到那張逐漸慘白的臉，看他依然不肯閉的眼睛，萬分疼惜，這個帶給黃恆正幸福的勇敢女人，忍著傷悲，抱著只剩一把瘦骨即將遠離的丈夫，對他說：

「黃恆正，我一日做你的妻，永遠是你的妻，你放心走，你的兒子我會好好養大！」

黃恆正，在愛妻懷中離去，眼睛依然不肯閉下。

恆星

被熱血燙過的人生是什麼滋味？被折磨的人生是什麼滋味？被遺棄是什麼滋味？被珍惜是什麼滋味？被硬生生掠奪，又是什麼滋味？

這些，黃恆正都嘗過。他的一生雖短，卻豐實。

他走後，書房裡寫了一半的稿紙、筆、翻開的書都沒動過。照美知道黃恆正的魂回來過，在她身邊，猶如昔日不能離開視線。而照美，關閉了心扉，日日像一個孤魂遊蕩，即使察覺二姐偷偷躲在巷口跟蹤她擔心她的安危，也裝作沒看見，一步步走入絕望深淵的她甚至買了安眠藥，就在渾渾噩噩半夢半醒之間，她聽到有人以生氣的口吻大聲

⊙父子的時間如斯短暫。那些屬於他們的快樂時光，「要陪你到任何地方」，也將永遠停留在那個時刻。

叫：「黃照美！」

那是黃恆正叫她的口吻。

醒來，照美把藥倒入馬桶。她知道深愛她的丈夫不准她去陪他。她必須替他把被剝奪的人生活下來，信守承諾，養大兒子。

黃恆正走後，人情冷暖的滋味，照美點點滴滴在心。他的原生家庭從此斷了音訊，同血緣的躲得遠遠地，當著面對她說：「嫂嫂，不好意思沒去看你們，你們家住得比較遠！」照美不作聲，黃恆正生前，他們每週來家打牌吃飯從不嫌遠。

照美說：「不能怪人家，我們是孤兒寡母，人家會怕。只是，她們太不了解我的個性。我連娘家這麼疼我的哥哥姊姊都不開口了，怎可能去找他們？」

不同血緣的卻來敲門，同遭白色恐怖的難友黃英武與柯耀光，兩位老大哥每年過年必來按門鈴，一個紅包、一盒海苔，禮物不變，情義不變，來看看他們那苦命難友的兒子有沒有長高一點。

鄰居朱爸，在醫院時抱著黃恆正的遺體上上下下，沒吭半句。黃恆正走後，夫妻倆常來關照。

王榮文信守他的承諾，問照美：「妳要不要來遠流上班？」重情重義的照美懷著報恩的心進遠流大門，戮力以赴，答謝他在黃恆正最艱難的時刻出手相助。

白雲悠悠，死蔭的幽谷已遠，悲傷的濃霧會漸漸散去，稚弱的孩子會長成高大的青年，破碎的心會在時光的柔波裡癒合。

兒子黃玠長成一個腳踏實地、彬彬有禮的青年，大學畢業後選擇音樂之路，成為作詞作曲的創作型歌手，發片《綠色的日子》，頗受年輕朋友歡迎。這年輕人承繼黃恆正對照美的呵護，與媽媽如同知己摯友。大太陽下，騎機車載照美，等紅燈時，會張著兩隻大手掌幫媽媽遮太陽。

幸福，像潔白的曇花一現。照美從不後悔嫁給黃恆正，雖然只做十一年夫妻，這個又瘦又窮又有才華的人，「值得我尊敬！」照美說。

尊敬，有多少做丈夫的能從妻子口中得到這兩字？

被親人喚作阿星，在世間只停留四十八年的黃恆正，一生雖短卻值得。他仍然保有妻子全部的愛，「我一日做你的妻，永遠是你的妻」，在照美心中，他永遠是——

永遠是一顆恆星。

回憶渣子

照美說，黃恆正是一本活字典，十年牢獄讓他不善於與人交往但又十分好奇。有一次，臨近午餐時間，對面傳來激烈的爭吵聲。黃恆正站在陽台往下看，想搞清楚怎麼回事。照美喊他吃飯，一次兩次三次，喊不來。照美乾脆把菜夾好放碗內，再搬一把椅子，叫他坐著一面吃一面看。他真的這麼做。不久，跟照美報告，是大老婆來抓小老婆的啦。

黃恆正的生活極有紀律，每天維持一定的工作進度。筆耕一天之後，黃昏出門散步。有一回，附近收字紙的阿婆對照美說：「叫妳先生跟我去收字紙也好，我看他每天走來走去沒有事做。」

——朋友，是相濡以沫、互相開闊彼此世界觀的契機。結交了，就是對方世界不會輕易割捨的一部分。

第四宴

苦兒的快樂流浪

兒童哲學家楊茂秀的故事

說故事人：楊茂秀

楊茂秀的盤中故事

一．糯米腸　屋樑上的渴望
二．香煎鹹魚　重鹹變清甘，點滴入心懷
三．雙醬五花肉　狗嘴搶食的日子
四．蛤蜊百合絲瓜　擱淺在半空中的童年
五．鹹稀飯　老友作菜脯，越陳越香
六．肉捲梅乾　風乾的浪遊惘事
七．檸檬雞片　廚娘加菜，辛酸疊心酸
八．福圓米糕　八心八箭，煉苦淚作鑽石
九．福菜肉片湯　甕中的小孩
十．黑糖薑片地瓜湯　煮薑取暖，熬淚成湯

福圓米糕。青色瓷盤上，米糕點了紅枸杞，就像媽媽的臨終眼淚，灑入每個在座朋友的心肝。

故事食譜，請見255頁。

民國三十年代生，從彰化、花蓮而來

楊茂秀與女兒靈靈。

朋友眼中無分哥兒們或姊妹淘的「妹ㄚ」楊茂秀，如今跟黃姊是「不過順便多添副碗筷」的熟暱交情；三兩道家常小菜配白飯，或一碗熱麵，適時贊助一個為授課演講而南北奔波的兒童哲學家——這時，什麼「家」都晾到一旁，他只是個肚子很餓很餓的人。

在孩子們眼中，他宛如臂彎裡夾把小板凳、不賣藝卻滿兜囊故事的走方郎中；朋友們愛他的溫暖和機趣。但竟然誰都不知，他有個足以讓廚娘眼角掛淚的重鹹童年，也標誌了客家人輾轉求活的無奈——由是孕成他個性裡稟賦天成的苦中作樂特質，讓這過早慣於流浪的少年「毛毛蟲」，能將歪歪斜斜的小路，走成一片江湖。

好大的一尾毛毛蟲

昔時當年，在少年少女的天堂樂園——公館汀州路邊，有一棟微風吹來會掉二丁掛瓷磚的住商混合大樓，遠流出版社位於七樓；出電梯，一進門是個櫃台，第一個位置坐的就是黃姊。

當然，她很少坐著。每天早上七點半進辦公室，桌上放一台笨重如半隻鱷魚的電話總機，有早起的資深讀者八點鐘來電訂書，她像個超級捕手不漏接任何一球。鱷魚機隨時有十幾個小紅燈亮著，電話響了，三聲之內她接起：「遠流，您好！」對方說要找編輯部李阿貓（或業務部黃阿狗、企劃部陳土龍之類），「請稍待，我幫您轉接！」無須查看分機表，所有號碼都在腦海，動一動手指轉過去了，她會追蹤這通電話是否有人接，若小燈還在閃，她會切回，請對方留話，予以轉告。在沒有電腦、手機的年代，鬧熱滾滾的這家出版社只要黃姊在，不錯失任何一通訊息。

她很少坐著。櫃台兩邊是大書櫃，常有讀者來買書，她是公司裡少數幾個記住上千本書的人，只要讀者報出書名或作者，她就能隨手抽出那些書交給來客，並請他坐在櫃台小桌慢慢看，一杯茶也奉上了。她一人扼守「國門」十分忙碌：訪客安排、業務即時解決、快遞信件包裹、出納文具耗材房租保養叫修議價監工送禮看風水、老闆交辦公私疑難雜症，兼及同仁的情敵來尋（需笑臉擋住）、小編輯突然中暑跑來哀哀叫（需緊急刮痧）、同事有家庭困擾（需喝咖啡化解）……。她的業務範圍包含草木鳥獸蟲魚（辦公室總有老鼠、白蟻），服務的對象從教授到野獸，無領工頭到白領蛋頭，哪有空坐著！

一九九二年某日午後，黃姊的兩條「腫腿」難得可以坐下來晃晃，泡杯清香好茶正要喝，玻璃門的鈴噹響起，某主編陪著一位膚色黝黑的中年人進來；此人特別，一頭大波浪花白捲髮宛如鳥巢，且是衆鳥剛在巢裡打過架的。

「黃姊，這位是楊教授。」主編介紹。

她親切地打招呼，但心裡有個很鄉土的聲音響著：「買命唷！這仙是查甫仔還是查某仔？」

楊教授開口，確定是男同胞，而且有鬍渣。他的臂彎夾一把小板凳，像走江湖的，板凳一坐，孩子圍過來，開始講故事。

「楊教授是毛毛蟲兒童哲學基金會負責人。」主編說。黃姊心想：「好大尾的毛毛蟲！」兩人一見如故。

不久，楊教授成爲遠流作家兼顧問，常來聊天歇腳談構想邀吃飯，與黃姊漸熟。兩人喜用道地的鄉下台語交談，加上皆有客家淵源——楊是客家人，黃的母親亦是，語言摻拌相似的成長背景自成一個小部落，彷彿失散多年的族人見面了，十分開懷、親切。擅總務的黃姊也漸漸提供「友情贊助」，成爲楊教授隨時傳呼的「地下助理」：出國期間代繳雜費，購書購物。

這兩人的個性都很豪爽，興趣也相投，尤其都愛吃榴槤。有陣子，一大早躲在樓上會議室大快朵頤，以爲吃完沒事了，怎知這熱帶水果的氣味繾綣，隨呼吸的氣息、飄搖

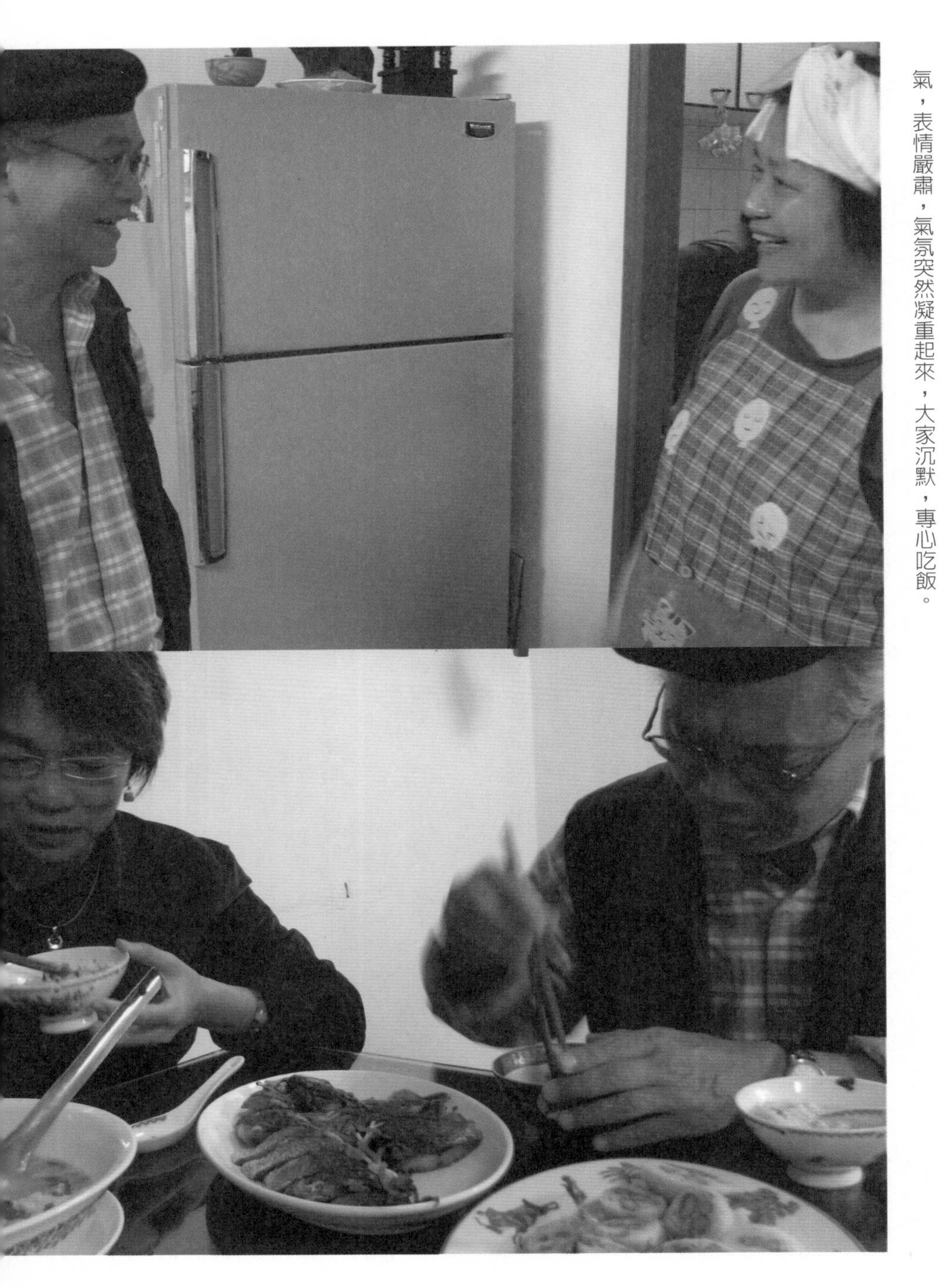

⊙上圖：黃姊家是楊茂秀的中途島——有家常菜可以吃的地方。下圖：簡媜問：「看到這桌菜，你有什麼感想？」楊茂秀嘆了一口氣，表情嚴肅，氣氛突然凝重起來，大家沉默，專心吃飯。

的衣裙、轉動的風扇盪盪漾漾，似有似無，如眞似幻，終於有個神經質小編輯慌慌張張地跑過來：

「黃姊，妳最好趕快巡一下，我聞到瓦斯漏氣的味道，要是爆炸我們都會死！」

「瓦斯漏氣」成爲兩人日後相互取笑的專有名詞。

一頭自然捲蓬髮的楊教授常常令人男女莫辨，有時穿長裙，更是顚覆性別界線。黃姊與幾個腦袋瓜尖尖的資深女編輯常邀他一起吃晚飯，久之，有人對他下了這麼個結論：「我們也沒把你當男人看，你跟我們像姐妹淘，這樣吧，以後叫你『妹ㄚ』有沒有意見？」

「沒有。」楊教授笑嘻嘻地答。

妹ㄚ住新店山上，回家路上會經過黃姊家。自黃姊離開出版界後，他們的關係裡多添了一副碗筷；每週坐飛機往返台東台北授課的妹ㄚ常誤了用餐，在車上打電話給黃姊：「你家有吃的嗎？」

黃姊總是答：「有。」三兩道家常小菜配白飯，或一碗熱麵，適時贊助一個爲授課演講而南北奔波的兒童文學家——這時，什麼家都晾到一旁，他只是個肚子很餓很餓的人。

有一晚，妹ㄚ在捷運車上打電話問：「去妳家吃飯好不好？」

「好！」黃姊說。

「不是一個是兩個唷。」妹ㄚ說。

「好，來！」黃姊說。

不久，妹ㄚ帶著剛從美國來台灣學「父語」的二十多歲女兒靈靈，出現在黃姊家門口。這晚，再添一副碗筷。

主廚情意

爲了給「妹ㄚ」辦盛宴，黃姊問他哪些菜餚聯結了童年滋味？這一問，才知朋友相交多年卻從來不知他有個重鹹童年。原來，擅於帶給他人快樂、開懷暢笑的人不是一出生就這麼開心的。

鹹稀飯、鹹魚、客家福菜、曬菜（梅乾菜），黃姊一面筆記一面搖頭：「吃這麼鹹，你家吃得比我們嘉義鄉下窮人還鹹哩！」總算糯米腸、米糕有點節慶感，「你阿妹（音梅，客語媽媽）做的米糕除了糖放什麼？」黃姊問。妹ㄚ想了想，說：「放米。」

「還有什麼菜？」

「絲瓜。」

「絲瓜？」

「對，炒絲瓜。比較特別的是放薑絲。」

黃姊傻眼了。再問：「鹹稀飯放什麼？」

「老菜脯。」

這眞是讓廚娘眼角掛淚的考驗，食物是第一手資料，足以逆溯筋骨血肉，解讀一個人的童年。黃姊想了想，保留楊教授的原初記憶，加以精緻、豐富化。

米糕添了桂圓、枸杞，絲瓜加蛤蜊、百合，又託人從日本帶回一條鹹青花，重鹹要變清甘點鹽；檸檬雞片是廚娘聽了酸楚故事之後特地加菜的，冰箱裡有一包放了十六七年的「老菜脯」，是一位敬重的客家長輩送的，黃姊割愛，拿出來用。一鍋熱騰騰由干貝、油蔥伴奏的老菜脯稀飯，將重新召喚說故事人的童年記憶。

召喚那個名叫「茂秀」的客家庄小男童，重返眼前。

這一晚

晚秋的涼意已經降臨。朋友們帶著好心情自各地來赴約，他們跟楊教授很熟，常聽他講故事，每次都聽得大笑，想必今晚也是個聽快樂故事的夜。

桌上，令朋友讚賞的是鑲花生糯米腸以及青色瓷盤上點了紅枸杞的福圓米糕：中間一顆大心形，周圍八小顆。有人讚嘆，以鑽石術語形容：「這是八心八箭哩！」

楊教授坐下來，今晚的他有點不同；笑容像被微風吹去了，眼眶微濕，輕輕嘆息。

黃姊對他說：「妹ㄚ，我今天給你一點母親的溫暖。」

楊教授不假思索叫：「媽！」

黃姊答：「乖。」朋友大笑。

「吶，這是糯米腸。」黃姊又介紹。

「用誰的腸？」楊教授正經八百地問。

「樓上的。」黃姊正經八百地答。

楊茂秀不為人知的重鹹童年讓好友們都咋舌。為了製作鹹魚，但增添甘味，黃姊特地託人從日本帶回一條鹹青花。

楊茂秀故事

一九四四那年叫昭和十九年，台灣還在日本手裡，遠方世界大戰進入最後一程激戰，戰火逐步燒著這座風中小島。

夏天，彰化縣二林鄉一戶楊家，三十二歲的甲妹生下第五個小孩，乾乾黑黑的，取名「茂秀」。這小男嬰簡直是帶轟炸機來投胎的，因為沒多久，美日上千架戰機在台灣上空激戰，全台遭到大轟炸。

二林鄉以閩南人為主，僅約十戶客家人在閩南莊內自成小聚落。楊家是其中之一。

其實，楊家本姓吳，原住彰化縣溪洲鄉，曾祖那一代因爭水權與人械鬥，閩客關係緊張，舉家遷往苗栗避禍。沒料到那兒多礫石少肥土，更苦，又遷回熟諳的彰化縣，落腳二林。為了避人耳目，跟著一位親戚姓，從此姓楊。楊皮吳骨，標誌著客家人輾轉求活的無奈。祖父名叫「楊水來」，水來囉！水來囉！上一代受夠了為田水而惹禍的浪遊之苦，藉由命名企求為家族改運。

到父親這一代，耕讀傳家。日據時期，父親楊添興應白崇禧之邀到廣西大學教授農業技術，抗戰前才返台，任職彰化原神農場，負責財務，挑扁擔去收租。抗戰期間，曾被日本政府調去當通譯，待過香港、海南島。

母親黃甲妹是苗栗客家人，十四歲結婚。其實，當年媒人介紹給楊添興的相親對象是甲妹的大姊，怎知相親前，大姊被蜜蜂螫到臉，腫得像「麵龜」，叫妹妹代替端茶，楊添興卻喜歡上甲妹。

因此，嚴格說來，茂秀爸媽的媒人是一隻蜜蜂。

肥的——五花肉與糯米腸

婚後的甲妹「增產報國」，生的孩子活下來的有八個。茂秀是老五，上頭有大哥二哥三哥大姊，在他之後是大弟小弟小妹，他與兩個弟弟感情很好。孩子太多，食指浩繁，媽媽像個大陀螺，常挺著大肚子從早忙到夜。光是張羅三餐，已像小吃店規模了，更別說還要做田。戰後年代，鄉下普遍清苦，要塡小孩的嘴洞豈是易事，最常用的一招就是番薯；鄉下什麼都缺就是不缺番薯，番薯簽稀飯、番薯簽飯，日日月月年年這麼吃，居然都長大了。茂秀的弟弟現在看到地瓜會皺眉頭，他倒不會。大公司老闆流行吃地瓜排毒，茂秀兄弟比他們先進，從小就在排。

這種「無肉伙食」對孩子來說很難熬。有次，媽媽叫茂秀端菜，他看到盤裡居然有肥肉，本能反應捏了送進嘴裡，被姊姊撞見，高聲喊：「卡桑，茂秀偷吃肉！」媽媽拿鑵子從廚房衝出來追打，茂秀躲入桌下，「你給我吐出來！」媽媽的鑵子已鑵到屁股了，茂秀吐出，一條狗看到，立刻吞了那塊肉。媽媽沒要狗吐出來。

「今天這盤五花肉，是黃姊從狗嘴裡替你搶回來的！」簡媜說。

茂秀第一次看到糯米腸，是苗栗舅舅帶來的；在他們兄弟姊妹眼中這是人間美味。但媽媽管制嚴格，只切一小片給他們，其餘放入謝籃掛在屋梁上。楊教授說：「一瞇瞇

「卡桑！茂秀偷吃肉！」
「你給我吐出來！」

這麼薄，放到舌上就化了。」孩子多，媽媽難為。茂秀與弟弟很懂事，不讓媽媽為難，兄弟倆用偷的。眾人浮現兩個瘦巴巴小孩設法取下梁上謝籃的驚險畫面，覺得他們沒往體操界發展有點可惜。

鹹的——醃福菜

客家福菜是出了名的。說穿了，與酸菜醬瓜醃冬瓜豆腐乳等是同一掛，都是閩客女人與貧瘠抗戰的私房武器。楊教授記得小時候，要是下午四點多媽媽叫你去洗澡，就是要醃福菜了。

楊教授比劃說：「很大的水缸，一層菜一層鹽，」

「一層小孩！」有人插嘴，眾笑。畫面如在眼前，兩三個小孩被扔進缸內，用彈簧腳把菜踩實，剛開始像跳霹靂舞，樂得吱吱叫，往下像跳華爾滋——沒力囉！缸外的大人一面扔菜一面叫：「茂秀用力！再用力！」

「漸漸，兩三個小孩從缸內浮上來，」楊教授說得眉飛色舞，「最後，壓上石頭。」

「你喜歡嗎？」簡媜問，她小時候也入缸踩過酸菜，不喜歡。

「我喜歡。」楊教授點頭如搗蒜，「也有人不喜歡。」

「腳有傷口怎麼辦？」簡媜問。

「喔，不行，要全素不能葷的。」楊教授說。眾人又笑了。

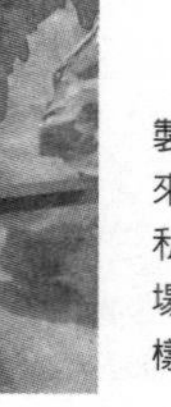

製作客家福菜的那只大甕，向來是從前閩客女人對抗貧瘠的私房武器，也是孩子們的遊戲場。如今甕缸尺寸縮小，卻一樣封存時光經過的味道。

淚的——黑糖薑片地瓜湯

茂秀九歲那年，命運之神的魔掌伸入楊家，抓著八個孩子的母親不放。這年媽媽四十歲，病得很重。

當時，大哥廿一歲，在花蓮農場當獸醫。接著的兄姊是十九、十六、十一歲，茂秀是分界線，往下的弟妹是七、五、三歲。於今回想，媽媽得的應是癌症。當時醫療落後，生了病的媽媽依然操勞持家不得休息，兩年間漸漸塝了，臥床下不來，身體承受巨大痛苦，氣息懨然，鄉親長輩都搖頭嘆氣：沒救了，這一兩天的事了……。

大人在客廳鋪門板，讓媽媽躺在上面，這是鄉下的臨終舊俗。但媽媽氣如游絲，斷不了，四天三夜不肯走。大哥從花蓮回來，帶花蓮薯給弟妹吃，一人一條恰好。茂秀在客廳窗台發現一條花蓮薯，沒做什麼，門板上的媽媽似乎看穿，虛弱地對他說：「那是你妹的……！」話講不下去，茂秀看到媽媽的臉扭曲著，表情痛苦，好像在哭，但沒有淚。

外公是苗栗的養蜂種茶人家，聽聞女兒不行了，一路嚎啕騎腳踏車來二林。進門，看女兒那樣子，老父心裡懂了，用客語一字一句對女兒說：「甲妹，妳放心去，這些囝仔我會顧！」

甲妹等的就是這句話，遂放下一個母親的千不甘萬不甘，撒手而去。

葬禮那天在墳上，茂秀的父親手裡握著土，卻怎麼也撒不下第一把土，工人持鍬在周圍等著……。妻子之死，似乎把他的魂魄也帶走一半。

念三年級的茂秀還不太懂喪母之痛，直到有一天，悲傷才襲來。

二林靠海，遇到寒風暴雨季節常颳起冰刀似的強風。某日放學，茂秀行經海邊林投叢回家，強風豪雨把他淋得濕透，全身冷得發抖。回到家要換衣服，手痲了拉不動大衣櫥的抽屜，回頭看到媽媽的遺照，濕淋淋坐在地上喊：「卡桑！卡桑！」大哭起來，三歲的妹妹看他哭，也哭了。他想起每次淋雨回來，卡桑會煮黑糖薑片地瓜湯給他們袪寒保暖，現在，兄妹倆怎麼叫也叫不回卡桑，只剩牆上一張照片。

遷籍花蓮

雖然外公守著承諾，留下來與這群外孫一起住。但父親的心似乎被掏空了。他也曾試著振作，隻身上台北找白崇禧將軍，冀望謀一條新路。白崇禧對他說：「老楊，我現在一兵一卒都沒有，自身難保，你不要來找我了。」

母親逝後一年多，父親做了一個誰都想不透的決定。他賣掉三甲田地，全家搬往花蓮。茂秀的大哥在花蓮工作，也許，他沒力氣了，想把這個家交給大兒子。

茂秀還記得離鄉那天的情景。凌晨三四點鐘，大卡車來載傢俱，親戚鄰居都來了，默默看著幫著，誰也不敢說一句離別的話。臨行，一家都上車，卡車緩緩開動，站在車後廂的茂秀面向鄉親揮手，突然想起什麼，喊他的堂哥，堂哥跑來，茂秀從褲腰抽出皮帶——那是堂哥借他的，說：「哥，皮帶還你！」堂哥紅了眼一直搖手：「茂秀，送你啦送你！」四周的親戚鄰居再也忍不住，一面小跑步揮手一面嚎啕起來，千不捨萬不捨，這沒娘的一家連根拔起，要去天邊海角了。

每次淋雨回來，卡桑會煮黑糖薑片地瓜湯給孩子們袪寒保暖；現在，苦兒兄妹們怎麼叫也叫不回卡桑……

搬家之路充滿波折，卡車在彰化田中站停，人貨換火車到蘇澳，再換船去花蓮。沒料到受颱風影響，船開不了，全家在蘇澳旅社住了兩週，最後才如願抵達花蓮，在慶豐村落腳。

外公沒跟來，這一大家子的日常生活靠大哥大嫂發落。父親把賣地的錢交給大兒子，等於交棒，自己雲遊四方去了。

茂秀念五年級時，將近一年家裡只有他一人。

大哥補當兵，大嫂帶孩子回娘家，二哥招贅至苗栗，三哥大姊到台北工作。兩個幼小弟弟被父親送回彰化大伯家寄養三年——長大後茂秀與弟弟們對這件事很不諒解，兄弟三人年齡相近感情最好，爲什麼要拆散他們？至於最小的妹妹，才五歲，到花蓮就被送養了。

茂秀很捨不得這個小妹，總是記得媽媽躺在門板上交代那條花蓮薯：「這是你妹的……」，記得妹妹陪他一起哭「卡桑」的情景。如今被拆散，他心裡覺得對不起卡桑，沒把妹妹照顧好。

茂秀知道收養妹妹的那戶人家住哪裡，上下學常故意繞去那兒，心裡藏著秘密，希望能看到妹妹，想知道他們有沒有打她罵她，卻一次次失望。

有一天，茂秀又騎腳踏車去，大概是卡桑在天之靈知道他的心聲吧，這一次竟然看到妹妹蹲在河邊洗東西；他好高興，立刻丟下車跑過去，抱著妹妹一直哭一直哭……。

沒人了解這兩個小孩爲何在河邊抱頭痛哭？沒娘的孩子也像油麻菜籽，任人安排，做哥哥的茂秀無力改變這一切，哭得更傷心；然而，他也還是個需要人照顧的十一歲孩子啊！

獨自生活的茂秀，進入生命中的苦兒階段。但奇異的苦中作樂特質，也在這階段孕育而成。

家中鴨母生了蛋，他不曉得撿，忽然發現家裡冒出一群小鴨子，四處聒噪。他自理三餐，慘不忍睹。有次，學媽媽煮鹹稀飯，找不到菜脯，把沒吃完的零嘴橄欖丟進去。第三天，有個鄰居媽媽來家裡，掀開鍋蓋，唉呦一聲：「這是瞎米？」稀飯長了一吋長的霉，茂秀告訴她是橄欖稀飯，鄰居媽媽當場掉淚，對他說：「茂秀，以後你肚子餓就到我家來吃飯。」

從此，走在村裡，隨時有人問：「茂秀吃飽未？」他答：「未。」到處有得吃。鄉下人稱「公豬仔」，意指大家一起飼養。那一年，茂秀變成村裡的「公豬仔」。

搬家與離家

還在念吉安國小時，有一次，家裡搬家，居然沒告訴他。

放學時，他搖著蒲葵葉學濟公走路，沿路踢一顆小石頭，到了家，「咚」一聲石頭被門擋下，那扇從來不關的門竟然關得緊緊地。茂秀覺得不對勁，進門，屋內搬空了，枕頭棉被、桌椅碗筷都不見了！他喊，沒人應，也沒留字條；他察覺自己被遺棄了，又急又害怕，不知道怎麼辦，坐在門前小橋上哭。

有個鄰居走過來，「茂秀，你多桑跟大哥今天搬到吉安的一個農場，還不快去，哭什麼！」

「怎麼走？」茂秀趕快揹起書包，擦乾眼淚，露出笑容。

「我也不知哩，你多桑說，茂秀很聰明，一定找得到。」

這聰明調皮的苦兒，果然像「靈犬萊西」那麼厲害，天上的星月出來很久了，他終於摸進門。

多桑看到他，絲毫不驚訝：「我就知道你找得到。」

特殊的家庭背景，使茂秀成爲一個沒人管的野孩子，天生地養。初中念花蓮中學，初一升初二那年暑假，他因美術、英、數不及格被留級，心情很壞，離家出走一個禮拜。孩子不見了，家人居然都沒找，由著他自生自滅。他也樂得沿路找同學玩，住一兩晚，踏查花蓮的壯麗山水，遇山爬山、遇水玩水。玩夠了，回家。從此功課變好了。

高中仍在花中，高二時轉到台北建中念了一個禮拜，適應不良，又轉回花中。他的求學之路走得歪歪斜斜，搬家、轉學、留級、轉學，沒人管他功課，習慣當新來的「楊茂秀同學」。然而，這體制內的浪兒本就是天地聯手養大的，再怎樣歪歪斜斜的小路總有一天會形成風景獨特的大道，擁有一片天，自成一座江湖。

雲遊四海、全台走透透的父親只在年節及孩子開學註冊時帶學費回來。沒人知道他如何浪遊？他去過所有的親戚家借住，打零工換生活所需；顧店、作賬、寫春聯，隔一段時間又飄走了。沒人知道他的內心怎麼想，妻子死後，他的根彷彿被拔起，變成一個漂泊者。

茂秀不了解父親。但他記得有一次翻箱倒櫃，看到布蓋著的架上有父親的書，取下看，是日文版馬克思《資本論》。顯然，父親看左翼理論。長大後，來台北唸大學，有次在往北投的火車上不期然看見父親的背影，揹著布包，白髮蒼蒼；一個不知道自己的兒子正在不遠處看著他的漂泊老人，沉默地看著窗外，在人群中顯得那麼格格不入，那麼孤獨。茂秀流下了眼淚。

雖然不了解父親，無庸置疑的是，這對父子擁有一樣的浪遊基因。

八心八箭

多年朋友，從不知楊教授有這麼奇特的成長過程。佳餚已盡，故事近尾聲，但那個叫茂秀的小男孩卻留在聽者心裡，永難忘懷。

回想枸杞福圓米糕的「八心八箭」；八顆小心是八個孩子，歸心似箭要投入母懷，那顆大心就是鑽石母心，枸杞就像媽媽的臨終眼淚，灑入每個心肝。這是嬉笑怒罵之餘，老朋友黃姊對楊教授故事的真情詮釋。

苦兒的流浪歲月都過去了，自小缺乏母愛的茂秀如今變成在講台上帶給衆人快樂的兒童哲學家、一個受歡迎的講故事人，翻譯、寫作不輟，像他的卡桑一樣多產。

這些，媽媽在天上應該都看見了。

⊙苦兒的流浪歲月都過去了，如今的楊茂秀是帶給眾人快樂的兒童哲學家。

楊茂秀與女兒靈靈。這一晚，父親要帶領女兒嘗一回他經歷過的各種人生滋味。

回憶渣子

楊教授說，不能隨便稱讚某道菜好吃，不然有意想不到的後果。有次，他受邀去長輩家吃飯，稱讚某道菜好吃，從此，每次去都有那道菜。三哥完全贊同，他的朋友的遭遇更「悲慘」，那位不婚的朋友與老媽媽同住，某次稱讚餐桌上的虱目魚頭非常好吃，從此天天有個虱目魚頭對著他，冰箱裡還有三十個等著。

——或許是促膝長談的無限歡娛依賴，或許是遙隔兩地的想念。

不論彼此的相對座標怎樣改變，朋友之間，永遠有一條相繫的線。

第五宴

追夢的吉他

音樂家黃淵泉的故事

說故事人：黃淵泉

黃淵泉的盤中故事

【西式】

一．西班牙海鮮飯　橄欖樹下的歡快盛筵

二．鵝肝吐司　閣樓上的小小奢華

三．椒鹽香雞排　年少流光好徘徊

四．蘑菇濃湯　何處潛藏，偷睡落英中

【中式】

五．蔬菜大封　破繭而出

六．螞蟻上樹　鄉思如蟻搔寸心

七．紅嘴綠鸚哥　烏龜頂上爬　立命安身，無畏風波惡

八．松阪芋頭　無肉讓人瘦，無樂使人俗

九．千絲豆腐羹　一口飲盡煩惱絲

十．清炒花生芽　譜寫健康音符

十一．燒仙草　尋夢不到黑甜鄉

西班牙海鮮飯。西班牙人過節時常在野外橄欖樹下野餐，用大鍋烹煮海鮮飯：各式海鮮、時蔬，以番紅花、紅椒粉等香料提味，使飯粒呈現淡黃的可口色澤。

故事食譜，請見265頁。

民國三十年代生，從嘉義而來

橡皮筋豎琴的童年走過了，吹薩克斯風的少年走過了，流浪的吉他終於抵達港灣。因爲心中有夢，並且付諸行動，人生跑道得以從一成不變的鏗鏘鋼鐵聲變成千變萬化、剛柔並濟的和諧弦音。

從未正式學過音樂的鄉下孩子，還曾因喜歡音樂被打；卻在三十五歲時毅然決然從鐵工廠老闆變成音樂信徒，在家人全力支持下千里迢迢遠赴異國深造，在陽光之國橄欖樹影裡開花結實。他的經驗，見證了音樂女神召回迷途羔羊的神力，更充滿啓示：先苦後甜的追夢之路上，從來無分長者少年。

主廚情意

凡是出席盛宴的朋友，一踏進黃姊家，第一眼必看桌上佳餚，第二眼則被一位高頭大馬、膚色黝黑且蓄了一圈花白鬍子的人士吸住目光，熟識的必朗聲叫著：「唷，三哥你來了！」首次見面的，則不免有幾絲狐疑、不安在眼神中流轉，其眼神予以翻譯應該是這樣的：他是阿凸仔嗎？不，可能是混血兒，不，大概是原住民，不，可能是西班牙或荷蘭跟原住民混血……。看起來蠻兇的，是不是什麼「幫」的，別惹他。

不論老少親疏，大家都喊「三哥」，彷彿他就叫三哥，喊得像叫自己的親哥哥似的！

今年剛跨入六十門檻的三哥不是別人，正是黃姊的三哥淵泉，打從出娘胎就認識了。兩人差三歲，因名字諧音，淵泉與照美被鄰居小孩叫成「醃腸與美粉」。小時候，三哥的行徑跟「三太子」哪吒很像，凡調皮搗蛋之事皆能無師自通，精益求精，因此常常欺侮黃姊；當兩人奉媽媽之命一起挑水時，走在後頭的三哥不是將挑水的扁擔往下壓就是搖晃水桶，讓走在前面的妹妹寸步難行。黃姊一回到家，第一件事就是找媽媽告狀，頑皮的三哥總討來一頓打，但是下一次他照樣壓扁擔、晃水桶，告狀的照樣告狀，媽媽也照樣修理他，從小就皮癢。

這兩個人就這般打打鬧鬧地長大了。說來奇怪，長大後兩人的感情好得不得了。黃姊除了有一手好廚藝，二十歲出頭就當起裁縫老師，每天授課時間從晚上六點到九點半，一到下課，三哥早已騎著偉士牌機車等著載她回家。回家途中，三哥會先帶她去吃碗熱騰騰的牛肉麵。黃姊說，冬天裡坐在三哥的機車後面一點都不會冷，所有的刺骨寒風都被身材魁梧穿著皮衣的三哥給擋了。這段「溫馨接送情」的重要任務一直持續到她二十六歲認識黃恆正為止。

這次盛宴的菜單很特別，既有西式的西班牙海鮮飯、鵝肝醬吐司、蘑菇濃湯等，又有中式的「紅嘴綠鸚哥　烏龜頂上爬」、松阪芋頭、蔬菜大封、清炒花生芽。之所以會出現中西齊聚的盛況，當然跟今晚的說故事人有關。

三哥曾遠赴西班牙學音樂，所以「欽點」異國美食以供回憶，順便出個西式料理的難題考一考妹妹；滷牛腱、松阪豬肉是他的最愛，怎可缺席。說起「最愛」，在美食方面，三哥是蘇東坡「無肉使人瘦」理論的死忠信徒，最愛吃肉，尤其是帶著油脂會輕輕晃動的滷肉，最能擄獲他的心。近年為了健康，黃姊為他做的肉皆去油去脂，三哥無比委屈，忍了很久，對黃姊說：「妹妹，我死後，妳拜我的那條豬肉可不可以不要去掉肥肉！」簡媜聽聞，提議：「給他拜一碗豬油。」三哥神情肅然，說：「不可以，吃起來不一樣！」

為了兼顧三哥的食性和健康，除了不可或缺的肉類之外，黃姊還準備口味清淡的菜色；「蔬菜大封」仿客家封肉做法，以高麗菜填菇類做出封肉般的氣派。特別的是清炒花生芽，這道小菜費功夫，養了幾天才讓花生孵出芽來，花生芽對心血管有益，很適合心血管塞過兩條的三哥。千絲豆腐羹見刀功，盒裝豆腐切得如髮絲，三哥「龍心大

三哥愛吃肉，基於健康考量，黃姊的「大封」以菇類代替肉類，口味清淡，但仍氣派十足。

⊙三哥講起嘉義鄉間的童年往事，眉飛色舞。講偷彈風琴那一段，令大家緊張起來，彷彿看到老師敲他的後腦勺。

悅」，說要「一口飲盡煩惱絲」。

黃姊希望經常外食的三哥能嚴控飲食，因此今日菜色肉少菜多，妹妹對哥哥的關懷溢於言表。雖然那是不可能的任務，但黃姊一直暗中努力，想把三哥鍛練成「和尚」——在飲食方面。

「三太子」的小學音樂課

目前任教於台南科技大學音樂系與輔大音樂系的黃淵泉，畢業於西班牙馬德里皇家音樂學院，主修吉他與木笛，創「二十一世紀古樂團」，現任團長。

光看這段簡介，不知情的人會以為淵泉必定從小受父母栽培，眼前浮出這般畫面：爸爸騎腳踏車，風雨無阻地載著小淵泉及那把價值三畦菜園的小提琴，到鎮上的先生家學琴。夜晚歸來，媽媽已煮好熱麵暖一暖他的胃，並且，泡好一臉盆的藥草熱水讓小淵泉浸一浸發痠的手指，還叫：「照美啊，還不快來幫妳三哥揉一揉手指頭！」

（三哥看到這段一定大哭，他應得的童年被調包了。）

生於民國三十七年，長於嘉義縣六腳鄉蒜頭村的淵泉，在家中排行第五，是母親的第三個兒子，不僅從小沒學過音樂，而且還曾因喜歡音樂被打，卻在三十五歲時毅然決然從鐵工廠老闆變成音樂信徒，千里迢迢遠赴異國深造。他的經驗，讓很多花大錢從小送孩子學音樂卻眼見他們再也不碰樂器的父母想一頭撞牆，卻也見證了音樂女神召回迷途羔羊的神力。

淵泉小時候非常調皮，除了對妹妹惡作劇，還能變出具有「獨創性」的頑童戲法。鄉下小路常見牛糞，強壯的牛隻剛拉出一大坨牛糞，似乎還冒著煙。淵泉與同伙百般無聊，竟起了「歹念」。他們把鞭炮的引信搓成一長條，一端埋在牛糞裡，另一端拉至路邊草叢，埋伏著。遠遠地，看到那個不受孩子喜愛的老頭拉著手拉車過來，這幾個「牛糞游擊手」見獵心喜，在缺乏精確的計時碼錶的導引下，竟能以媲美火箭升空「五四三二一」的精準號令，恰恰好讓「牛糞炸彈」在老頭的胯下「砰」引爆了。

小頑童笑翻了，老頭氣壞了，老的追、小的跑。但，天會漸漸暗下來，頑童會漸漸回巢。接著，只有「長安一片月，萬戶擣衣聲」這畫面可比擬，把「衣」換成「孩」，家家戶戶都傳出打小孩聲，修理得最賣力的當然是黃家這一戶，而淵泉的慘叫聲亦與眾不同，猶如男高音在對夜鶯歌唱。

淵泉的童年過得雖清苦卻快樂，物質缺乏恰好有助於開發心靈礦脈；他一向好奇，觀察敏銳，具備不可壓抑的冒險精神，對權威管教寧願挨打也不肯服從，個頭又長得高大，在孩子群中常起帶頭作用。

念蒜頭國小時，貪玩，功課不算太好，但對音樂課竟有期待的感覺。教室裡那台老舊風琴，外觀斑駁像個受歲月摧殘的老人，然而當琴蓋被掀開，跳躍的琴鍵發出的樂音，輕輕地就能帶著淵泉起飛，飛向無限自由的星空。淵泉迷戀這種感覺，覺得自己在音樂中變得不一樣。

那年代，學音樂是奢侈的，只有醫生的小孩才有這種福利。淵泉當然沒機會，能摸得到的樂器只有那台歷盡風霜的老風琴。

小學四年級時，有一次下課，他按耐不住內心的渴望——想要用自己的手指，單獨與老風琴對話。趁大家都走了，躲在教室裡偷偷彈風琴，摸索音階，彈出課本上的曲子。除非老師都聾了，否則偷彈琴很快就會被逮到，從此以後，老師把風琴鎖起來。

淵泉不死心，依然偷溜進去，用迴紋針打開鎖，繼續彈琴。沒多久，一個巴掌突然從後腦勺狠狠地揮了過來，老師斥責：「黃淵泉，這是學校公物你知不知道，玩壞了誰賠啊？」即使後腦勺挨了巴掌，這個黃淵泉一逮到機會，還是去偷彈，他想將心中的旋律彈出來，反正挨巴掌對他而言早已是生活的一部分，老師沒打媽媽也會打，沒什麼了不起，絲毫不痛不癢。

之後，淵泉又被叫去訓導處狠狠地抽打一頓，這次的罪名是嚴重破壞公物；因為他用刀子在課桌抽屜的上方與下方刻了好幾道很深的刀痕。其實，他並不是頑皮搗蛋故意破壞桌子，而是想自製豎琴。他用橡皮筋充當琴弦，勾住上下刻痕，慢慢地調整出音階，耳附桌面，神往自娛，沉醉其中。

這個頑童，多次偷彈風琴，不做槍不做刀竟然做豎琴，任何一個稍為用心的老師都看得出這孩子的心裡響著音樂的召喚，一顆種籽這麼努力想要發芽，卻沒有人從教育家的角度欣賞這種召喚，幫他攏一攏土把芽孵出來，反倒是予以嚴厲地處罰，把種籽連根拔起。

日後，淵泉回想當時摸索音樂所遭到的對待，總會充滿感慨：「當時的教育體制很有問題，學習上受到很大的壓抑，沒有人會當踏腳石輔導你，只有做絆腳石妨礙你。」

軍樂響徹青春期

初中畢業，淵泉離開嘉義到高雄，住在大姊大姊夫家，就讀屏東一所私立高中。在淵泉的音樂路上，大姊大姊夫是提供最多協助的人；大姊較長，像是弟弟妹妹的「小媽媽」，一路扶持，使這個缺乏父蔭的家能安然度過逆境。

高中時，淵泉的音樂腳步擴大，也得到較多資源。他不僅有一副好嗓子，還參加軍樂隊，吹薩克斯風、練小喇叭，曾代表學校參加全國薩克斯風比賽得第一名。這顆種籽終於發芽，抽長了。

學聲樂的音樂老師對他說：「黃淵泉，不要辜負你的一副好嗓子。」老師的激勵，淵泉永遠都記得。多年後提起這句鼓勵、賞識的話，淵泉仍然眼眶微濕。

音樂的浪潮在這個高大的年輕人的胸膛澎湃著，他渴望進步。大姊幫他圓夢，這輩子，第一把小提琴、第一把吉他都是大姊買給他的。姊弟之情，淵深海闊，淵泉的內心永遠感念。高中畢業後，大姊付學費讓他找小提琴老師學習一年，淵泉非常珍惜學習的機會，每天苦練數小時，老師不相信他是第一次拉琴。

當兵時，淵泉挑戰權威、一馬當先的個性，差點惹禍。

在訓練中心時，教育班長很壞，動不動叫士兵下跪，新兵不敢不從。某次，命每人抓十隻螞蟻放在手心不可捏死讓他檢查，淵泉沒做，他大吼：「三十八號，跪下！」淵泉發火了，吼回去：「我上跪天地，下跪父母，憑什麼叫我跪！」教育班長大怒，輔導長趕緊出面解圍，叫他進輔導室，規勸他要服從軍紀，淵泉加了一句：「沒問題，只要合理。」

之後調去金門，進補充營，他展露積極主動的行事風格。問人：「這裡有沒有軍樂隊？」「太好了，有。淵泉帶著小喇叭去考試。主考官問：「會不會吹音階？」淵泉答：「會。」而且吹半音階給他聽。又問：「會不會看譜呀？」淵泉故作謙虛：「試試看！」主考官給他一本譜，叫他吹其中一首。淵泉一看，心中大樂，這曲子他高中就吹熟爛了，但仍然裝作很認眞在讀譜的模樣，說：「報告長官，我可以吹吹看！」吹畢，長官說：「很好，一個音都沒有錯，你明天就來上班。」

由於這份主動爭取的精神，他從一個可能被派去挖坑道的小兵變成軍樂隊員。進軍樂隊次日，清早五點多，他躺在床上聽到樂器聲音，不敢怠慢，立刻起身也跟著其他人站在坑道樹下練基本音。軍樂隊一天只上班三小時，淵泉在軍中反倒得到更多機會練習，功力精進。

鐵工廠老闆

退伍後，非科班出身的他雖然熱愛音樂卻面臨職業選擇。他的父親早已把家產蕩盡，不可能讓他有時間慢慢整建夢想與現實的距離再把音樂放在最愛的位置。他必須立刻出社會，學一技之長，負擔家計。

淵泉北上，進入一家鐵工廠工作。他的學習能力旺盛，像蠻牛一樣吃苦耐勞，人又

從鐵工廠老闆變成音樂家，三哥對夢想的堅持令人感動。

親切有趣，很快學會基本功夫。他不以此爲滿足，白天上班，晚上上課學製圖，不出兩、三年，可以出師了。

淵泉創業，開了一家鐵工廠，同時也和朋友合作開貿易公司。他一向充滿幹勁與企圖心，又能做到超乎客戶預期的成果，因此生意很好。在貿易方面，他喊出的口號是：「只要你說得出，我就幫你找到。」客戶很多，甚至包括：中科院，要精密的純銀鍍金的接著端子；海洋學院，要河海工程用的造波機；某科技學院實驗室，要染整機器。淵泉發揮上窮碧落下黃泉的功夫，無不滿足客戶要求。

他的服務精神，也幫他招來一段「祕辛」。

有個客戶是上海人，開染整、紡織工廠，機器壞了，淵泉帶著員工去修。淵泉一向要求要當天修好，讓客戶的生產線能儘速運轉，因此修到半夜才收工。那老闆見他如此負責，頗欣賞，對淵泉說：「我家冷氣機鐵架生鏽了，能不能幫我做個新的。」淵泉去他家裡，量好，很快做了新的裝上，老闆問他價錢，淵泉說：「不用了，這點小東西，算是服務啦！」

老闆聽了，更欣賞，約淵泉來家裡吃飯。淵泉赴約，發現一起吃飯的除了老闆夫婦還有他們的女兒。席間，老闆試探地問：「黃先生，你應該還沒有結婚吧？」

淵泉立刻明白這頓飯的用意，說：「我已經結婚了，對不起，我應該帶太太來拜訪您們才對！」兩夫婦聽了，臉上有遺憾的表情。

這老闆對淵泉非常好，交代會計，只要是黃先生請款，一定給即期票。

淵泉經營事業確有過人之處，他長得高大又豪爽，頗像日本摔角選手，大家都叫他「馬場」。只要他打電話叫貨，不管是五金、鋼鐵，原料供應廠商都沒第二句話，立刻給貨；錢，唉呀，月底再算啦！

蒸蒸日上的事業掙得經濟與生活穩定，讓他有能力養護妻兒，安頓了現實。但他的內心仍蓄著狂濤，靈魂深處仍響著不止息的呼喚，有個聲音不斷地問著：「這一生，你打算把我放在哪裡？」

下了班，這個鐵工廠老闆不是去應酬喝酒，而是回家彈吉他。淵泉學吉他全靠自己摸索，沒有啓蒙老師，每天晚上彈四五個小時，如癡如醉，彷彿是對音樂之神的低語：「白晝屬於現實，夜晚屬於夢想。」

虔誠如使徒，癡情如戀人。音樂女神聆聽，決定召回祂的羔羊。

有一天，照美看到報上登YAMAHA徵吉他老師，告訴淵泉。他打電話想報考，才知昨天是報名最後一天。辦事小姐公事公辦，不給商量。淵泉不放棄，他總是鍥而不捨地奮戰到最後一刻，請求跟經理談。電話轉給一位高經理，淵泉希望能參加考試，「請您給我一個機會，要是考不上，我就死了這條心。」他誠懇的語調讓高經理願意接受報名。三十多人應考只取三名，淵泉錄取了。

公司派一個曾留學西班牙的日本吉他老師小泉忠雄來幫他們作職前講習，帶來新的教材、曲目，淵泉如獲至寶。第一天，老師交給每個人五首曲子，兩三天內，淵泉已把五首曲子背熟練好。老師透過翻譯對淵泉說，他不相信淵泉是第一次碰這些曲子的。

吉他音樂家李世登先生為淵泉開了眼界。他是印尼留學德國的華僑，當年，在台灣開了一場音樂會。淵泉到場聆賞，驚為天人，拜李老師門下學吉他，廣獲啓發。數年後李老師回僑居地，還把二十多個學生交給淵泉，讓淵泉接棒。多年後，李老師談起當年淵泉跟著他學吉他的事，仍以讚許的口吻對淵泉說：「你這個人啊，很堅持，一直都不放棄。」

淵泉當然記得老師說的事。他跟著老師學，三年沒缺過一次課。有一次大颱風，李老師打電話給淵泉：「天氣很壞，今天就取消吧。」淵泉答：「那怎麼行，我都準備好了，我一定要去上課！」依然從新莊騎著那輛偉士牌摩托車到台北通化街李老師家。

狂風暴雨，吹濕了一身，吹不熄在胸膛燃燒的熱情。無比虔誠，如是愛戀。音樂之神做過試探了，孩提時為了音樂被打被羞辱，他不放棄。交給他婚姻、兒女、工廠，叫現實的石磨磨他，他沒放棄。現在，大颱風天，孤獨地逆風而行，仍然為了音樂。時候到了，這人意志堅固，這人心中有殿堂，該把屬於他的音樂人生還給他。

三十五歲，擁有一對兒女的鐵工廠老闆決定放棄事業，遠赴西班牙馬德里皇家音樂學院深造，主修古典吉他與木笛，親手去領取那份被應允的人生。

傾全家之力圓音樂夢

淵泉是幸運的，一般家庭基於現實考量可能會潑冷水，但他的家人與妻子不同，他說：「我媽媽的觀念，現代人都跟不上，她從未要求我當大老闆賺大錢，反而全力支持

⊙於西班牙格拉納達，參加國際音樂營時留影。心懷夢想並願意付諸實行的人，走到哪裡都是遍灑陽光的溫暖天堂。

我去圓夢。」當時，淵泉夫婦與母親同住，姊妹們也常照應。她們都能懂淵泉的渴望。

淵泉的妻子——拼布藝術老師佩韻說：「與其讓他後悔一輩子，倒不如我自己先苦三年。」

對佩韻來說，結婚不久，她就發現婚姻裡最大的「天敵」是那把吉他。下了班，他不問家事不管孩子不理天會不會塌下來，懷裡抱著吉他，練到凌晨一兩點。有一天，淵泉早上醒來，發現太太睡的位置上放了一把吉他，她跑去客廳睡。她說：「你跟吉他睡好了，吉他的身材也很不錯。」

背起行囊想要圓夢的人，背後必須有一陣順風。家人與妻子就是他的順風。就這樣，淵泉又以蠻牛精神苦學西班牙文，飛向古典吉他的發源地西班牙。

原本只存一年旅費打算一償宿願便回來的淵泉參加跳級考試，以第一名的成績考上馬德里皇家音樂院高年級班，從七年級唸起，而後花三年的時間修完學業。

當時有來自日本、哥倫比亞、美國、英國、中國、韓國等三十幾個人參加考試。考試時，考生被叫進去，彈不到五分鐘就出來了。輪到淵泉，他彈奏巴哈的曲子，沒想到主考官讓他一個小節接一個小節地往下彈，整整彈了半小時之久，之後三個主考官不約而同地對他微笑說謝謝。接下來被點名的是日本人，沒想到這位考生選的曲目居然和他一樣，不過不到兩分鐘就被請下來，而且接下來幾個考生的情況也是如此。後來淵泉很好奇地問主考教授當時怎麼讓他一個人彈那麼久，教授說，他們很好奇一個東方人怎麼能把巴哈彈成這樣，同時也想看看他能不能彈完。淵泉並不認爲自己在音樂上有什麼特殊天分，他說自己純粹只是對音樂有一份很執著的癡迷。

淵泉非常喜歡西班牙，一下飛機，覺得這個國度的空氣如此熟悉，彷彿前世來過。熱情的西班牙人節日時常在野外橄欖樹下野餐，用大鍋子烹煮海鮮飯，通常由男人掌勺，女人在一旁打雜，旁邊烤架上烤著羊排。所謂西班牙海鮮飯，當然少不了各式各樣的海鮮，包括整隻完整的蝦子、帶殼的蟹腿、花枝、孔雀蛤，另外還放了三色椒、洋蔥等蔬菜，當然，特殊香料番紅花、紅椒粉更是幕後功臣，讓海鮮飯香味四溢，並且飯粒呈現出淡黃的可口色澤。他們用修剪下來的橄欖枝當柴燒，烹煮的食物具有特殊的香味。男人用武火煮大鍋海鮮飯，熟了之後，大家拿著湯匙直接挖飯吃。接下來女人用剩下的文火烤羊排，大家一邊吃烤羊排，一邊拿起羊皮袋（羊的胃囊）仰頭直接對著嘴喝紅酒。倒進羊皮袋裡的酒不會壞，而且一個羊皮袋足足可以裝下兩、三瓶酒的份量。不分男女，都是這麼一派豪爽地張大口喝酒。在這裡，淵泉第一次見到比扁擔還長的麵包，扛在肩上，轉個身必打到人。帶他來參加野餐的老師將他介紹給更多朋友，淵泉大概跟上千人握手，對那些西班牙人來說，第一次看到中國人，所以個個爭相一睹中國人的風采。生性熱情豪邁的淵泉遇到同樣熱情的西班牙人，水乳交融，宛如失散多年的兄弟，他說：「我在西班牙喝醉，就是這一次。」

西班牙老太太與中餐館

爲了省房租，淵泉特地找閣樓租住。那裡住了許多低收入家庭和老年人，尤其以獨居的老太太最多。

淵泉住六樓，與他隔一間房的是一位獨居老太太。淵泉每回遇到老太太提垃圾，便幫她拿下樓去丟，若是遇到老太太買菜回來，便幫她提上樓，有一回還帶老太太到樓下吃牛排，老人家慢慢地一口接一口把一大塊牛排吃光光。老太太每次聽到淵泉在練琴便來敲門，一開門，看到她手上端著自己烤的一盤餅乾對他說：「兒呀（老太太這麼喊他）！我自己的兒子一年難得來看我一次，你每次都幫我提東西，比我兒子對我還好。」有一回，淵泉參加音樂營，忘了告訴老太太，足足一個星期不在家。等他回家轉動鑰匙開門時，老太太立刻從自己家跑過來，抱著淵泉一直哭，說：「我沒聽到琴聲，以爲你死了。」淵泉也不禁哽咽，眼眶泛紅。這對萍水相逢的「異國母子」，共譜了閣樓上的溫暖時光。畢業回國前，淵泉請老太太吃飯，離別在即，老太太又是難過得止不住淚水。在老太太人生末程的記憶裡，淵泉大概是住在台灣的「兒子」，留給她永遠溫馨的回憶。

出門在外，飲食是個問題。淵泉偶爾也會奢侈的以吐司抹鵝肝醬打打牙祭，吃久了，也會想念家鄉味。附近只有一家中餐館，香港人開的，投合外國人口味，菜做得不三不四，多是雜碎。有一回，他親眼看到一個西班牙人點了春捲跟飯菜，跑堂的先送來

一段異國奇遇，加上一點三哥的熱情與幽默感，意外地解了遊子思鄉的饞。「紅嘴綠鸚哥 烏龜頂上爬」正是他留學期間一個巧妙轉折的音符。

一碟醬油，再來是甜醬，再來是飯、菜；西班牙人先喝醬油，再吃甜醬，又把醬油淋在飯上吃完，再乾巴巴地吃菜。西方人是上一道吃一道，難怪他這麼做。

淵泉忍無可忍了，對老闆說：「你不要讓人家把醬油當開胃湯喝嘛！」他跟老闆熟稔後，換成他下指導棋，叫廚子做。螞蟻上樹、「紅嘴綠鸚哥　烏龜頂上爬」等菜，都是他用來懷鄉解饞的。後來，這家餐館很像是他開的一樣。

在西班牙的日子，淵泉自知起步已晚，機會得來不易，拿出創業精神以拼命三郎的幹勁拼學業，最苦的是想家。他說：「過年時，冒著零下五度到外面打國際電話回家，太太接的電話，我說：你們現在在吃年夜飯對不對？她說：『對啦！對啦！我要打牌了，再見。』電話就掛了。我一聽，當場痛哭，臉上的淚水馬上凍成冰柱，那冰柱是鹹的耶！」

其實，太太用心良苦，她深知若讓先生心中有所牽掛，勢必會從西班牙趕回家，這往返的旅費不能小覷，乾脆三言兩語結束電話，免得兒女情長減損他的鬥志。「再說，國際電話很貴的。」

三十八歲那年，淵泉回國，蛻變為音樂家。

多漫長的一段路！橡皮筋豎琴的童年走過了，吹薩克斯風的少年走過了，流浪的吉他終於抵達港灣。因為心中有夢，因為對夢想付出行動，淵泉的人生跑道得以從一成不變的鏗鏘鋼鐵聲變成千變萬化、剛柔並濟的和諧弦音。他總是樂觀，執著，熱情，勇於追夢，勤於圓夢；五十五歲考上博士班，拿到博士已跨過六十了。他的學生對他說：

「老師，我很佩服你，你這把年紀了還那麼有衝勁！」

誠哉斯言！在夢想面前，黃淵泉永遠年輕。

回憶渣子

三哥說，三嫂的「冷淡」是支持他在異國全力火拼課業的動力。其實，三哥性情浪漫，遇感動之事常「熱淚盈眶」，相較之下，三嫂內斂，喜怒哀樂常不形於色。三哥舉例，有一天打電話回家：「妳知道今天是什麼日子嗎？」三嫂問：「什麼日子？」三哥說：「今天是我們的結婚紀念日耶！」三嫂答：「好啦。錢別忘了存進銀行，那張票子明天人家要來兌現！」三哥聽了，笑得合不攏嘴。

三哥從西班牙回國，每日依然苦練不斷。有一天，他在樓上反復練習一小節，嘗試不同的詮釋方法。媽媽在樓梯間偷聽。午餐時，媽媽忍不住問：「你出國學這麼久，怎麼整個早上只彈一小段？」

——「朋友音樂學」：朋友，是一種音色；是樂器，也是奏者；是時間擦過情感的弓弦、藉記憶的琴鍵再現的動人交響詩。

第六宴

大轉法輪

戲劇學者李惠綿的故事

說故事人：李惠綿

李惠綿的盤中故事

一．雞捲　半生羈絆在至親
二．碗粿　大轉法輪，撥雲見日
三．大麵羹　羹湯作城堡，呵護一顆愛心
四．獅子頭燉豆腐腦　圓滿辨證缺憾
五．紅豆、鯉魚燉豆腐　恩情餘韻最相思
六．金華凍冬瓜　忍度深冬待春華
七．金菇水蓮根　心住蓮台好護持
八．米糊燴菱角蓮藕　靈犀一線總相連
九．鮑魚、魚翅、干貝、香菇雞湯　衆鮮寵愛聚一身
十．銀耳鳳梨桂圓湯　蟾宮折桂，銀碗盛雪

大麵羹。油麵在中央攏成座小丘，四周羹湯環繞，散列眾多材料，彷彿母親以愛砌築的城堡與護城河。

故事食譜，請見277頁。

民國四十年代生，從台南而來

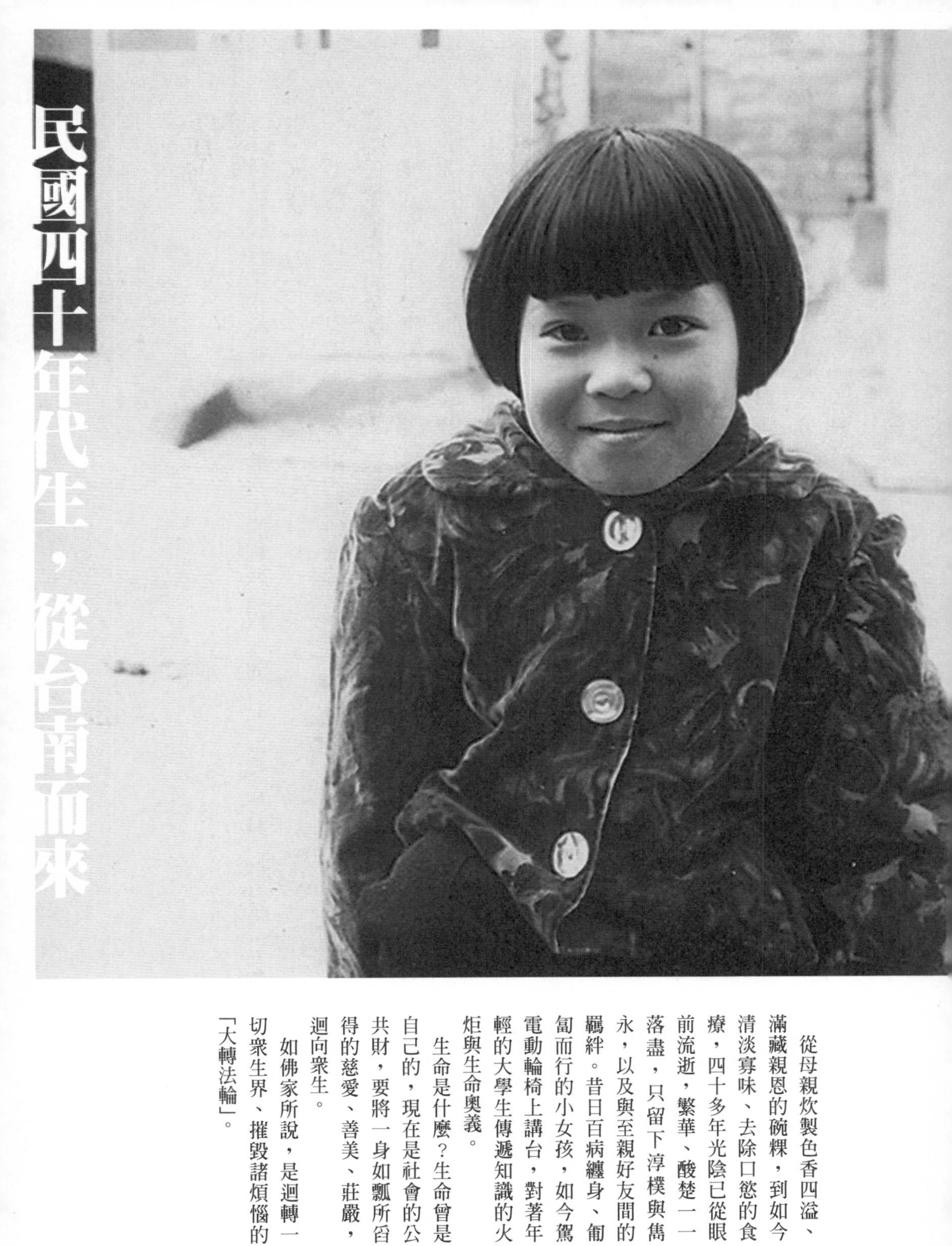

從母親炊製色香四溢、滿藏親恩的碗粿，到如今清淡寡味、去除口慾的食療，四十多年光陰已從眼前流逝，繁華、酸楚一一落盡，只留下淳樸與雋永，以及與至親好友間的羈絆。昔日百病纏身、匍匐而行的小女孩，如今駕電動輪椅上講台，對著年輕的大學生傳遞知識的火炬與生命奧義。

生命是什麼？生命曾是自己的，現在是社會的公共財，要將一身如瓢所舀得的慈愛、善美、莊嚴，迴向衆生。

如佛家所說，是迴轉一切衆生界、摧毀諸煩惱的「大轉法輪」。

以刀結緣

俗話說不打不相識，底下這兩個女人的相識過程充滿刀光劍影。認識一個月後，其中一人挨了一刀。

話說二〇〇〇年春天，深居簡出的簡媜牽著兒子去汀州路遠流出版社買書，臨走，當時任總務主任的黃姊送她下樓，眼看已送到馬路邊揮手道再見了，黃姊隨口問她還要去哪裡？經這一問，簡媜愁容滿面嘆了一口氣：「唉！去吳興街看朋友，她不想活了！」遂將這朋友從小全身開過大大小小刀的肉身折磨簡報一下，最近又深受排尿困難所苦，泌尿科名醫診斷後說：「妳要一輩子導尿！」之後才查出是子宮肌瘤壓迫膀胱，甚嚴重，又得開刀！她受不了，問：活著做什麼？

簡媜對黃姊說：「碰到這種身體難關，我們這些朋友百無一用！」

黃姊聽了，毫不思索：「妳把她的電話給我，我來跟她談！」

不久，黃姊眞的打電話給這位朋友，兩個素昧平生的陌生人竟在電話中談著私密病體與幽暗的生命深淵，悲從中來。談到最後，黃姊對她說：「這樣吧，如果妳要死，我幫妳辦後事；如果妳要開刀，我送妳進開刀房！」

這位朋友選擇活下去。君子一諾千金，黃姊去掛一位相熟醫生的號，幫這位行動不便的朋友多方請教專業看法，又協助安排住院。

她倆在台大醫院見第一次面，黃姊陪她做開刀前的超音波檢查，驚訝於她因長期拄杖而內臟嚴重位移，看到她坐在醫院廁所因排不出滿漲的尿液而痛苦地抽泣，看到白髮老師對她好言勸慰；隔著一道廁所薄門，鐵石心腸的人也會不忍，想要活下去的每一步都這麼泥濘……！

黃姊信守承諾，開刀那天一大早到醫院，送她進開刀房。四小時手術後，她被推出開刀房。從此，少一副子宮，多一個好友。

她就是台大中文系教授戲劇學者李惠綿。

主廚情意

李惠綿是台南下營人，相異於趙國瑞老師的江蘇味、楊茂秀的客家味，簡媜的宜蘭味，這回黃姊接的戰帖是台南味，而且必須是惠綿媽媽的獨家料理手法——這是她心中永恆的親恩與鄉愁。碗粿，大麵羹，雞捲，銀耳鳳梨桂圓湯，惠綿在電話中指示作法，連顏色配料都要跟媽媽做的一樣，黃姊在電話那頭筆記，很像教授在指導論文。

除此之外，黃姊特地爲惠綿設計鯉魚燉紅豆，這是皇家菜餚，表彰她爲人師表、作育英才之功。米糊燴菱角，用台南出名的菱角入菜，符合鄉情。至於那鍋最貴的湯，是黃姊對她的專寵……確實如此，其他人的湯都很實惠。黃姊說：「惠綿太辛苦了，要補一補！」其他人只好摸摸鼻子，不能嫉妒。

爲了盛放大麵羹，黃姊到處找大水盤，終於在不起眼的五金雜貨鋪，歐吉桑老闆從地下室塵灰之處挖出一個厚實的白色大水盤。就是它！物與人一樣，靜待有緣人！

⊙黃姊為惠綿燉一鍋「專寵湯」，內含鮑魚、魚翅、干貝，她說：「惠綿太辛苦了，要補一補！」

更殊勝的是，惠綿的八十二歲父親，親自爲女兒做了六支碗糕竹籤，彷彿六支上上籤。父母的慈愛總是伴著這副坎坷肉身，呵護么女的人生。

這一晚

朋友們冒著冬寒，依約相聚。主角李惠綿與趙老師乘坐復康巴士來到，黃姊家雖在一樓，但有門檻，得靠兩個大男生一左一右抬起惠綿輪椅，主角才能就位。

餐前，黃姊三哥黃淵泉教授從口袋掏出口簧，特地爲惠綿即興演奏一曲，悠揚的樂音與溫情洋溢，一室如春。

古董餐桌上佈著佳餚，首先攫住衆人目光的是淺藍大盤子上一大六小的碗粿，六個小碗粿等距環繞大碗粿，有人筷子一伸便夾了一個，也有只要半個的。要半個的不是不愛，而是深知接著還有令舌頭更貪婪的新奇美味。這是嚐過幾次黃姊廚藝的人，心照不宣的默契。而更高一籌的，會先站在廚房口，賊眼似地瞟瞟流理台上等著下鍋的食材和佐料、擱在地上碗裡泡著水的翠綠芫荽、櫥櫃裡的乾貨、倚著櫥櫃醃漬著什麼的一罈老甕，再狠狠吸滿一鼻腔爐子上冒著白煙的一鍋陌生香氣，然後滿懷期待地回到餐桌上。

對食物最焦慮的是三哥，生怕錯過什麼，只見他四處巡視，走到廚房，說：「妹妹，妳還有什麼菜沒給我們吃？那塊白白的是什麼肉？」黃姊張大眼睛回答：「肥皀啦，你要嗎？」惹得一屋子人大笑。

三哥趕緊問今天的主角：「惠綿，妳爲什麼點碗粿？」

黃姊與惠綿是「以刀結緣」的。

碗粿裡的母愛

惠綿開始說起她與碗粿的情緣。

她是台南人，在台北居住了三十年，今天是她第一次在台北吃碗粿。她說到這裡聲音哽咽，坐在旁邊的二姊李美琴老師也紅了眼眶。這對姊妹為了表達對母親堅貞不渝的情感，不約而同地，除了母親親手做的，不曾在外面吃過一口碗粿。

每逢過年，母親總是在除夕前一天上菜市場採買五花碎肉，回家滷一大鍋肉臊，裡頭還放了蛋一起滷。母親將滷蛋和一部份肉臊讓小孩子配稀飯吃，每個人很快就吃掉兩碗稀飯，其餘的肉臊則是用來蒸碗粿。蒸熟的碗粿是米白色，只有表面隱約可見些許肉臊，大部分的肉臊都沉在粿裡。母親的碗粿與外面將肉臊、花生粉直接放在碗粿上面的做法極為不同。黃姊非常細心，特地在今天的碗粿加了鹹蛋黃，而簡媜極富創意，說今天的碗粿形貌如同「撥雲見日」，意味著惠綿的人生否極泰來，「我將它送給媽媽，希望受病苦的媽媽撥雲見日。」惠綿話音甫落，席間掌聲如雷。

沒有人抗拒得了母親的碗粿，「即使是在我控制飲食的現在，回老家，還是吃了一碗半。」惠綿是最刁嘴的，除了碗粿裡的肉臊之外，她還要把肉臊淋在碗粿上面，否則便拒吃。「碗粿籤仔」是專門用來吃碗粿的竹片，要是這個竹片被搶光了，她也不肯用筷子或湯匙代替。在她的情感裡，堅持只吃母親蒸的碗粿，堅持只用父親削的竹片割食碗粿。

另一個讓惠綿難以抗拒的是鹹粿。母親蒸鹹粿，拌了花生粉一起蒸，有著特殊的香氣，又圓又大像臉盆似的鹹粿，意味著熱鬧、團圓。每年大年初一中午，母親將祭拜過的鹹粿切得厚薄適中，煎成金黃色，這天中餐就是煎得金黃散出花生香、外酥內軟的米粿沾蒜末醬油膏，搭配除夕夜剩菜煮成的大雜燴湯，相當美味。

爲了今天的盛宴，惠綿特地打電話回台南，問母親如何蒸出那麼好吃的碗粿？跟誰學的？惠綿確定母親這一身功夫絕不是跟外婆學的，因爲生於日據時代的母親，四歲喪母七歲喪父，飄零一身，堅忍求生。然而，如今深受洗腎之苦的母親，在電話那頭虛弱地說：「妳不要問，我什麼都不會了。」

結婚一甲子的母親，每逢小年夜便一早忙著蒸鹹粿、碗粿，數十年來蒸了數千個碗粿的母親竟說自己再也不會蒸粿了。年年因爲母親蒸粿讓家中洋溢過年熱鬧、團圓氣氛的景象，隨著母親日漸病弱也跟著淡薄。惠綿轉述母親這句話時，不禁哽咽。朋友們更能體會要把「撥雲見日」送給母親的那一份女兒心。

此時，黃姊自廚房端來一大盤：「惠綿，妳的大麵羹來了！」放上桌，熱煙氤氳，又是讚嘆聲不絕。黃姊將油麵高高圓圓地堆砌盤中央，四周則是羹湯環繞，像極了城堡與護城河。這高湯燉熬的護城河裡，肉條、香菇、木耳、紅蘿蔔、筍絲、大白菜、扁魚乾、香菜等鮮黃、橘紅、嫩綠、雪白、淡黑五色散落其中，而更抓住衆人目光的是，麵城堡上頭有一顆大紅心，有人好奇地問那是什麼，黃姊：「愛心啊，送給惠綿的。」三哥立即將城堡上的愛心夾到惠綿碗裡，掌聲再次響起，惠綿說：「這顆愛心應該送給趙

⊙惠綿的二姊和她一樣，從小只吃媽媽做的碗粿與粽子，她們對母親的忠貞之愛，令人動容。另外，為了這次「破例」的盛宴，惠綿的八十二歲父親，親自做了六支吃碗粿用的竹籤，濃濃的父愛，盡藏其中。

老師。」眾人直說有道理，掌聲更是響亮。趙老師笑著：「我代替惠綿的媽媽接受。」三哥：「妳等於是養母。」趙老師終身為教育奉獻，與惠綿的情緣猶如母女，她們的故事令人感動。

才一會兒工夫，城堡已夷為平地，而五色護城河也乾涸了。黃姊見收進廚房的盤子盤盤皆空，趕緊走來關心大家有沒有吃飽，「每樣菜都太好吃了」，擅長烘烤蛋糕、鳳梨酥的二姊更說：「以後不敢下廚了。」

和惠綿比起來，二姊美琴有許多機會在台北夜市吃到碗粿、粽子這類小吃，但她也只吃母親做的碗粿和粽子，別人家的她一口都沒嚐過。姊妹倆對母親的感情極為忠貞。二姊從小跟母親比較親近，老是跟在媽媽身邊，小時候就常幫母親看雜貨店，即使是念師專的寒暑假，她也不想去外面玩、約會，總是回家陪在母親身邊。但是跟在母親身邊的日子裡，卻不曾向母親學做凝聚家人情感的這些碗粿和粽子，「媽媽會的，我都不會，現在我很後悔。」二姊紅著眼眶說道。惠綿說：「多虧與兩老同住的二嫂，這兩年在母親口述指導下，已經傳承這項廚藝，有媽媽的味道呢！」

送粽子的父親

每年端午節和冬至，母親都會包粽子。惠綿雖然無暇在這兩個節日回鄉，但當天都能吃到粽子。

清晨三、四點天還沒亮，母親便起床包粽子，讓父親帶著四五十個蒸熟的粽子搭早上六點的國光號從台南到台北，中午，惠綿和住永和的二姊便能吃到媽媽親手包的此刻還溫熱的粽子。送完粽子，父親又搭車回台南。父親一向沉默寡言，再怎麼忙累也要繞半個台灣親自給兩個女兒送粽子，年年如此，從不間斷。

惠綿和二姊對母親包的粽子的情感與碗粿一樣，那份堅持，彷彿人間情愛裡的弱水三千只取一瓢飲。過年蒸的粿，以及端午、冬至的粽子，儘管是每年重要的應景食物，但是對母親來說，更是她身爲妻子、母親、傳統女性的愛與堅持，也是一種儀式。對一生不曾因病痛而間斷如今視力只看得到自己手指頭的母親來說，無法再用自己的雙掌握持這個愛的儀式，是很大的傷痛。近年來，母親已無法包粽子，有一年惠綿鼓起勇氣從台北寄了十顆湖州粽回家，聽說母親一口都沒吃。

簡媜說：「媽媽對你們的愛很堅持，你們對她的忠心也很堅持，會成爲一家人不是沒道理。」三哥說：「這算是好的頑固。」碗粿和粽子，是惠綿與母親之間很深的繫連。

三哥說：「趙老師是我生平僅見風度最好的養母，從剛剛惠綿講起生母到現在，她一直面帶微笑。」

趙老師露出溫婉的笑容：「當年惠綿脊椎開刀住院，我和惠綿媽媽都在，她指著惠綿對旁邊的護士說：『我養她十二年，旁邊這位老師養了她十三年。』這話讓我嚇一跳，也提醒自己要低調。」

惠綿說：「媽媽意識到趙老師對我的照顧已經超越她了。那時我二十五歲，偏偏不是二十四歲。」

故事說到這裡，那甕頂級「專寵湯」正好端上桌，魚翅、鮑魚以雞湯爲底，加入干貝、香菇熬燉，滋味之鮮美，令衆人紛紛低頭，陷入沉默。

喝了熱湯，稍稍喘口氣之後，惠綿說起便當的故事。

便當接力

「我很幸福，學生時代蒸便當那種爛熟的味道，我從來沒經歷過。」惠綿說。

從小學三年級起，每天中午母親做好飯菜便當，騎著腳踏車總是在下課前來到教室門口，風雨無阻。十二點鐘聲一響，直接衝進教室，先將便當放在桌上，抱惠綿去上廁所（當時惠綿尙未穿支架，蹲地爬行），爲她把尿，再抱她回教室用餐。母親準備的便當盒總共三層，一層放菜，一層擺飯，一層裝湯，這麼「氣派」的便當總讓同學興匆匆地跑來圍觀。三十年後，惠綿與小學同學餐敘，這位同學開口第一件事便說：「我當時好羨慕妳，每天都有媽媽送來熱騰騰的便當，因爲我沒有媽媽。我到現在都還記得妳便當的香味。」

小六上學期，爲了醫治矯治雙腿，惠綿獨自離家，先後到「台北振興復健醫學中心」、「彰化仁愛實驗學校」就醫求學，直到國三轉回家鄉的下營國中。學校離家較遠，每天中午換由父親騎機車送來母親現做的便當。當時惠綿的教室在三樓，父親送便

頂級「專寵湯」上桌，羨煞座中衆好友。

當來的同時，也扶著她到一樓上廁所，惠綿說：「整個早上就上這麼一次廁所，所以一滴水都不敢喝，眞不知當時是怎麼活過來的。」

簡媜說：「就送便當這一點來說，會羨煞很多人。父母對你們的愛眞是忠心耿耿，大概只有皇帝才能有這樣的伺候。」

隨著惠綿到台北念高中住校，又有一段便當因緣。惠綿因得老師賞愛被同學排擠，下課後伸出援手幫她背書包陪她下三樓的是初中部的學妹；而每天過馬路到對面宿舍餐廳幫她拿午餐便當的是同班同學吳珊瑚。惠綿說：「高三那年，我可以免去上下樓的勞累，安穩坐在教室等候便當，眞是患難見眞情。雖然珊瑚已經失去聯繫，像是生命過客，但我不曾忘記她。」

另一段便當的接力是惠綿埋首寫博士論文時，任教職的二姊趁星期日爲她準備六天份的菜，隔天請任教信義國中的姊夫一早送來。惠綿說：「我特地挑選八月八日父親節這一天動筆寫論文，寫了八個月才完成。這八個月裡，姊姊每個星期都爲我準備不同的菜色，只要微波兩、三分鐘，中午便有騰騰的飯菜。姊夫愛屋及烏，爲我採買一星期分量的食材，再將姊姊煮好的菜送來。」

二姊疼愛妹妹，爲了讓菜美味又能安定神經、降火氣、增補力氣，花許多心思設計菜單，家中也累積七、八十本食譜。那一陣子，惠綿吃了不少四神湯、蘿蔔泥稀飯、豬腳燉栗子、豆豉鑲苦瓜、荸薺牛肉丸子、豆腐包……。二姊謙稱：「媽媽要我們兩個在台北的女兒相依爲命，要我照顧妹妹，但是我做得不夠好。」

⊙一九七二年，攝於台北振興復健醫學中心。少女惠綿這天出院，第一次拄杖走出來，趙國瑞老師（左）送行，從此，守護一生。

蛋糕水果送溫情

惠綿接著說起甜美的蛋糕與水果的故事。

有別於之前的是，今天餐桌上出現了兩盒蛋糕，長方形的水果蛋糕是二姊爲大家烘烤的，另一個是趙老師買來的巧克力戚風蛋糕。

十二歲時，惠綿至「台北振興復健醫學中心」一面開刀醫治雙腿一面接續課程，趙國瑞老師擔任教育組主任，正好是惠綿班上的導師。她看出這個獨自從台南鄉下來的小女孩，具備異於常人的堅毅與聰慧，面對嚴重障礙的身軀，渴望從蹲地爬行而拄杖站立，小小年紀忍受膚體重組的那種撕肉裂骨的痛楚。趙老師對她既賞愛又疼惜，種下兩人這一生如師生如母女的殊勝情緣。

之後，惠綿到無障礙環境的「彰化仁愛實驗學校」就讀國中，趙老師每個月都會從台北去探望。

國一下學期改選幹部，班會中，惠綿公然抗拒擔任事務股長，從此與老師冷戰，與全班絕交，獨來獨往。三哥調侃：「妳沒有服務精神。」惠綿反駁：「才不是！我自認應該當學術股長。」又引發一陣笑聲。

趙老師每次去探望總是帶各種點心與班上同學共享，替她打點和同學之間的關係。同學們看到趙老師彷彿看到天使降臨、聖誕老公公，完全忘了惠綿「正在與他們絕交」，高高興興地吃趙老師帶來的食物。但是，深知惠綿與同學之間情結的趙老師，卻只把「巧克力戚風蛋糕」完整地給惠綿一人獨享。當趙老師要回台北，惠綿陪著走過長長的校園送到校門口，分別時刻，十三歲的惠綿哭，趙老師也跟著哭。如今，惠綿只要心情鬱悶煩躁，便央求趙老師買巧克力戚風蛋糕，重溫當年在絕望中獲得安慰的那一種溫暖。

對惠綿來說，二姊烘烤的水果蛋糕僅次於戚風蛋糕。她說：「在趙老師七十壽辰的宴席上，賓客已經酒足飯飽，但是對這最後送上來的水果蛋糕仍一口接一口，即使是不吃甜食的人也讚不絕口。」

楊茂秀教授催促：「我們可以切蛋糕了嗎？」此話一出，惹來哄堂大笑。惠綿答：「請忍耐一下，先聽姊姊說為什麼會做水果蛋糕。」三哥說：「請講快一點。」

二姊說：「因爲爸爸不吃鬆鬆軟軟的蛋糕，所以我才去學水果蛋糕，鳳梨酥也是爲爸爸學的。水果蛋糕又叫『磅』蛋糕，一磅大約四百五十四公克。今天這一條算是超重的，大概烤了一個小時，裡頭有水果乾、葡萄乾、核桃，用的都是純天然食材，沒有任何添加物。」二姊果眞應大家的要求，幾句話就交代完畢。才一轉眼，已經有人要了第二塊；而之前宣佈克制不吃甜的那位仁兄聽說已吃了四塊，還自我安慰：「這個熱量不高」。

至於水果，在「彰化仁愛實驗學校」就讀時，鮮有足夠的水果吃。但是只要母親去看她，她便會有一大袋的水果。母親下了火車之後，捨不得坐計程車，總是走路到地處偏遠的學校，省下來回五十元的計程車錢，給女兒買水果。母親背一大袋水果，汗水淋

對惠綿來說，趙老師探望她時送的戚風蛋糕（右），以及二姊為了父親喜好口味特地學做的水果蛋糕（左），都是連結溫暖記憶的甜點。

漓一個人走在連公車都沒有的僻靜小路上的身影，不時在她的腦海裡浮現。

簡媜說，做惠綿的朋友有一項專屬「福利」，就是每年中秋節會吃到道地的麻豆文旦。多年來，爲女兒選購文旦是惠綿父親的堅持。就像端午節的粽子一樣，中秋文旦，從不曾短少過。中秋前，父親會到農家產地試吃，挑出品質最好的一家，買下一兩百公斤，回家後親自裝箱。除了寄送生意往來的客戶，就是要送給平日照顧惠綿的老師、朋友們。每顆文旦皆是上品，金黃、嬌小、沉重，傳達著老父親的疼愛與謝意——感謝善緣匯聚，照顧他的女兒。

食療：飲食的苦行僧

此刻宴席已近尾聲，大家捧著熱茶，繼續聽惠綿與食物的另一段奇緣：如今，她與趙老師都按照食物表飲食，由好友也是治療師的魏可風爲她們開食譜。

惠綿說：「第一次請可風幫我開食譜是爲了減肥，第二次是爲了治病。」

二〇〇六年教師節，惠綿突然頸椎不能轉動，連坐都有困難，只能臥床平躺，對一週需上三門課、桌上堆滿學生作業論文的教授來說等同癱瘓。可風爲她開食譜治療頸椎，整整吃了一個月，這期間只去中醫診所將移位的脊骨歸位，沒打針沒吃一顆消炎藥，靠著臥床和食療居然復原了。不過，那食譜讓惠綿深覺自己實在可憐，因爲長達半個月，能吃的食物只有糙米、牛肉、虱目魚、牛奶，沒有水果，蔬菜只有九層塔，「請問只有九層塔要怎麼吃？」三哥語帶同情地問道。惠綿苦笑：「沾醬油吃。」情況稍微好轉時，也只能吃牛筋、牛肉、冬瓜、絲瓜、龍鬚菜、水蓮菜、白蘿蔔少數幾樣。所幸趙老師挖空心思，在單調的食物裡變換出色香味俱全的烹調。

惠綿對使用食譜的心得是要有心（不是爲長命，爲了活下去）、有愛（家人朋友支持）、有錢（一份食譜五百元）、有廚，而趙老師就是她的「大長今」。

朋友們非常想知道趙老師如何求變？因爲難保哪一天自己基於健康必須嚴格控管食物也變成「苦行僧」，面對排山倒海的誘惑如何「守口如瓶」而不會掃盤子、掀桌子？

趙老師歸納出變換食物烹調的四個原則，在有限的食材裡求變。首先「**變色**」，例如青椒、黃椒、紅椒搭配白色山藥，色香俱佳。其次「**變身**」，將相同的食材切割塊、條、絲、丁，例如將吃剩的牛排切絲拌四季豆，惠綿把四季豆吃光不想吃肉，剩了些牛肉絲，趙老師再將絲切丁拌碗豆，三哥接話：「再吃不完就打汁叫她喝。」大家看他，因他是在場最需抓起來控管的「一級食犯」。第三「**變味**」，例如食譜沒有醋，涼拌小黃瓜擠幾滴檸檬。最後是「**變節**」，打破食材的傳統搭配，例如將不能炒紅辣椒又不能加肉絲的雪菜改炒紅蘿蔔；又如秋葵配玉米粒，惠綿皺眉頭：「黏膩膩的，像含入一口膠水，難吃無比。」這是最失敗的變節。

從母親炊製色香四溢、滿藏親恩的碗粿，到如今清淡寡味、去除口慾的食療，四十多年光陰已從眼前流逝，繁華、酸楚一一落盡，只留下淳樸與雋永。昔日匍匐而行的小女孩，如今駕電動輪椅上講台，對著年輕的大學生傳遞知識的火炬與生命奧義。沒人知道他們的老師週期十天內只能吃五樣食物的情況下卻依然滔滔不絕，不減損一分鐘授課

金菇水蓮根（右）、金華凍冬瓜（左），做法乍看簡單，卻是一干老友挖空心思，將單調食材變為爽口健康佳餚的魔術。

的進度。生命是什麼？生命曾是自己的，現在是社會的公共財，要將一身如瓢所舀得的慈愛、善美、莊嚴，迴向眾生。

聽完惠綿的飲食故事，簡媜下了結語：「佛家說：迴轉一切眾生界、摧毀諸煩惱。黃姊模擬惠綿媽媽所做的這一大六小的碗粿，堪稱是『大轉法輪』。」

——不要懷疑，無須試探；朋友是那樣一種容器，能承載你的全部歡笑、淚水，也收納你人生的傷痛、夢想能去到的，最遠的地方。

回憶渣子

有一回，黃姊做了幾樣可口小菜，包裝妥當，未事先約告，直接到台大找惠綿；惠綿正在上課，雖從窗戶瞥見黃姊身影，卻不動聲色，繼續上得如火如荼，黃姊在外站了四十分鐘才等到她下課，由此可見她上起課來是六親不認的。黃姊說：「這個教授怎麼這麼認眞？」簡媜建議惠綿：「下次碰到這種情況，妳就叫腳力較好的男生去買一碗飯，再跟學生說：老師突然覺得很虛弱，需要用膳，你們乖乖自習不要講話，我去去就來。」

從此，「罰站四十分鐘」成爲黃姊與惠綿每隔一陣子就要翻查的舊賬了。

第七宴

我那粗勇婢女的四段航程

散文家簡媜的故事

說故事人：簡　媜

簡媜的盤中故事

一．暖沙拉　蓮花迎客，文人相惜
二．乾煎烏魚卵　竹蔭下的富有童年
三．椒麻雞腿　一步以外，都是異鄉
四．蒸魚捲　舊時相識彼邊港
五．鑲小雛菊　往事如煙輕搖曳
六．茄茉菜捲　燜蒸苦味青春
七．炸蓮藕　「藕」然相遇
八．六色元寶：紅椒水餃，菠菜水餃，南瓜水餃，紫山藥水餃，芋頭水餃，馬鈴薯水餃
　為族群融合辦桌國宴
九．繡球綠鑽湯　今世姻緣前生定
十．花生湯搭油條　甜舌油嘴，回憶如水

鑲小雛菊。往事如煙；當年傷心身世的見證，今晚是生者告慰亡者的美麗心情。

故事食譜，請見289頁。

民國五十年代生，從宜蘭而來

我的故事經由胃來說，等同一篇「胃壁考掘」。

相較於敏感纖細的心思、乾燥昏花的眼睛，胃是我轄下唯一的粗勇婢女；她「吃苦」耐勞，所有惡主對奴婢做過的事我都做過，包括幼時過年一天吃八個滷蛋、高三拼聯考時一天吃十七粒陽明山桶柑，這些惡行她都默默承擔。

經過幾段艱險的航程，跨過歲月、生活、胃口、價值觀，乃至於族群的邊界，她至今仍然勇猛地分泌消化酶以捍衛我的生存。

主廚情意

宴前兩個月，黃姊問簡媜想吃什麼，哪些菜跟她的故事相關？簡媜拋了三個原則：魚（包括海鮮），雞腿，水餃。她告訴黃姊：「我不吃小捲很多年了，不過，妳弄給我吃吧！」

幾天後，黃姊傳真菜單，豪氣干雲地說：「我要親手幫妳包六種顏色的水餃，餡料都不一樣。」

簡媜大受感動：「這這，這是國宴等級哩！」

黃姊還設計了茄茉菜捲，茄茉菜就是牛皮菜，又叫厚皮菜，舊時鄉間很多，是窮人與豬的美食。

「豬？好吧，妳要把我當豬，我也不反對！小時候吃了不少，有代表性。」簡媜說。但這菜不易在市場買到，黃姊向賣菜籽的歐巴桑買了種籽，親自在後院爲老友種菜。「我常常對菜苗祈求，請它們爭氣點，快快長大！」但最終禱告無效，只好央求高雄的親戚宅配一箱牛皮菜來。

不久，簡媜出了難題：「我希望那盤煎魚子能墊著新鮮竹葉，比較有感情，可以嗎？」

黃姊踏遍住家附近，終於在一處社區發現竹叢。她對警衛說明來意，獲准，她說：「今天不摘，宴客前一天我再來。」她又想，簡媜喜歡桂花，若魚子上灑幾朵桂花，豈不更美！於是日日出巡，終於尋得一叢，也對桂花說：「請妳開慢點，某月某日請賜我一撮。」

又不久，簡媜再出一題：「妳能想辦法弄一朵蓮花嗎？冬天買不到蓮花。」

黃姊沉吟：「只能用雕的，我用紫洋蔥雕吧！」

宴客前一天，黃姊買齊食材，特地出門採竹葉與桂花。竹葉洗淨用毛巾包覆放冰箱，免得脫水失去青綠顏色。

萬事俱備。

這一天

時序進入歲末，即使是暖冬也擋不住寒風，偏偏又下起雨來，那雨勢到傍晚愈加淅淅瀝瀝，很久沒遇到這麼濕冷的冬天了。這樣的晚上，特別適合與好友相聚，圍著熱騰騰的佳餚，聽一個故事，溫一壺酒。

五點鐘，朋友一一進黃姊家門，喊一聲：「黃姊我來了！」隨即熟門熟道地自我安插，八坪大的客餐廳或坐或站十五人，語聲笑語沸然。誰說須有豪宅、山珍海味才能宴客，若誠意相待，杯水亦甜，何況又是性情相近相惜的一群老友。

黃姊與攝影師阿妮塔在廚房舞弄，朋友們看到餐桌上排出截然不同的「陣仗」，莫不瞠目結舌「啊」讚嘆，稍一不慎，口水有潰堤的危險。

惠綿對簡媜說：「妳看看，黃姊為妳設計的菜多澎湃！」

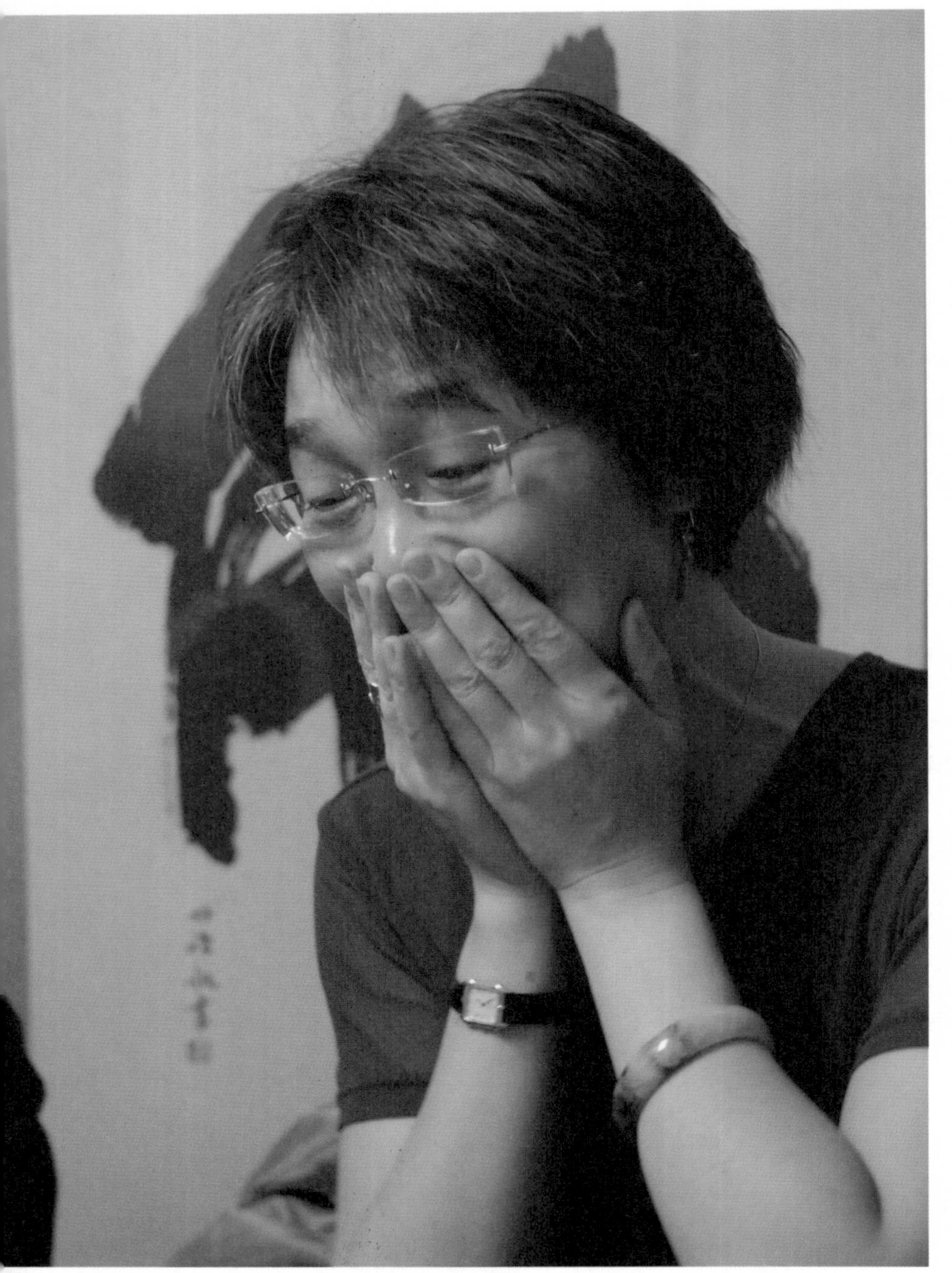

⊙簡媜看到黃姊為她做的六色水餃，繽紛、華麗、氣派，不禁尖叫起來。

「沒辦法，她要我下輩子當她爸爸，這輩子得先幫我補補身，要不然我不孕怎麼辦！」簡媜答得理直氣壯。

「趙老師說，上次妳一直問問題，害她沒吃飽，連蔥㸆鯽魚都沒吃，今天我們要替她報仇！」惠綿不甘心，繼續進攻。

這是實情，講故事的人跌入回憶，說著說著就忘了吃，到最後眾人皆飽我獨餓。簡媜鬼笑：「基本上，七點鐘以前我是不說話的！」一副你們儘管問我儘管吃的決心。

「妳不是說妳家很窮嗎？怎有烏魚子吃？」惠綿看菜單，又質疑。

「我們窮人家吃新鮮烏魚卵，像妳家很有錢都吃乾的烏魚子。」簡媜鬧她，惠綿急辯：「我家哪裡有錢，我家哪裡有錢！」三哥走過來，俯身觀賞那盤灑了桂花的乾煎魚子，慢條斯理說：「我小時候也常常看到烏魚子，不過，都是看別人吃。」眾人大笑。

特地從花蓮來的子庭帶來一瓶小米酒，朋友們都說這酒與今晚菜餚很搭。開席後，大家催簡媜講故事，她不為所動專心舞筷。不久，用竹篩做底盤盛放冒著熱煙的六色水餃端上桌，繽紛、華麗、氣派，好一幅太平盛世圖，贏得一陣讚嘆，每種口味都美。三哥頗吃味：「我認識照美五十七年了，從來沒吃過這種水餃，她包給我的都這麼大（兩手一比），我吃五個就飽了。」

七點，佳餚已過泰半，簡媜才開口。她知道她要說的故事不適合在吃飯的時候聽。

簡媜故事

蓮花，我的故事要從蓮花說起。

一九九一年我進遠流，上班第一天，辦公桌上有人插了一瓶蓮花迎接我，我的心動了一下。問同事是誰送的，她們說：「黃姊。」我當下想：這人我得認識認識。

我找到黃姊，向她道謝，她遲疑了一下，說：「謝謝妳幫黃恆正的書寫序，我是他太太。」我驚訝極了，感嘆世事常有不尋常的線索。事實上，我不認識黃恆正先生，當時遠流的總編輯周先生找我幫黃先生翻譯、友松圓諦禪師《心的伴侶》寫推薦序，提及譯者來不及看到書出版已猝逝，我立即答應，也在序中寫道：

> 黃恆正先生流暢的譯筆，使讀者更能貼近原作。可惜他來不及看到這本書的出版而逝，我無緣向他請益，這樣一篇短短的讀後感也不足以道中本書的精華。但我看到書中有一段文字，想到黃恆正先生，也許可以作爲對他的感謝：
>
> 搭計程車在市內繞一圈，新車車況良好，急駛而行，聞不出汽油味。那是因爲汽油完全燃燒的緣故。
>
> 日日是好日，乃來自於作者與譯者的完全燃燒。

我明白，黃姊放在桌上的蓮花，應是念及那段序文所傳達的文人相憐惜之心吧！

十七年後的今晚，我本想帶一束蓮花回送黃姐，但冬天買不到，還勞駕她用紫洋蔥刻了一朵，就是我們面前的這朵。

我的故事經由胃來說，等同一篇「胃壁考掘」。相較於敏感纖細的心思、乾燥昏花的眼睛，胃是我轄下唯一的粗勇婢女；她「吃苦」耐勞，所有惡主對奴婢做過的事我都做過，包括幼時過年一天吃八個滷蛋、高三拼聯考時一天吃十七粒陽明山桶柑，這些惡行她都默默承擔，不干擾「八蛋」小女孩繼續跳房子、不妨礙「十七橘」女生繼續背三民主義。經過幾段艱險的航程，除了後來育嬰那段時間點綴似地鬧一點潰瘍之外，她至今仍然勇猛地分泌消化酶以捍衛我的生存。

第一段航程：魚來了，直到小捲出現。

小時候，我家餐桌上五盤菜有四盤是魚。父親從事魚販，每日到蘇澳批魚貨，運至羅東市場供應幾家魚攤販賣。魚，新鮮的鹽漬的，總是吃不膩。乾煎、紅燒、清蒸、煮湯，最美味的當然是父親自己處理的生魚片，芥茉的嗆味帶來鼻腔內萬馬奔騰的興奮感。有時魚太多，我阿母也弄成魚鬆較好保存。好幾次，父親帶巴掌大的烏魚卵回來，滿滿一盆，阿母站在大灶大鼎前，用冰糖、醬油烹，醬汁收乾，狠心再逼一逼，酥黃微焦。我們這些「猴死囝仔」在稻埕鬼混，聞到竹叢間那支煙囪溢出的焦糖味的煙，奔至灶腳，抓了魚卵就跑，一入口，五內酥軟欲仙欲死，又折回灶腳多拿幾副，撕一張日曆紙包著（那掛牆的日曆已透支兩三個月），坐在竹叢下專心享用，涼風習習，小雞繞來啄食餘屑。這就是爲什麼我希望這盤魚卵能墊著竹葉的原因，啊！美味且無憂的童年！

童年的我認爲魚的美味順序是：生魚片，魚卵，魚眼（含眶），魚臉頰，魚肚，魚膘。當然，好日子總是短暫，很快地，我再也不能這樣吃魚了。

我十三歲那年中元節前夕，父親騎摩托車從羅東回家，暗夜途中被一輛大卡車撞倒、拖行。那是我生命也是全家命運陷入黑暗的轉捩點，它眞的發生了。天地間沒有魔法能倒溯時間阻止那場剎那間發生的車禍，也沒有人能回答爲什麼兩個身強力壯的男子相撞，致命的是我們的爸爸而非另幾個孩子的父親。總之，深夜，遭醫院拒絕被抬回家的父親躺在客廳臨時鋪設的門板上等著斷氣，他一直掙扎、呻吟，忽強忽弱，血流全身。那是我第一次毫無準備地目睹死亡，正確地說應該是，近六個小時目睹自己父親那極緩慢、極痛苦、絕不甘心的死亡過程。我唯一爲他做的是，捧一盆水用毛巾擦拭他身上的污血及之後噴吐而出的腦漿——我不記得是誰叫我做的，擦不止的血水後來成爲我長期的暗夜惡夢。中元節清晨，他走了。

幾日後，道士帶我們到事故現場招魂，農曆七月大太陽下，我戴著「頭白」跪在路邊草叢，看到草地上散著紅通乾癟的小捲，我忽然明白那是父親車禍的見證者，當時從他的竹編魚籃飛出來的。腥臭的小捲刺激我的感官，使連日以來麻木呆滯的我忽然想吞食那些臭小捲說不定就從這場惡夢醒來，幾乎只要意念再往前一小步我就會伸手，幸好還有最後一絲理智綁住我，這意謂著，我知道這惡夢是眞實的。

從此，小捲從我的食物單消失。

巴掌大的烏魚卵，烹烤至酥金微焦，是簡媜提前結束的無憂童年最奢華的零嘴。

剛剛上的那道鑲小雛菊，要描述的就是這段經驗。黃姐用小花枝取代外貌不佳的熟小捲，鑲了蝦泥，雕飾成純白的小菊花來呈現。往事如煙啊，以花的意象作結也很好。

（朋友們舉杯，飲了小米酒。故事繼續。）

第二段航程：饑餓，一種少女式的懲罰。

辦完父親喪事，家等於散了，因為母親必須頂替父親的角色出外工作。我上國二，在無人導引與援助之下，獨自面對喪父與聯考的雙重壓力。我渴望離鄉追求出路，但成長的每一分每一秒都像蝸牛那樣慢，我非常完整地獨享這份龐大、沉重的苦悶竟不知不覺跌入「自懲」的快意恩仇之中：我故意不帶雨具，宜蘭一年下二百天的雨，下小雨我淋小雨，下大雨就淋大雨；早上騎腳踏車上學淋得混身濕透，就這麼濕溚溚上課讓衣服一吋吋乾，傍晚放學再淋一遍（如今細想，我們班淋雨的倒不少，也許處在無法衝撞的體制下，這也是一種表達抗議的行為模式）。淋雨還不夠，我還拿那個婢女當作出氣口：只要考試成績不理想，午飯時我就只吃幾口飯，判斷同學們不會察覺，即蓋上便當盒，傍晚回家直接把剩飯倒入餿水桶，洗好便當盒。無人知曉我幾乎餓了一整天。我一分為二，一個是決心到台北考聯考尋找前途的瘦小少女，一個高高在上，監督，斥責，懲罰，是超越了年齡心智性別的綜合體。我受她的嚴厲管教，度過無數習於饑餓、頂戴暴雨的國中生活，直到考上台北的高中。

這種苦行訓練的意外收穫是給了我一副隨和的胃，相較於有些人打死不吃隔夜飯菜

簡媜的故事讓老朋友頻頻拭淚。

的帝王派頭，我卻很能接受蒸過的剩飯菜味道，即使是一盤從冰箱拿出、蒸過的空心菜或地瓜葉或A菜，這種只有和善的豬與失去理智的人才能接受的悶爛、絕望滋味，也能喚起我對六〇年代那一段沉重、苦悶時期的一絲安慰之意；我長大了，心智強壯，也從閱歷中體會人生的種種真摯與虛假，已有能力重新解釋那段惡夢，卸除年少哀傷。我現在常常用鐵便當盒裝剩飯菜，次日中午蒸來吃（再配上報紙雜誌更佳），即使出門辦事也幾乎不外食，家裡有個便當在等我。那種感覺好親切，彷彿，彷彿當年「她」倒掉的便當其實沒消失，風平浪靜的中年人「我」現在一一幫「她」吃回來。

桌上這道茄茉菜捲，頗有象徵意義；整片綠色茄茉葉保留淡淡的鄉土苦味，裏藏花枝泥與豆腐泥和成的海洋鮮美，完成海陸食材的雙重奏，也呼應當年的我著根於苦澀小村卻嚮往大世界的心理狀態。

饑餓的感覺在高中稍減但並未消失，除了短暫住在親戚家較穩定外，後來搬到大屯山下學校附近租屋拼大學聯考，那時期最能見識我那婢女的粗勇天賦。像我這種清寒學生，身在聯考成績不佳的學校又沒錢補習，已是劣勢，偏又迷上寫作，每晚做完功課總要饑渴地拿出稿紙寫幾段文字，豈不是自毀前途！其實不，文字是靈糧，是定魂香，我每日寫一段落依依不捨收入抽屜都會興起一股頑強的戰鬥意志，只差沒高喊：「征服！」類近匈奴枕戈待旦欲攻破京城的那種氣概。如此「雙拼」——拼聯考、拼寫作，三餐當然亂來，亂到沉浸在如癡如醉的閱讀狀態連續吃十七個桶柑（早上買回，數過，放抽屜內，一面背書一面剝），待傍晚發覺橘子吃光了很擔心會不會鬧胃痛需要躺在床上打

茄茉菜捲兼有淡淡鄉土苦味以及海陸食材的開闊，彷彿簡媜在成長時期的心境投影。

滾，居然沒有，不禁起疑住在我體內的粗勇婢女是否從身體的哪個我尚未知曉的部位偷偷運出橘泥倒掉了？可是明明指甲縫內都是橘油……！那時起，我充份體認到，想打拼的人一定要配備一副鐵壁胃鋼管腸，而且要有打死不退的拼勁。

當時中餐在學校搭伙，廚房伙伕都是外省老兵，做的菜色加上常常出現的手工原味麵香大饅頭（不是狗不理喔，是打狗會昏頭，因爲太扎實了），像是把我們當國軍弟兄，吃完要繼續去「對日抗戰」的樣子！我猜他們完全從男生角度著想，好像女生已發育完畢不需要吃而男生是國家的重要牲口要餵得飽飽，我這個宜蘭婢女實在吃不來也就結束「外省麵食戰鬥餐」。現在回想起來，那種饅頭的勁道，每顆都厚實誠懇，都是由刺著「反共抗俄」的手臂當天揉出來的。翻轉時代的風一吹，再也找不到了。老實說，高中之後我沒再吃過那種味道的饅頭。

嚴格說，我生命中的麵食啓蒙課是阿母教的。有段時期，不知是水災導致米價上揚還是美援麵粉太多之故，鄉下竟也流行吃包子饅頭。我母親說那陣子吃了十二袋麵粉，她做成發育不良的饅頭或高麗菜包，似乎熱中了一段時間，後來大家都受不了，改成煮麵疙瘩之類的，於是也吃到翻肚叫不敢。米胃與麥胃眞的有省籍差異，勉強不來。

關於饅頭，還有個小故事。

我家隔壁是伯公一家，他的大媳婦我們叫伯母，是個矮胖稍嫌遲鈍的人，不受家人疼愛。我記得她病了，長久臥床並未得到好的醫療與照顧，雙腿逐漸潰爛，敷很難聞的草藥，常有嗡嗡的蒼蠅在她床邊飛著。白晝無人，她顯然沒飯吃，哀哀呻吟，我曾數次在阿嬤或阿母的使喚下端一碗飯菜給她。她臥在陰暗腥臭的眠床上的情景，給了我煉獄的最初印象。

有一天早上，阿母又在蒸饅頭。我家灶腳的窗戶與她的窗戶成九十度角，她聞到掀鍋的麵香，幽幽地叫我阿母的名字：「妳在煮什麼，耐也那麼香？」阿母答：「饅頭啦，妳欲吃莫？」

她要，慢慢從窗戶伸出手，我阿母拿兩個給她。不久，她稱讚很好吃，還要。阿母再給她一個。

到傍晚，她竟死了。

我母親心裡一直存著陰影，是否那三個饅頭害死她？我告訴她：「妳應該寬心地想，這個苦命女人離世前吃了妳做的熱騰騰饅頭，吃飽了有力氣上路才脫離苦海，妳給了她最後一點安慰。我記得她天天躺在床上呻吟，再拖下去豈不更苦更折磨。死後年節拜她的牲禮是假的，最後吃的三個饅頭是眞的。」母親聽了也同意。

總之，高中的我爲了省錢在外亂吃，飯糰、油炸雙胞胎、烤玉米、愛玉冰、米粉湯，吃一樣就能打發一餐，且不知不覺跨過省籍界線，炭烤燒餅、炸醬麵、陽春麵等，水餃除外。領到《北市青年》的稿費就去吃牛肉細麵加很多酸菜辣油。開始吃辣，整整一湯匙的辣椒醬好似要毒死那個婢女。今天暖沙拉與炸蓮藕的不羈模樣頗能代表。任何一個媽媽要是知道女兒這麼吃，一定用拖鞋打她。奇怪，我居然沒營養不良而死，只是發育受了不止一點的「重大」影響。還好智能沒受損，不，也可能嚴重受損才成了今天這副樣子。

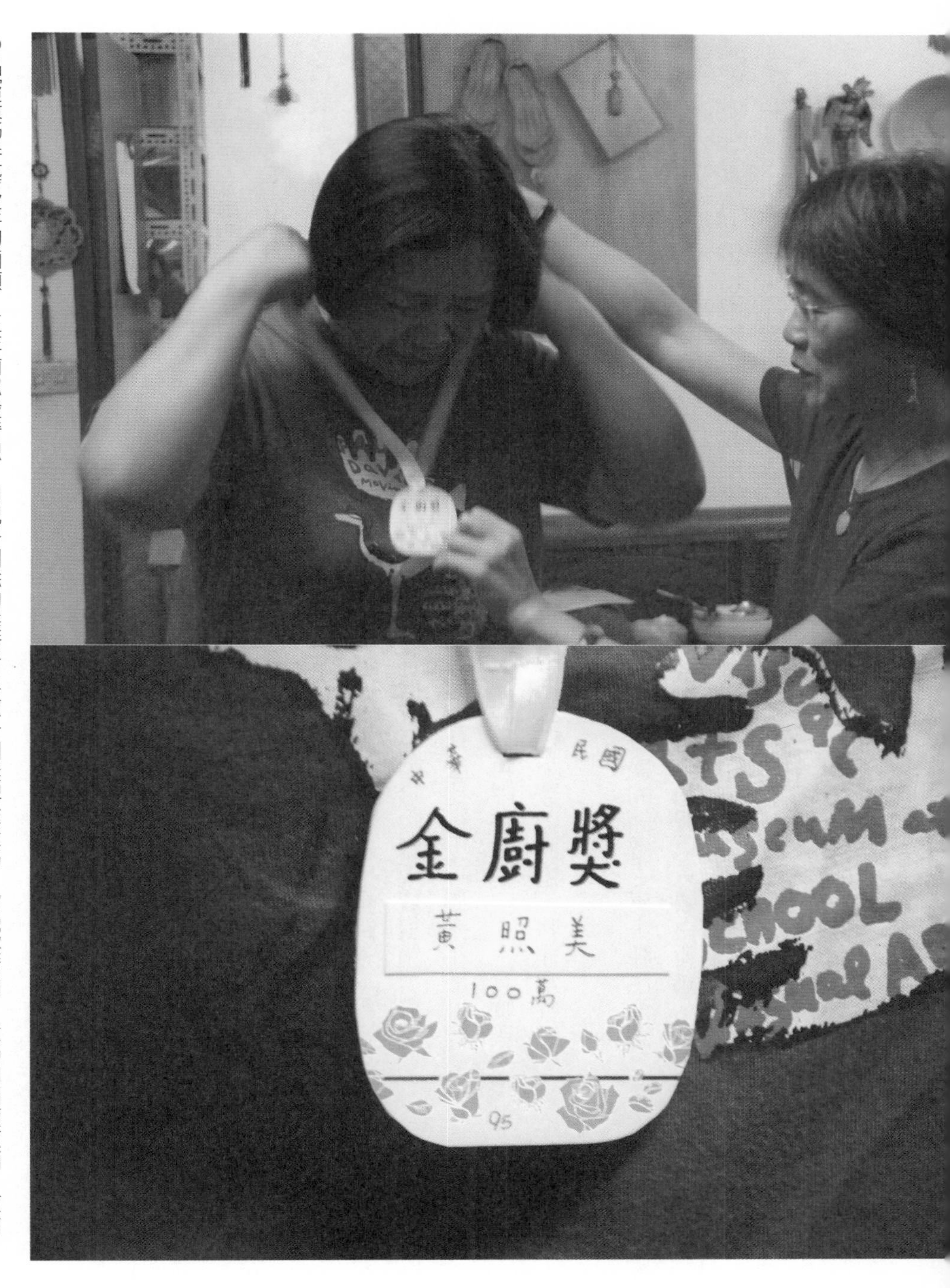

⊙品嘗黃姊手藝多年的簡媜，三年前忽發奇想，用兒子剩餘的美術材料做一個獎牌送黃姊。當晚宴席間，黃姊向簡媜敬酒、致謝，簡媜說：「改天我再做一個一千萬的給妳！」

第三段航程：豬腳，我的成年禮。

上大學眞好，我有獎學金、稿費及家教收入，暑假打工，學費自籌，幾乎接近經濟獨立。大學的重要成就之一是認識好朋友，趙老師與惠綿就是在女五宿舍認識的。我住女一，但常去串門子，久而久之變成榮譽室友。我記得趙老師會做一些小菜給惠綿，我也分到一些，用玻璃瓶裝的酸豇豆閃著琥珀光，滋味難忘，即使夾土司、灑入泡麵碗也能爲案頭筆耕帶來幸福感：想想看，一個住宿大學女生，通過生命中最險惡的階段，如願進入稿紙國度，現在正忘掉傷痕專神地被一個故事驅使，六百字稿紙上奔跑著一行行的字，有的被塗掉，換上更漂亮的一行。室友或聽收音機或嘻嘻哈哈聊天或對鏡剪分叉的頭髮，我不受影響繼續馳騁，忽然感到肚餓，這時，還有什麼比得上一碗灑了酸豇豆的泡麵更能救援，呼呼呑麵、筷子倚在碗內、拿筆寫幾個字、再呼呼呑麵……。食物跟人一樣，無貴賤之分，端看它們是否參與人生的重要時刻、留下豐美回憶。我非常眷戀那種在清苦之中全神貫注航向夢土的感覺。

女五宿舍附設的自助餐廳菜色豐富，我很喜歡滷雞腿，豐盛的節慶之感，呼應潛意識裡雞肉在閩南年節習俗的祭拜地位。有陣子，我看到白斬雞會想哭（只限白斬雞，鹽酥雞絕對不會），想起過年時阿嬤阿母用大灶大鍋煮全雞牲禮的情形，多完整的家啊！滷雞腿，大約承載了我的懷鄉情緒吧。

據說馬奎斯未成名前在巴黎過苦日子，買一副雞骨架煮湯，煮完撈起放窗台曬，下餐再煮，如是七八次。這段經驗幫他寫活了《沒人寫信給上校》裡的饑餓情節。我覺得他胡扯，雞骨架怎煮七八遍？也許他煮的是自己的皮鞋吧……！

我雖然精算度日，但也不須矯情地說一支雞腿配兩餐之類的。清貧，也要清貧得雍容，清貧得有典章制度。今天這道雞腿經過黃姐改良，我們現在的年紀要離所有的「大腿」遠一點，即使是雞的。

我離家多年沒什麼生日概念，況且身分證上的生日與眞正的國曆、農曆生日都不同，三個日期三個人，乾脆不知生不知死。我一向主張度日比較重要，無須追求一日榮華。

但有個人，暗地裡數算我的年齡。

大二上學期，某一個秋日黃昏，我下課騎腳踏車回宿舍。門口老茄冬樹下站著一條人影，用閩南語喊我名字，尋聲一看，是我母親。

「阿母，妳耐也在這？」我吃驚。

當時沒電話沒手機，往來之間常出乎意料。她提著東西，用花布巾包著，說：「今啊日，妳二十歲生日，滷豬腳、蛋來給妳做生日。」

那一鍋豬腳、蛋還有餘溫，她滷好即坐火車來台大找我；正是晚餐時刻，陪我吃畢「成年禮」，她又趕車回家。點了朱砂的蛋很喜氣，與室友分享。

當夜，熄燈之後，我躲到熨衣間，想著母親這一生的種種艱難，想著她再怎麼辛苦也不放棄孩子，我不顧肚子囤積戰備油的後果，含著淚光叫「粗勇婢女」把一鍋豬腳吃完以免餿掉，奮力地奮力地，像每個階段我奮力帶自己去遇見更值得的人，找更值得的人生。

第四段航程：水餃大航海時代來臨

年輕時，我不喜歡刀削麵（有的削得像少女的舌頭），也不喜歡水餃。但今天這桌看得出來，水餃勢力壓過每道菜，完成主題，宣示個人的大航海時代來臨：建立殖民地，完完整整地統治兩個百姓，也被兩個百姓統治。

水餃，象徵我的婚姻，以及我對族群融合的具體貢獻。

一九九五夏日，好友L打電話邀我到一家時尚餐廳吃晚飯。我先到，餐廳客滿且他沒事先訂位。我站在騎樓下心裡悶悶地，心想五分鐘內若看不到那混球，老娘要閃了。不久，他與另一位陌生男士匆匆出現，原來今晚是三個人吃飯。問題是，去哪兒吃呀？他說，對面有家老什麼興，吃牛肉餡餅、水餃、蒸餃可以吧！那位陌生男士點頭如搗蒜，好呀！好呀！

「不好，我今天碰到一篇爛長篇小說改得很累很累，不要吃水餃也不想吃餡餅，我要吃炒米粉！」當我這麼想的時候，我已經垮著臉坐在大圓桌前，被兩個有學問的外省第二代男生夾在中間，而且蒸餃、牛肉餡餅也送來了。

他們吃得盡興聊得開心，哈哈地。我生著悶氣低頭努力用牙齒分解帶筋牛肉，猶豫要不要把這坨「橡皮筋」吞下去還是當著兩個博士的面把它吐出來。我太專心處理這種

六種水餃擺滿一張小桌，繽紛、華麗、氣派，好一幅太平盛世圖；對簡媜而言，也象徵婚姻，以及她對族群融合的具體貢獻。

不重要的飲食情緒，以致沒留神命運之手是如何逼近我背後貼上「喜」字的？總之，三個月後，我跟那位愛吃水餃的陌生男士結婚了。

我航進一個道地的、說家鄉話的江蘇家庭。忽然，烤麩、水餃、蛋餃、麵條、寧波年糕這些對我而言沒什麼親情的食物圍上來了。

婆婆親自擀麵皮包水餃，一袋袋藏入我的冰箱，解決我育嬰、趕稿時期的忙亂。奇怪，這「小包包」不難吃呀，我以前怎不懂得欣賞？

每出一本書，公公會包一個紅包賀我，紅包袋上寫著讚辭，譬如出版《天涯海角》時，他在紅包袋上寫著：「綜覈史乘，緬懷感念；警句醒世，源遠流長。感懷身世，今日何日；願禱天佑，永共關愛。」我的福杯滿溢著長者慈愛，這一份出乎意料而得的親情如祥雲圍繞，我的航程抵達終點。

成了家就要有家的典章制度，我是鍋鏟新手，但非常奮力學習，供應三餐。我母親留給我熱灶熱鍋印象，「美食」就是媽媽做的、有感情的家鄉菜。外面餐館名菜，就像一夜情，多吃對身體不好，還是回家吃粗茶淡飯，滋味綿長。現在，我家老小兩個壯丁每週至少吃一次我包的水餃；當然，再學十年也包不出黃姐的水準，還好他們不挑。有時，獨自準備餡料，捏一百五十個水餃送進冰箱，又順便弄鍋貼當晚餐吃；煎得赤黃的鍋貼頗具色相，我不免有浮生如夢的感覺。一個宜蘭鄉下女生能做出這樣的麵食，可見人生無限寬廣；出身寒戶無須萎志出身豪門無須得意，那只是標示人生課堂從哪一科開始學起而已，在那裡開始並不意謂會在那裡結束。生命充滿奇遇，撐住了，一葉扁舟也

每出一本書，簡媜的公公會包一個紅包祝賀，紅包袋上寫著讚辭。

會抵達風平浪靜、草長蔭濃的岸。

簡媜的故事令朋友們聽得凝重，都停了箸。故事講完，如夢初醒。

夜漸深，雨似乎停了。

回憶渣子

某次，黃姊大發豪語：「我下輩子要當男的，而且要拼事業，做對社會有貢獻的大企業家！」舉座欣然，皆言：「好！那我要當你兒子！」只有簡媜說：「有志氣，我當你爸爸，從小好好栽培你！」這輩子缺乏父親栽培的黃姊頗感動，提早叫簡媜「父親大人」。但黃姊有個要求，希望簡媜要替他慎選媽媽，太囉嗦太嚴肅太兇太虛榮太懶的都不要。

由於常接受黃姊精心料理的私房菜，簡媜頗不好意思，對黃姊說：「我死後，我家對面那塊地送給妳。」黃姊：「啊？……」隨即明白，指的是她家對面那座小公園。大颱風，黃姊電問：「父親大人，我那塊地上的樹有沒有好好的？」

——食物考掘胃壁，朋友則考掘生活胃納；兩者都是一個人生活觀、習慣、性情，乃至於命運因緣際會的倒影。

第八宴

翼下的風

治療師魏可風的故事

說故事人：**魏可風**

魏可風的盤中故事

一・福州米粉湯　獻給豐饒母親大地的祝禱
二・紅糟魚頭　往家鄉味洄游
三・雪菜筍絲炒豆渣　誰逐夢，誰把青絲覆雪
四・里脊肉捲　被團團裹住的愛
五・爆炒雙脆　折腰有時，軟弱有時
六・糯米青豆　許個承諾，青春遂又開始流轉了
七・桂花釀南瓜　難關總逢貴人渡
八・綠玫瑰　含苞素心待放時
九・百菇湯　如果在冬夜，一碗湯
十・芋泥盅　外食必經的一景
十一・草莓椰漿西米露　粒粒是好粒——日日是好日

綠玫瑰。翠綠的青江菜只取頭部，稍加修飾，一朵朵綠玫瑰便含苞待放。嚐一口鮮綠，彷彿心底也跟著開闊清平。

故事食譜，請見305頁。

民國五十年代生，從台北而來

世界上有這麼多種食物，但每個身體對食物的需求卻不盡相同，「沒有哪種食物是絕對的好或不好，都有它的作用。」食物之於人的關係，竟和人與人之間的關係相似如斯，都有在彼此生命中發揮關鍵啓示的「魔術時刻」。

也有像魏可風跟她媽媽這樣的例子：飲食習性、禁忌，乃至於生活煩惱，都如此地相近——這樣的羈絆，甚至在她人生際遇的轉捩點上，在不經意的時間、微不足道小事上逐漸凝聚，加了把勁，像一陣美好且強盛的風，使這條女兒船航向另類治療這片不可思議的瀚海，更成爲支持她在理想中飛行不墜、甚至造福與回饋朋友們的重要力量。

主廚情意

炒雙脆、紅糟魚頭、福州米粉都是傳統的福州菜。今晚說故事人魏可風的父母均是福州人，黃姊特地以可風母親愛吃的紅糟魚頭、福州米粉爲主菜，尤其是福州米粉的食材高達十種，自吃朋友開宴以來，這應該是食材最多樣的一道。黃姊還用芋頭和糯米粉做了一道芋泥盅。芋泥盅一上桌，可風一臉驚訝地說：「這是媽媽到外面餐廳吃飯必點的一道菜。黃姊你怎麼知道我媽媽喜歡芋泥？」黃姊笑而不答，隨即轉身進廚房。只是今天魏媽媽並沒有來，不過，黃姊早已備妥打包的塑膠袋，讓可風帶回去請媽媽品嘗。

今晚的另一特色是葷菜少了，這是因爲可風曾經長期吃素，黃姊因而特地爲她設計許多道素菜，尤其是「綠玫瑰」一現身，大家直呼「眞漂亮」，趙老師更是讚不絕口：「黃姊眞是不得了！」綠玫瑰一直是植物培育人員夢寐以求的玫瑰品種，是稀世珍寶。此刻我們不僅見識到綠玫瑰，每個人更是嚐到一朵含苞待放的鮮粉綠玫瑰的滋味。實情是，在黃姊的巧思與巧手之下，將翠綠的青江菜只取頭的部分，再稍加修飾，一朵含苞待放的綠玫瑰便成了。至於滋味如何，一如它的顏色給人的感覺，彷彿所有的紛亂都是庸人自擾，嚐一口鮮粉綠，心底也開闊、平和了起來。

芋泥盅是福州人筵席上常見的壓軸甜品，細膩甜潤，外冷內熱，別具風味；像一個靜靜地、等待黑夜離開的小太陽。

母女倆同病相憐

可風一見黃姊桌上的紅糟魚頭，立即想到媽媽做的菜——完全不會變花樣。可風的父母是親表兄妹，媽媽十三歲便來到婆家，十六歲與可風的爸爸結婚，十七歲生下第一個小孩，十八歲從福州來到台灣。在這樣的情況下，不論是在娘家還是婆家，魏媽媽沒有學會任何一道家鄉菜。一家人來到台灣之後，在高雄糧食局的眷村落腳，左鄰右舍的婆婆媽媽們，對著新搬來的年輕媳婦七嘴八舌地說：「哎呀！妳怎麼連紅糟都不會啊！」後來魏媽媽跟一位台灣的歐巴桑學會了福州家鄉菜。

福州菜的特色是，用魚露（也就是蝦油）、薑、蒜、辣椒、味精調味。偏偏魏媽媽屬於過敏體質，只要稍一吃到一丁點不對的東西，整個牙齦便腫脹。可風也遺傳了媽媽的體質，有先天性的扁桃腺腫，吃到不對勁的東西嘴巴就發腫。所以魏媽媽從年輕時做的福州菜就完全的不太「福州」哩！

可風說：「我們很喜歡吃米粉湯、紅糟魚、福州魚丸、福州麵線。但是媽媽煮這些菜時，凡是福州菜必加的薑、蒜、辣椒通通不放。因為我小時候身體不好，上小學之前經常生病，從小學一年級到四年級天天都要打一針，所以媽媽非常注意我的飲食。」但是對哥哥姊姊們來說薑蒜辣椒是大部分人天天都在吃的，哪有什麼不可以的；還會牙齦、嘴巴發腫，這不可能吧！應該全是心理因素啦！媽媽老是這裡不舒服那裡又怎麼了，眞不能理解。可風是家中的老么，媽媽在三十五歲才生她，在五個小孩裡，只有她

⊙從小嚴重過敏的可風，與食物交手的經驗，像一部戰爭史。

遺傳了媽媽的體質，所以全家只有他們兩人在飲食上的難處相同，也因此可以相互理解。

從小可風鼻子過敏，一路困擾她到三十幾歲。小時候只要一有人感冒、拉肚子，她必定跟著感冒、拉肚子，找醫生看病也不見效，甚至還越咳越嚴重。但是媽媽幫她煮四神湯吃沒幾天竟然也就不藥而癒了，或是煮桔餅煮豬腸吃了也就不咳了。這讓她感受到自己的身體很不一樣。這樣的情況直到她學習能量檢測，才知道眞正的原因是自己過敏的體質其實很嚴重。

媽媽跌跤，女兒意外成爲治療師

接觸能量檢測之前，可風與一般的上班族無異，任職雜誌社也從事創作，每天通勤趕上班，之後辭掉待了七年的公司，改當特約執筆人。接件的執筆工作，有時忙得天天不在家，但空下來時，卻是一、兩個月鮮少有機會出門，心中的苦悶，自不待言，但是這正好成了她爲了另找出路而學習的出口。由於她一向對中醫、命理等學問頗有興趣，於是開始學紫微斗數、氣功、中醫、針灸，繼而踏入能量檢測、靈氣、彩光等範疇，跟隨中西老師上課、實習，數年時間浸淫其中而融會貫通。看在一般人眼裡，學這些似乎是爲了打發時間，但是人生的轉捩點總在不經意的時間、微不足道的小事上逐漸凝聚，最後只需再加一把勁，也就把你推上了那一條路上去。對可風來說，最後的那一把勁，總是來自母親。

有一年過年前，魏媽媽煮完最後的兩道紅糟魚、米粉湯，菜也都端上桌準備吃年夜飯了，就在這個時候突然傳來一聲巨響。可風與大哥連忙從房間衝了出來，只見魏媽媽跌坐在地上，當時並沒有什麼異狀，但是幾天之後，魏媽媽卻出現排便困難。之後到醫院照X光、內視鏡，醫生說腸子一切正常，而診斷書上寫的是精神官能症，開的藥則是軟便劑和肌肉鬆弛劑。然而這些藥對病情並沒有什麼改善。之後，媽媽經常抱怨髖骨的地方疼，她詢問能量檢測老師李桂枝，她指出應該是髖骨或脊椎骨的問題，因此針對骨的錯位去運動整復所求診。一上了看診台，醫生便說媽媽長短腳，應該是臀部曾摔過跤，經過醫生的調整，魏媽媽高興地說走路再也不痛了。但是一走出診所，魏媽媽肋骨的部位卻開始發疼，因爲第一疼痛處解決了，身體的疼痛系統才又發現第二患處，於是又趕緊回頭讓醫生調整肋骨。

令人不敢置信的是，三、四個月來困擾她的便秘、疼痛問題，在一天之內全都解決了。就在看完病的這一天，魏媽媽開心地說：「回家煮米粉湯慶祝一下。」福州米粉湯所需的食材非常細碎繁瑣，首先湯底是以大骨熬煮，再加上蛤蜊湯，木耳得用白背黑木耳，香菇則是選用日本香菇，其他還有粉片、金針、大白菜、明蝦乾、干貝、芫荽等配料。魏媽媽從來不曾要爲自己慶祝什麼，這次竟然主動說要煮米粉湯慶祝。從這裡不難看出，自除夕夜那一跤，三、四個月來她所受的折騰有多大，而此刻又是多麼神清氣爽。

但是魏媽媽的這一跤，讓可風走進能量檢測的路，才學不久，她便大膽地跑去幫一群出家師父做檢測。能量檢測可以得知被檢測者心、肝、肺的狀況。一位師父做完檢測，所有檢測項目的指數都顯示爲滿分——顯示肝有腫瘤；但是那位師父外表看起來明明是健健康康的模樣，眞是傻眼了？靜心一想，可風問師父身上是不是有金屬物品，只見師父從口袋掏出一串鑰匙、手機、公寓感應卡片、錢幣等等。終於找到元兇了，因爲這些東西會干擾能量場，特別是手機。學能量檢測之初，必須碰觸到對方的身體，等熟悉了方法，就可以在不碰觸到對方的身體的情況下進行檢測。能量檢測的創始人大村惠昭博士是美國芝加哥大學心臟科醫生，之後瓜生良介醫生向大村學習能量檢測，並將這一套檢測傳授給草藥師、中醫、另類治療等。許多東亞以及南亞的治療師因此得到手法的傳授。之後，可風又學靈氣、彩光，這一路走下來，最後她成爲一名治療師，開始在李桂枝老師開設的工作室工作。

支持是最大的動力

可風一個星期有四天待在工作室，其他三天回桃園媽媽家。某個桃園的清晨，可風在睡夢中又聽到一聲巨響，嚇得她驚跳起來。自從媽媽在除夕夜跌跤之後，爲了方便照顧，她便與媽媽同睡一床。但理當睡在一旁的媽媽卻是額頭著地趴在床邊的地板上，剛剛的巨響正是她額頭撞地的聲音。可風一看到媽媽倒在地上，先是愣住，接著心想完了、事情來了！後來媽媽自己扶著床邊極其緩慢地爬起來。（可風趁機在席間強調：當老人家跌跤撞到頭部時，最忌上去攙扶，應稍作觀看之後，如她自己可以慢慢爬起，表示頭的內部已逐漸調整好，如不能爬起，再做其他處理。）

當時媽媽在床邊重新坐穩了，說是沒事的，但前額已然腫大如雞蛋，檢測顯示前額骨有裂傷，於是可風趕緊讓她躺下。可風揣度這時如果送醫，只會讓受傷的地方震動得更厲害。其實可風這時慌得不得了，因爲媽媽信任她，兄弟姐妹也放心把媽媽交給她，但這是出錯了也絕對不會原諒自己的時刻，所以手也嚇得又發冷又發抖。最後她藉由平日打坐的方式讓自己冷靜下來，幫媽媽在額頭、耳尖、太陽穴以及部分的手指頭放血。這時媽媽慢慢開口問：「我撞得很嚴重嗎？」可風故作鎮定安慰她，不嚴重呢、小事情，沒問題的。媽媽一聽也就安心地繼續睡了。

當媽媽睡著之後，可風自己卻害怕起來，不時查看媽媽呼吸正不正常。到了下午，魏媽媽的額頭總算沒那麼腫了，而原先撞得暗紅的瘀傷也轉成紫色。可風擔心七十幾歲的媽媽承受不了住院之後一再的打針、檢查，以及又冷又硬的伙食，再加上這次撞到的是骨頭中最硬的額頭骨，不至於傷得太深，而且媽媽自己也不願意看醫生（因爲體質特殊的緣故，對許多藥物過敏，有病求醫往往也不見好轉），就決定不送媽媽去醫院，自己用中醫藥以及飲食調理。媽媽仍然固定每週去菜市場買菜逛街，全南崁菜場熟悉的攤販都知道老人家摔跤了，因爲淤血從前額沿著內眼眥流下，透過皮膚看就是兩道紫色痕跡，看起來很嚴重。每週二媽媽去買菜之前，可風就內咎說：對不起，不能立刻幫你弄好，去菜市場這樣很難看。媽媽卻說：哪有那種神藥啊！你又不是神仙，難看什麼要緊，我的命被我小女兒撿回來了，很慶幸呢！過了一個多月全部淤血都被皮下組織吸收了，皮膚恢復原本的光澤。

在這期間，美國的兄姊頻頻打電話要媽媽去醫院看醫生，聽起來語句裡總有那種

福州米粉湯是可風媽媽常做的料理，在這對母女的生命轉機時刻，竟也扮演故事中的一個角色。

「可風小心別亂搞」的意思，但是媽媽一再堅定地說：「我相信她幫我配的中藥一定可以把我治好。因爲我感覺身體越來越好，而且牙齒也不會搖動了。你們不要再逼我去醫院，她怎麼幫我治療，我就怎麼接受。」當媽媽完全康復之後，兄姊打越洋電話盛讚可風一句：「妳很厲害。」這算是兄姐們好不容易第一次給的肯定了。

媽媽的姐姐們都有暴牙的情況，可風也遺傳到了，從小學三年級到國中二年級嘴裡一直嵌著牙齒矯正器。當時不像現在的牙套那麼方便普遍，許多同學因此嘲笑她，所以很不喜歡上學；晚上睡覺時，也要在嘴裡綁橡皮筋，還曾經痛得難過哭到睡著。媽媽就會說，可是這樣以後會很漂亮啊，忍耐一下。第二天媽媽總是特地爲她煮一碗麵線加上魚丸安慰她，或是帶著她一起去南門市場買菜、吃好吃的。國中生遇到的升學壓力一點都沒比別人少，又加上牙床的痛苦，簡直快要活不下去了，媽媽總是用福州麵線和魚丸湯送來安慰。在成長過程中得到許多愛的人，當然比較容易在長大後送給更多人愛。

當可風辭去工作的時候，沒有了固定的薪水，在家裡寫書，媽媽一點也沒有責備，反而十分歡喜地說：「嗯，這樣很好。不要一直當編輯爲人作嫁，你應該要寫出自己的東西。」之後可風又從寫作轉而學習中醫，媽媽也認爲可以幫別人治療是件好事。這個女兒從紫微斗數、能量檢測、靈氣、彩光到中醫、針灸，在所有的親戚朋友眼中看來的確是個很混亂的失業青年，甚至建議多多少少找個一兩萬塊錢的工作也好。媽媽可不這麼想，她說：「我女兒很有才華，什麼都想學，而且學得很好，我都可以受用，就算學到老也沒關係。」反而資助更多的學費。媽媽就是這樣全心的信任，沒有用一般人的標

鄭朱姊（左）是可風學能量檢測以及靈氣的同伴，也是她人生轉捩點上的重要見證人。

準來衡量，相信這個孩子有自己的計畫，以致於可風的治療師道路再辛苦也可以開展。

要成爲另類治療師，和醫生的訓練過程一樣，都是很辛苦的，除了自己必須非常努力，也還需要有人願意當白老鼠臨床才行，媽媽當然是第一位臨床白老鼠囉，而惠綿和趙老師則是她最開始使用食物表的兩位忠實個案。儘管這兩位起初在使用食物表時對菜單頗有微詞，但也是這兩位每天三餐遵守食物表所開出的菜單，臨床結果讓可風更添信心，她說：「我眞的非常感謝趙老師和惠綿姊。妳們眞的對我很好。一開始我學靈氣，就跑來找惠綿姊實驗，之後學彩光、中醫、針灸，她還是讓我實驗，不管我學什麼，她都——」惠綿打斷可風的話：「我是白老鼠。我眞的是屬鼠的。我是小老鼠，趙老師是大老鼠，我們兩個相差二十四歲。」對於朋友這樣全然的信任，可風自己也不知如何解釋這層關係，「爲什麼會有人無怨無悔一直願意讓我當白老鼠！」可風充滿感謝地說道。

從這兩隻全力配合食物表的白老鼠開始，三、四個月之後，可風開始接受另外的個案，到目前爲止已經有二十餘位個案使用她的食物表。此時惠綿才道出何以這麼信任可風：「使用可風的食物表，一是爲了健康的考量需要減重，另一個原因是想幫助她。我知道當時她學這些，可以說是人生一個很大的轉捩點，所以我願意用自己的身體幫助她，當白老鼠。有時儘管她提醒我在頭皮上扎針很痛，我還是讓她扎，而且針一扎上之後，原本疼得不得了的頭竟然不痛了！」

而可風學檢測以及靈氣的同伴鄭朱姊，也是眼睛眨都不眨一下地讓她扎頭皮針，當

成為另類治療師之路非常辛苦，除了媽媽之外，自告奮勇幫助可風的惠綿和趙老師，則是她最早的「臨床白老鼠」。

旁邊的人擔心地說你確定要讓她扎針嗎？鄭朱姊毫不猶豫地說沒問題。見可風拿起針和消毒用酒精棉片，卻還猶豫不決的時候，鄭朱姊還說：「我這給你扎的人都不怕了，你在怕什麼？」後來逐漸有更多朋友願意讓她扎體針治療，這些都是練習的必要過程。這些朋友們也是她人生轉捩點上的重要見證人。

個案分享

從爲個案開食譜的經驗裡，可風累積了很多體悟；雖然世界上有這麼多食物，但是每個人身體的需求都不同，對食物的看法必須非常客觀的態度。「我了解到沒有哪種食物是絕對的好或不好，端看適用於哪一個人。」可風說道。我們的身體也是有自主權的，不是可以不吭不響地任由主人愛怎麼吃就怎麼吃。有一位個案被頭痛的問題困擾了十多年，止痛藥越吃越多，有時吃了也不見奏效，但是醫院檢查也沒有什麼情況。剛開始調整的時候可吃的食物非常少，因爲習慣了外食的多油多鹽美味，看到食譜時感到非常爲難地表示：「這麼少的食物可吃，又沒有什麼調味料，平常我也有很多飯局應酬，照這樣的食物表，根本就不可能！怎麼辦？」「如果連你都不知道該怎麼辦了，那麼有誰有辦法改善你的頭痛呢？因爲身體是你自己的，不能把它丟給醫生或調理師就算了呀！」最後，這位公司的高階主管只好儘量在應酬時少吃些，沒有應酬時就自己烹煮，開始試著照顧自己身體健康的需求，而不是只有美味的需求，並覺知壓力、熬夜和文明病是相關聯的，相對的也解決了很多身體上的問題。

走上另類治療，讓可風感到最快樂的並不在於調配食物這件事上，而是有機會了解別人的感受和心裡的想法。

有個小學五年級小男孩在進行彩光治療的時候告訴她：「可風老師，我真的很恨我爸爸。」其實，小男孩非常在意爸爸對自己的看法，又最喜歡跟爸爸一起騎單車，小男孩說：「因為跟著爸爸騎車，風從身體穿過的感覺超讚的！」但是爸爸非常忙，很少有機會一起騎單車，每次見到他總是盯功課，見考試成績退步了就著急的吼罵，因為這位爸爸不能忍受自己的孩子比別人差，或是將來不優秀。所以，可風請這位父親先學會欣賞自己的兒子：當他搗蛋時，其實可以設想成兒子腦筋很靈活，動得很快很聰明；當兒子不唸書時，告訴他，你的體育很好，其實功課也可以試試跟體育一樣好啊！孩子是家中的鏡子，如果孩子有問題，經常會反映出是父母親的問題。

另一位青少年個案，是一對相差一歲的兄弟當中的哥哥，小學時候功課很好，升上國中之後卻成為醫生開立處方的憂鬱症患者，每天得吃鎮定劑才睡得著。原來是這位國中生的媽媽非常在意兒子的身高（事實上，他並不矮），同時也很在意他在功課上為什麼一直退步，為什麼不能像弟弟一樣優秀。哥哥心裡經常和弟弟比較，覺得自己永遠也比不上弟弟的好，於是常常對著媽媽說：「媽媽我愛妳，希望妳也愛我。如果我死了，妳會怎麼樣？」媽媽回答：「我會陪著你一起死。」但在諮商時，孩子卻說：「老師，雖然媽媽這樣說，但我不相信，因為媽媽看著弟弟的眼神就是很高興，很不一樣，她一定覺得我很爛，很煩人！反正說什麼也沒用，不必說話也很好。」這樣的情況，從孩子下手去治療，不如從父母的心態去調整。

每個孩子都需要父母支持，支持中有食物的餵養和無條件的愛，沒有得到支持的孩子便會失去力量，而失去力量等同於失去方向。即使是大人，同樣也需要身邊家人的支持。

福州米粉的美味還留在唇齒間，但可風帶來「母女相互支持」的分享更引人深思。母親對她全心全意的支持，像一陣美好且強盛的風，使這條女兒船航向不可思議的瀚海，重新驗證了一句話：

我能飛得遠，因爲媽媽是我翼下的風。

自懂事以來，再從編輯、作家轉而走上治療師之路，媽媽一直是可風最大的支持力量。

回憶渣子

曾出過多本小說散文的可風，人生轉彎，剛踏入醫療學習之路時，每隔一段時間，她都帶來不一樣的學習心得與朋友分享，朋友們也藉由她拓展不少視野。有一次，在校園碰面閒聊，她當場教大家一套保健強身的「功夫」，幾個人扭來扭去，完全不得法。大家心裡不約而同想：「唉，我們這些笨人，繼續生病好了。」

——友情是一種能量，或聚或散，或促或緩，或竭或續；有人加意調理，有人放任恣行，交織縱橫，方有千萬般人生風景。

代跋——

第九宴，留給您！

簡　媜

可敬的讀者朋友：

我們的故事即將在您的眸光中告一段落，輕輕闔上書頁之際，想必總有一些值得您回味！

也許，您受到說故事人提及「媽媽做的菜」時充滿孺慕親情的感染，也想起自己與母親的聯繫，想起媽媽揮動鏟子做出屬於您的家鄉味；不管母親還在不在身邊，您一定懂得，即使八、九歲就失去母親的苦命孩子，年過半百之後說起媽媽做的菜，仍然讓聽的人肅靜、動容。

或者，您從別人的故事中看到自己人生的倒影，那些辜負、折磨、掠奪、噩運，也曾在暗夜中慢慢啃噬您的心，而您從未完整地說出。也許，屬於您的生命故事也到了該釋放的時候，回首風沙前塵，轉念間，把紋身的火燄化成一朵紅蓮，寒徹骨換一枝臘梅香。

當然，您一定也感受到濃郁的友情洋溢整本書，如春風眞誠，似無邪的童年。這世上確實有那麼一個夜晚、那麼誠懇的一群人，只想嚐您嚐過的心酸菜，只想安靜地聽您說故事，他們看您的眼神盡是疼惜，他們叫「好友」。想必您也有肝膽相照的朋友，不妨找個機會重新認識老友，延續《吃朋友》的感動；我把「第九宴」空在這兒，請您帶著佳餚美酒，最重要帶著故事，辦一場屬於您們的知己盛宴，共嚐彼此生命裡的酸甜苦辣。

相信您同意，有風有浪的人生無非如此，時而峰頂時而淵谷，眞情且幸運的人兩翼不空，一路有朋友護航。

願友情像發糕一樣，豐實、溫暖。

願心靈如蓮花芬芳。

願辛勤耕耘之後，總有澎湃的成果。

那麼多好看、好聽、好香、好吃的故事……

【日據大正初年生，從嘉義而來】

第一宴

菊妹的一生情債

美食創意家黃照美母親的故事

潤餅。蟹肉豆腐。韭菜盒子。炒麵。五柳枝魚。紅燒豬腳、滷蛋麵線。排骨酥羹。芹菜炒軟絲。薑絲芋梗。醃瓜五花肉片湯。紅豆發糕。

潤餅

對黃姊來說，潤餅不只是清明時節的應景食物，也是捎給母親的思念信息。

材料：

1. 五花肉一斤，松阪豬肉一斤，蔥一根，薑二片，酒一大匙。
2. 高麗菜半顆，綠豆芽十二兩，馬鈴薯二個，紅蘿蔔二條，洋地瓜一個，豆乾半斤，雞蛋八個。
3. 花生粉六兩，綿糖（糖粉）四兩拌勻成花生糖粉。香菜末一碗，蒜苗末一碗。春捲皮二斤。

調味料：鹽、雞粉各少許。

做法：

1. 將材料（1）放進鍋內，加水（須淹過食材），蓋上鍋蓋，開火煮滾熄火，續燜二十分鐘，取出切絲備用。
2. 蛋加一小匙酒打勻，分次入鍋煎成蛋皮，取出切成蛋絲備用。
3. 馬鈴薯去皮切絲泡水，須換三次水洗去澱粉備用。
4. 熱鍋，放入一大匙油，放入馬鈴薯絲與調味料，快速拌炒三分鐘，起鍋前淋入一小匙白醋拌炒均勻即可盛出備用。
5. 豆乾切絲入鍋汆燙撈出備用。
6. 熱鍋，放入一大匙油，放入豆乾與調味料拌炒均勻盛出備用。
7. 綠豆芽摘除二頭洗淨濾乾水份備用。
8. 洋地瓜去皮洗淨切絲備用。

9. 高麗菜洗淨切絲備用。

10. 紅蘿蔔去皮洗淨切絲備用。

11. 鍋內放入水，加入二大匙鹽與三大匙油，分別將（7）、（8）、（9）、（10）放入燙熟撈出濾乾水份備用。

12. 將以上所有熟成的食材依序鋪排在大盤上，可顯現出食物的豐盛，即可端上桌享用。

⊙潤餅的呈現：取一張潤餅皮，依個人喜好包上食材，亦可在餅皮刷上甜辣醬，再放上食材。

蟹肉豆腐

菊妹晚年牙口不好，黃姊偶爾會做給媽媽吃。這道菜入口綿軟，更兼有螃蟹的鮮甜滋味。

材料：螃蟹三隻，盒裝豆腐二盒，蔥二根，薑六片，蔥末一大匙，高湯八百CC。

調味料：鹽、雞粉、胡椒粉各適量，紹興酒一大匙。

做法：

1. 螃蟹洗淨，淋酒，放上蔥、薑入鍋蒸熟備用。
2. 將螃蟹的蟹黃與蟹肉挑出備用。
3. 豆腐切丁備用。
4. 鍋內放入高湯與豆腐煮滾後放入蟹肉、蟹黃與調味料，續滾後灑上胡椒粉，再以太白粉水勾芡，灑上蔥末即可。

韭菜盒子

極富歷史的中國北方家常菜。
黃姊有次心血來潮做給媽媽，沒想到吃慣客家菜的媽媽很喜歡。

材料：（外皮部份）

1. 中筋麵粉三杯（標準量杯），油一大匙。
2. 滾水一杯，冷水半杯。

做法：

1. 麵粉放進容器內先放入滾水拌一拌，再加入冷水拌揉，加入一大匙油揉成團，靜置鬆弛二十分鐘備用。
2. 將麵團分成適當的小段，用手壓平，再擀成片狀備用。

材料：（內餡部份）韭菜半斤，粉絲三把，絞肉半斤，蝦米二兩，蔥薑水五十CC。

調味料：鹽一小匙，糖一小匙，醬油一大匙，香油一大匙，胡椒粉半小匙。

做法：

1. 韭菜洗淨切粒，粉絲泡軟切小段，蝦米洗淨泡軟切末備用。
2. 絞肉放進容器內加入調味料攪拌，將蔥薑水分次加入拌至稠狀，再加入（1）拌勻即成內餡，移至冰箱冷藏一小時備用。

韭菜盒子的做法：

1. 取一張麵皮，放適量的餡，包成半圓形，邊邊處用小盤子滾壓整形修圓即成生胚備用。
2. 平底鍋加熱，放上韭菜盒子的生胚，用乾烙方式煎至盒子鼓起、二面金黃，即可盛出享用。

⊙亦可用油煎或油炸方式處理。

炒麵

儘管生活是千斤擔，菊妹仍常在過年節時做給孩子們，並且添加豐富的各色菜料。

材料：

油麵半斤，肉絲半碗，熟綠竹筍一支，蝦仁半斤，香菇五朵，蔥一根，香菜一棵，油蔥酥二大匙。

調味料：

1. 醬油一大匙。
2. 鹽、糖、雞粉各適量。
3. 烏醋二大匙。
4. 鹽四分之一小匙，酒一小匙——炒蝦仁用。

做法：

1. 蝦仁用鹽抓拌沖淨，再用太白粉抓拌沖洗乾淨，擦乾水份備用。
2. 綠竹筍切絲，香菇泡軟切絲備用。
3. 蔥洗淨切段，香菜洗淨切段備用。
4. 熱鍋，放入一大匙油，放入蝦仁與調味料（4）拌炒至熟盛出備用。
5. 熱鍋，放入二大匙油，放入香菇炒香，續放入肉絲炒散，放入蔥段、筍絲拌炒，淋入醬油炒香，放入油麵與調味料（2）和適量的水拌炒，將麵條炒透，湯汁略收乾，放入油蔥酥，淋入烏醋拌炒均勻即可盛盤，鋪上蝦仁，灑上香菜即可享用。

五柳枝魚

尋常人能輕易嘗到的小吃，菊妹卻只能辛苦換得。這道心酸菜，記錄了一個女人的艱困歲月。

材料：

1.虱目魚一條（約一斤）。

2.香菇三朵，熟筍絲半碗，肉絲半碗，紅蘿蔔絲二大匙，蔥二根，紅辣椒二根，香菜一棵。

調味料：

1.酒一大匙，鹽一小匙——醃魚用。

2.鹽一小匙，糖三大匙，醋二大匙，醬油一大匙。

做法：

1.虱目魚洗淨並在魚身劃二刀，抹上鹽與酒靜置二十分鐘，擦乾水份備用。

2.熱鍋，放入三大匙油，待油溫升高放入魚，馬上蓋上鍋蓋避免油爆，煎至二面金黃，改中小火煎熟即可盛盤備用。

3.香菇泡軟切絲，蔥切絲，辣椒去籽切絲，香菜切段備用。

4.利用煎魚的油炒香香菇，放入肉絲炒散，放入紅蘿蔔絲、筍絲炒勻，淋入醬油炒勻，加入鹽、糖、醋與適量的水煮滾，放入蔥絲與辣椒絲，再以太白粉水勾芡即是五柳汁備用。

5.將五柳汁料盛出鋪在魚上，放上香菜即可享用。

紅燒豬腳（搭滷蛋與麵線）

充滿節慶感的一道菜，菊妹總會在孩子們生日時做，包含了濃濃的疼惜與祝福之情。

材料：

1. 豬腳二斤半，蔥五支，薑一塊，蒜頭六粒，八角五個，高湯三千CC。
2. 雞蛋十二個。台灣麵線一束，雞粉一小匙，油二大匙，油蔥酥一大匙。香菜末一大匙。

調味料：冰糖四大匙，油三大匙。醬油三百CC，紹興酒一百CC。

做法：

1. 豬腳洗淨汆燙撈出泡入冷水待涼透撈出備用。
2. 鍋內放入三大匙油與四大匙冰糖以中小火炒成茶褐色，放進豬腳拌炒至油亮，淋入醬油、紹興酒、蔥、薑、蒜頭、八角拌炒均勻，放入高湯煮滾蓋上鍋蓋改中小火滷一小時即可。
3. 雞蛋洗淨煮熟剝去外殼備用。
4. 將豬腳先挾出，辛香料一併撈出，利用滷汁放入水煮蛋，煮滾後即熄火浸泡，待涼後再開火煮滾即熄火浸泡，此動作約須三～五次，見蛋沉在鍋底即完成滷蛋。
5. 煮滾一鍋水，放入麵線煮約二分鐘即撈出濾乾水份，拌入雞粉與油並快速挑散備用。
6. 取一大盤，放上麵線，灑上油蔥酥，放上豬腳與滷蛋，灑上香菜即可享用。

⊙挾出的豬腳須封上保鮮膜；避免與空氣接觸而使外皮太乾，影響口感。

排骨酥羹

這是菊妹自創祕訣的拿手活，連酒家廚師都來請教。是今晚黃姊向媽媽致敬的一道菜。

材料：

梅花肉一斤（替代排骨），白蘿蔔一條，香菜末二大匙，高湯一千CC。

調味料：

1. 雞蛋一個，醬油二大匙，五香粉四分之一小匙，胡椒粉半小匙，蒜末一小匙，糖一小匙，香油一大匙，太白粉一大匙。
2. 粗粒地瓜粉六大匙。
3. 糖三大匙，白醋一大匙，烏醋二大匙，鹽半大匙。

做法：

1. 蘿蔔去皮切丁，放入鍋中蒸熟備用。
2. 梅花肉切小塊，加入調味料（1）拌醃，靜置三十分鐘備用。
3. 醃好的肉均勻的沾裹上地瓜粉備用。
4. 熱鍋，放入炸油，待油溫升至一百四十度放入肉塊炸熟撈出，將油加溫至一百八十度放入肉塊回炸至酥香撈出備用。
5. 鍋內放入高湯、蘿蔔、排骨酥煮滾，放入調味料（3），再以太白粉水勾芡即可熄火盛入大湯碗內灑上香菜即可享用。

芹菜炒軟絲

也是黃姊顧慮到媽媽口感的體貼料理。
柔韌的軟絲搭配爽脆的芹菜，形成口感的豐富層次。

材料：
軟絲一隻，芹菜半斤，紅蘿蔔二大匙，薑絲一大匙。

調味料：
1. 鹽與雞粉各適量。
2. 米酒一大匙。

做法：
1. 芹菜撕去老纖維摘段洗淨備用。
2. 軟絲洗淨，在身上切花刀再改刀切小段備用。
3. 鍋內放入水煮至八十度熄火，將軟絲放入汆燙，見捲起即撈出泡入冰水至涼透，撈出濾乾水份備用。
4. 熱鍋，放入二大匙油，放入薑絲炒香，續放入紅蘿蔔絲略炒，放入芹菜與調味料拌炒，放入軟絲，淋入米酒拌炒均勻即可盛盤。

薑絲芋梗

菊妹頗愛吃的客家菜。芋梗四季皆有，以夏季所產最佳；烹煮至軟爛時，甘香撲鼻，十分下飯。

材料：

芋頭梗（帶有小芋頭的）一斤，薑絲半碗。

調味料：

鹽與雞粉各適量，白醋三大匙。

做法：

1. 芋梗洗淨，小芋頭去皮備用。
2. 芋梗切段，小芋頭切片備用。
3. 熱鍋，放入二大匙油，放入芋頭片煸香，放入薑絲炒香，續放入芋梗，拌炒，加入適量的水，蓋上鍋蓋以中火燜煮三～五分鐘，改大火炒至軟爛淋入白醋拌炒均勻即可盛盤。

⊙芋梗的外膜不必剝掉，煮時較易軟爛，口感較佳。

醃瓜五花肉片湯

黃姊回憶昔年跟媽媽回客家庄時，
舅舅阿妗親切地煮肉片湯招待，也溫暖了孩子們的心。

材料：
五花肉一斤，客家醃瓜五片，薑三片。

調味料：
雞粉一小匙，酒一大匙。

做法：
1. 醃瓜洗淨泡水五分鐘取出切片備用。
2. 五花肉放進湯鍋內，加水二千CC，薑片與調味料開火煮滾即熄火燜十分鐘，將五花肉取出切片備用。
3. 醃瓜片放入肉湯內煮滾改小火煮五分鐘，放入肉片續煮三分鐘即可盛入大湯碗內上桌享用。

紅豆發糕

小巧可愛、花兒般盛開的紅豆發糕，入口綿密，少了西式蛋糕繁複的奶脂類裝飾，返璞歸眞，彷若母女親情。

材料：

1. 紅豆半斤，二砂糖六兩，鹽四分之一小匙——做蜜紅豆用。
2. 發糕粉六百公克，在來米粉一百公克，水四百八十CC，蜜紅豆一碗。

蜜紅豆做法：

1. 紅豆洗淨濾乾水份，加水（淹過紅豆）煮滾熄火倒去澀水備用。
2. 紅豆放入鍋中加六百CC的水，外鍋放二杯水按下開關煮至開關跳起續燜二十分鐘備用。
3. 將紅豆取出趁熱拌入二砂糖與鹽即成蜜紅豆。

紅豆發糕做法：

1. 小湯碗放進蒸籠內蒸熱備用。
2. 將材料（2）放進容器內拌勻成粉漿備用。
3. 將粉漿分別塡入蒸碗內（約九分滿），放進蒸籠內大火蒸廿五～三十分鐘即成。

【民國二十年代生，從南京而來】

第二宴

將戰火煉成太陽的女子

幼教專家趙國瑞的故事

龍井蝦仁。蔥㸆鯽魚。粉蒸排骨。煎雙面黃。燴五色。南瓜盅（鹹八寶）。炒寧波年糕。㸆芥菜。紹子豆腐。栗子燒雞。腐乳肉。金銄玉牌湯。糯米煎。

龍井蝦仁

蝦仁蜷縮著白裡透紅的身軀、龍井交織香菜根飄逸陣陣清香，是道味鮮、色艷、香雅的杭州名菜。

材料：

蝦仁十二兩，龍井茶末一大匙，香菜梗末一大匙。

調味料：

1. 鹽半小匙，蛋白半個，酒一大匙，胡椒粉少許，太白粉一大匙——醃蝦仁用。
2. 紹興酒一大匙。

做法：

1. 蝦仁用鹽抓洗後濾乾水份，再用二大匙太白粉抓洗，沖洗乾淨，用紙巾擦乾水份備用。
2. 蝦仁放進容器，加入調味料（1）拌醃，放進冰箱冷藏三十分鐘備用。
3. 熱鍋，放入三大匙油，待油溫升高時放進蝦仁炒熟，淋入一大匙紹興酒拌炒均勻即可熄火，灑上香菜末略拌，即可盛盤灑上龍井茶末即成。

蔥㸆鯽魚

頗具代表性的上海功夫小菜。吸飽鯽魚鮮味的蔥段，與收盡蔥味、爽口酥軟的鯽魚同爲主角，互相映襯。

材料：

鯽魚三斤，蔥一斤，薑四兩。

調味料：

1. 醬油三大匙，醋三大匙——醃魚用。
2. 醬油一百五十CC，冰糖二大匙，醋一百CC，酒六十CC。

做法：

1. 鯽魚洗淨，用調味料（1）醃五分鐘備用。
2. 熱鍋，倒入炸油，待油溫升至一百八十度，將魚放入炸至金黃酥香（用中小火炸約十分鐘）即可撈出備用。
3. 蔥切段，薑切片備用。
4. 熱鍋，放入三大匙油爆香薑片、蔥段，改小火，將魚鋪上，放入調味料（2）煮滾後，加入水（須淹過魚）煮滾，改小火㸆約一小時，魚呈酥透狀開大火收乾湯汁成濃稠狀極可熄火盛盤。

粉蒸排骨

這道加了酒釀、辣豆瓣醬以及南瓜的江浙菜，費時費工，竟只是趙國瑞老師記憶中的「家常菜」。

材料：

子排一斤，南瓜半顆。

調味料：

1. 蒸肉粉四大匙，酒釀一大匙，辣豆瓣醬一大匙，醬油膏五大匙，蒜末半大匙，水一百CC。
2. 蔥花二大匙，花椒粉半大匙。
3. 香油三大匙。

做法：

1. 調味料（1）放進容器內拌勻，將剁成小塊的子排放入拌醃，靜置三十分鐘，讓蒸肉粉吸滿汁液備用。
2. 南瓜洗淨去籽切塊備用。
3. 將子排放進蒸碗內，移入鍋中蒸一個半小時，再將南瓜鋪上，續蒸三十分即可取出。
4. 香油倒進鍋內燒滾備用。
5. 將蒸好的子排倒扣在盤上，灑上花椒粉與蔥花，淋上滾燙的香油即可。

⊙子排須先蒸軟透，再放入南瓜一起蒸，此分開蒸的動作讓南瓜不會糊掉。

煎雙面黃

上海點心。煎至兩面金黃酥脆的麵條裹覆多種餡料，舉箸時更充滿視、聽、嗅、觸的感官愉悅。

材料：

1. 細陽春麵（圓形）半斤。
2. 蝦仁三兩，肉絲三兩，韭黃六兩，銀芽三兩，青江菜三棵。

調味料：鹽、雞粉各適量。

做法：

1. 鍋內放入水煮滾，將陽春麵放入煮熟（須點一次水），撈出濾乾水份，拌入一大匙油與半小匙鹽，挑鬆麵條備用。
2. 蝦仁用鹽抓洗，濾乾水份，再用太白粉抓洗沖淨，濾乾水分，用紙巾擦乾備用。
3. 韭黃洗淨切段，銀芽洗淨備用。
4. 青江菜洗淨，梗處用刀劃十字，放入加了鹽與油的滾水鍋中汆燙撈出，撕開鋪在盤底備用。
5. 熱鍋，放入一大匙油，將蝦仁炒熟盛出，序放入肉絲炒散，約八分熟時放入銀芽拌炒，續放入調味料、韭黃與蝦仁拌炒均勻即可熄火備用。
6. 熱鍋，放入三大匙油，待油溫升高放進一半的麵條鋪平，放上（5），再放上剩一半的麵條鋪平，煎至二面金黃，即可盛放在鋪有青江菜的盤子上享用。

⊙翻面時先熄火，將盤子蓋在麵片上，鍋子倒扣，麵片即在盤子上，再將麵片滑進鍋內續煎，盛盤動作亦可如上法。

燴五色

黃姊獨創。冬瓜、紫山藥等材料挖成球狀，加上干貝，五彩繽紛的小圓球顆顆滑不溜丟，充滿視覺奇趣。

材料：

冬瓜一斤，白蘿蔔一斤，紫山藥一斤，南瓜一斤，干貝四兩，高湯六百CC。

調味料：

鹽、雞粉各適量。

做法：

1. 干貝洗淨放進碗內，加一大匙酒與水（須淹過干貝）入鍋蒸三十分鐘備用。
2. 冬瓜去皮去籽，用挖球器挖呈圓球狀備用。
3. 南瓜去皮去籽，用挖球器挖呈圓球狀備用。
4. 白蘿蔔去皮，用挖球器挖呈圓球狀備用。
5. 紫山藥去皮，用挖球器挖呈圓球狀備用。
6. 將（2）（3）（4）（5）分別蒸熟備用。
7. 蒸好的干貝撕成絲備用。
8. 鍋內放入高湯與調味料煮滾，將（6）（7）放入煮滾，再以太白粉水勾薄芡即可盛入水盤中。

南瓜盅（鹹八寶）

傳統「南瓜盅」做法，內餡本應是甜八寶，黃姊考慮趙老師不宜吃太多甜食，改爲鹹八寶。

材料：

1. 日本品種南瓜一顆（約二斤半）。
2. 肝腸一條，臘腸一條，香菇三朵，蝦米一大匙，青豆二大匙，油蔥酥一大匙。
3. 紫糯米一杯（量米杯），紅糯米半杯，長糯米半杯。

調味料：鹽半小匙。

做法：

1. 南瓜洗淨擦乾水份，於蒂梗往下約三分之一處，用雕刻刀雕出鋸齒狀，將南瓜分開成瓜蓋與瓜盅，並挖去瓜籽與部份瓜肉備用。
2. 煮滾一鍋水，放入南瓜蓋與南瓜盅汆燙撈出備用。
3. 紫糯米與紅糯米洗淨，泡水（用一杯半的水浸泡）一小時備用。
4. 長糯米洗淨泡水二十分鐘，濾乾水份，放進（3）內加鹽，移至電鍋，外鍋放一杯半的水煮熟備用。
5. 肝腸與臘腸蒸熟，取出切丁備用。
6. 香菇洗淨泡軟切丁，蝦米洗淨切末，青豆燙熟備用。
7. 熱鍋，放入一大匙油炒香香菇，放入蝦米炒香，續放入肝、臘腸與青豆拌炒均勻盛出，放進糯米飯內拌勻備用。
8. 將（7）鑲入南瓜盅內，封上耐熱保鮮膜，入鍋蒸二十～三十分鐘即可取出享用。

炒寧波年糕

傳統江浙名菜，是年菜常客，頗受趙老師喜愛。
小火慢燒，逼使年糕吸收湯汁，更保留軟Q口感。

材料：

寧波年糕半斤，大白菜四分之一顆，肉絲四兩，香菇三朵，大品種荷蘭豆十片，蔥二支，蝦米一大匙。

調味料：

1. 醬油一大匙，鹽一小匙，雞粉一小匙，糖半小匙。
2. 烏醋一大匙。

做法：

1. 荷蘭豆掐去頭尾洗淨切斜段備用。
2. 香菇泡軟切絲備用。
3. 蔥洗淨切段，蝦米洗淨泡軟備用。
4. 大白菜洗淨切寬條汆燙備用。
5. 寧波年糕切片汆燙備用。
6. 熱鍋，放入三大匙油，放入肉絲炒散，續放入香菇、蝦米、蔥段炒香，加入調味料（1）拌炒均勻後放入白菜、年糕、荷蘭豆，加入適量的水將年糕煮透，淋入烏醋拌炒均勻即可盛盤。

㸆芥菜

微苦的芥菜，加了紹興提味，入口軟綿，一滑進喉嚨，甘味如湧泉躍出，宛如人生滋味。

材料：

芥菜一斤半，薑三片。

調味料：

1. 油三大匙。
2. 醬油三大匙，冰糖一大匙半，紹興酒一大匙，水三百五十CC。

做法：

1. 芥菜洗淨，用手剝大塊備用。
2. 熱鍋，放入油爆香薑片，放入芥菜拌炒（須將每片芥菜均沾上油），加入調味料（2）拌炒均勻後，待滾後蓋上鍋蓋以中小火將芥菜燜煮至軟爛，改大火收乾湯汁呈濃稠狀即可盛盤。

紹子豆腐

抗戰逃難期間，全家在大後方團聚，趙老師母親跟鄰人借廚房加菜慶祝，是一家人當年屈指可數的人間美味。

材料：

1. 板豆腐二塊，絞肉四兩，馬蹄八個，木耳二片，蔥、薑、蒜末各適量。
2. 高湯二百CC。

調味料：

醬油一大匙，鹽、糖各適量，胡椒粉一小匙，酒一大匙。

做法：

1. 豆腐切丁汆燙備用。
2. 馬蹄拍碎切末，擠乾水份備用。
3. 木耳洗淨切小丁備用。
4. 熱鍋放入一大匙油，爆香薑、蒜末後將絞肉放入炒散，放入馬蹄、木耳拌炒均勻，淋入酒、醬油拌炒均後加入高湯、豆腐、鹽、糖、胡椒粉，輕拌勻後改中小火煮五分鐘，再以太白粉水勾芡，灑上蔥末即可盛盤。

栗子燒雞

這道菜出現在趙老師母親爲熬過戰火的全家人所做的最後一餐裡，也成爲記憶中的永恆密碼，聯結了對母親的思念。

材料：

新鮮去殼栗子半斤，雞腿一隻，蔥一根，薑三片。

調味料：

1. 醬油三大匙，紹興酒二大匙，冰糖一大匙。
2. 醬油一大匙，酒一大匙，太白粉一大匙——醃雞腿用。

做法：

1. 雞腿去骨切塊後加入調味料（2）拌醃備用。
2. 熱鍋，放入炸油，油溫一百五十度時放入栗子炸成金黃色撈出備用。
3. 將雞肉過油撈出備用。
4. 將炸油倒出，利用鍋中餘油爆香蔥、薑，放入雞肉與栗子拌炒，加入調味料（1）拌炒勻後加水（醃過材料一半）煮滾，蓋上鍋蓋改中小火燜煮五～八分鐘，改大火燒至湯汁略收乾呈濃稠狀即可熄火盛盤。

腐乳肉

上海菜，又名「洪福齊天」。小火燜煮近四小時，形腴而不散，香艷欲滴；腐乳汁收進層次豐富的肉塊裡，每一口都滋味濃郁。

材料：

五花肉（四方形，約一斤）一塊，紅糟米二大匙（用布包裝好），紅糟腐乳二塊，蔥三根，薑三片，八角三粒。

調味料：

紹興酒六十CC，醬油五十CC，冰糖三大匙。

做法：

1. 五花肉汆燙備用。
2. 腐乳加水先調勻備用。
3. 將蔥、薑鋪在鍋底，再將五花肉放入，依序放入紹興酒、醬油、紅糟米、八角、腐乳，再加水（與五花肉平）開火煮滾後蓋上鍋蓋改小火燜煮二小時加入冰糖，挾出八角，續燜煮一小時半，改中大火收湯汁呈油亮狀即可熄火。
4. 將肉盛盤，淋上醬汁即成。

⊙燜煮過程以搖鍋方式，避免沾鍋。

金鉤玉牌湯

這道傳統貴州菜名字富貴氣派，做法簡單，是趙老師母親最喜歡的一道菜，也十分適合冬夜食用。

材料：

排骨十二兩，板豆腐二塊，黃豆芽半斤，蔥二根，薑三片。

調味料：

鹽一小匙，雞粉一小匙，紹興酒一大匙。

做法：

1. 排骨氽燙撈出洗淨備用。
2. 黃豆芽洗淨，摘去老根，放入乾鍋煸炒，除去豆腥味盛出備用。
3. 板豆腐洗淨，切厚片，入鍋煎至兩面金黃盛出備用。
4. 鍋內放進三千CC的水，煮滾放入排骨、酒、蔥、薑再滾改小火熬煮二十分，放入黃豆芽、豆腐續煮十分鐘，加入調味料即可熄火，盛進湯碗享用。

糯米煎

腐皮裹圓糯米藏以豆沙，煎至兩面金黃香酥，如一方黃玉，讓嗜甜卻忌油的吃客都安心下箸。

材料：

1. 圓糯米一斤（量米杯四杯），豆腐皮四張，紅豆沙六兩。
2. 麵粉一大匙，水一大匙——調勻成麵糊。

調味料：

豬油三大匙，白砂糖六大匙，紹興酒一大匙。

做法：

1. 糯米洗淨泡水二十分鐘，濾乾水份備用。
2. 糯米放進鍋中，加三杯水，電鍋外鍋放一杯半水，按下開關煮熟備用。
3. 將調味料放進糯米飯內，趁熱拌勻備用。
4. 取一張豆腐皮，鋪上適量的糯米飯，放上豆沙，包捲成長枕頭狀，用麵糊封口即成糯米捲。
5. 平底鍋熱鍋，放入二大匙油，放入糯米捲煎至二面金黃即可取出切段擺盤。

【民國三十年代生，從嘉義而來】

第三宴

幸福，像曇花開落

翻譯家黃恆正的故事

蒜炒溪蝦。烏魚子。人蔘雞湯。壽司。甜湯圓。麻糬。原味饅頭、地瓜稀飯。紅糟肉醬。醉雞。鮮蚵絲瓜煮豆簽。黃金白玉。古早日子。

蒜炒溪蝦

黃姊總是在飲食上疼寵常爲翻譯文稿耗神的黃恆正，也包括這道香氣炸竄、下酒佐餐皆宜的小菜。

材料：

溪蝦一斤，薑末一大匙，蒜末一大匙，蔥末一大匙，紅辣椒末一大匙。

調味料：

1. 油二大匙。
2. 鹽一小匙，雞粉一小匙，酒一大匙。

做法：

1. 蝦洗淨，用剪刀剪去頭部尖螯部份備用。
2. 熱鍋，放入二大匙油，爆香薑、蒜末，放入蝦與調味料（2）拌炒，續放入辣椒末拌炒至蝦熟，放入蔥末拌炒即可盛盤。

烏魚子

黃姊婚後，最疼妹婿的二姊，常將自家宴客用的烏魚子偷偷切下一段，帶來給黃恆正下酒。

材料：烏魚子一片，青蒜二棵。

調味料：高粱酒三大匙，油三大匙。

做法：

1. 烏魚子擦乾淨，抹上高粱酒備用。
2. 將烏魚子外膜剝去備用。
3. 熱鍋，倒入油，將烏魚子放入煎一分鐘翻面，續煎一分鐘，見烏魚子表面呈現酥黃即可盛出備用。
4. 青蒜洗淨切斜片備用。
5. 烏魚子切斜片擺盤，將青蒜置於烏魚子間即可享用。

人蔘雞湯

黃恆正初罹病時，曾要求黃姊做人蔘雞燉補。中、韓作法與食用時節皆不同，是一道溫中、補氣、益智、安神的傳統菜式。

材料：雞腿二隻，人蔘片三錢，老薑三片。

調味料：雞粉一小匙，紹興酒二大匙。

做法：

1. 雞腿洗淨剁塊，汆燙撈出備用。
2. 將雞肉、人蔘片、薑片與調味料放進燉鍋內，加滾水（須淹過雞肉）入鍋蒸一小時即成。

壽司

黃恆正住院期間，二姐心疼妹婿，每天都會帶著他愛吃的壽司來探望，是徬徨無助的病人夫妻最重要的支柱。

材料：

壽司米三杯（量米杯），蝦卵二大匙，雞蛋五個，生香菇六朵，大白蝦十二隻，肉鬆一碗，美乃滋一包，海苔粉六大匙，海苔片六張。

調味料：白醋七十五CC，白砂糖一大匙半，鹽半小匙。

工具：捲簾，保鮮膜。

做法：

1. 調味料放進碗中調勻成糖醋汁備用。
2. 米洗淨，浸泡十分鐘，濾乾水份，加入三杯水放進電鍋煮熟備用。
3. 飯趁熱拌入糖醋汁，用挑鬆的方式將飯挑勻備用。
4. 蛋打勻備用。
5. 熱鍋，放入三大匙油，放進蛋汁煎成厚的蛋餅取出切成條狀備用。
6. 白蝦洗淨，放入水鍋中煮熟撈出泡入冰水，取出撥去外殼備用。
7. 香菇放進碗內，加二大匙醬油，一小匙糖，一小匙油，五大匙水放入鍋中蒸十五分鐘，取出切條狀備用。
8. 捲簾鋪上保鮮膜，放一張海苔片，將飯均勻鋪上後翻面，於正中間處鋪上三公分寬的飯擠上美乃滋，放上肉鬆、蛋、蝦、香菇，包捲成圓柱狀（須捲緊），正中間處抹上蝦卵，兩旁抹上海苔粉即成花壽司。

9. 海苔片放在捲簾上，將飯均勻鋪上（天邊處留一公分不鋪飯），正中間處擠上美乃滋，放上肉鬆、蛋、蝦、香菇，包捲成圓柱狀即成海苔壽司。

10. 將花壽司與海苔壽司分別切厚片擺盤即可享用。

⊙搭配醃糖醋薑與芥末醬油。

甜湯圓

除了麻糬，甜湯圓也是客家人迎佳婿時的必備點心。一大甕甜湯圓，親族鄰居共聚，好不溫暖馨甜。

材料：

1. 糯米粉三百公克，太白粉半大匙，豬油一大匙。
2. 七十度溫水一百八十CC。桂圓肉適量。

調味料：二砂糖適量。

做法：

1. 將材料（1）放進容器內，加入溫水拌揉成團備用。
2. 將粉團搓成長條再分成小塊，用手搓成圓子備用。
3. 桂圓肉洗淨切小塊備用。
4. 鍋內放入七百CC的水，煮滾後將湯圓放入煮至浮起，加入糖與桂圓肉，待糖溶化即可熄火。

麻糬

客家人婚俗，在迎新婿時用大竹篩裝麻糬招待客人。新婚後，黃姊帶黃恆正去台東舅家，受到隆重歡迎。

材料：

糯米粉一杯半（標準量杯），玉米粉一大匙，鮮奶一杯。

沾粉：

1. 花生糖粉：花生粉六大匙，糖粉三大匙拌勻。
2. 黑芝麻糖粉：黑芝麻粉六大匙，糖粉三大匙拌勻。
3. 抹茶糖粉：抹茶粉二大匙，糖粉五大匙拌勻。

做法：

1. 將材料放進容器內調勻成粉漿，封上保鮮膜（須留透氣的小口），入鍋蒸二十分鐘備用。
2. 取一耐熱塑膠袋放入一大匙油，將袋子略搓揉，讓袋子均沾到油，放入麻糬，趁熱用手搓揉，或用擀麵棍敲打（此動作可增加Q度），見麻糬成黏稠狀即可。
3. 盤中鋪上花生糖粉，將麻糬捏成適口的大小塊狀放入沾裹即可享用。

⊙熬煮黑糖漿加入薑汁，將麻糬泡入，即可享用。

⊙麻糬分成適當的大小塊狀，包入各種沾粉或鹹、甜內餡，即可享用。

原味饅頭、地瓜稀飯

某次黃姊帶兒子到台東舅家一週，替黃恆正煮好菜餚冰存，回來卻發現原封未動，爲了趕稿，他竟餐餐吃饅頭配地瓜稀飯。

原味饅頭材料：

1. 中筋麵粉三百公克，酵母粉一小匙半，泡打粉半小匙，細砂糖一大匙，水一百五十CC。
2. 沙拉油一大匙。

做法：

1. 將材料（1）放進容器內拌揉成團，再加入沙拉油揉勻，靜置四十~五十分鐘待發酵備用。
2. 取出發酵好的麵團，用按壓的方式擠出空氣，再分切成適當的大小，整形成饅頭狀，靜置十五~二十分鐘（二次發酵）備用。
3. 將饅頭生胚放進蒸籠內，並於饅頭表面噴上水，大火蒸十~十二分鐘即成。
4. 熄火後須靜置二分鐘再掀開鍋蓋，此動作避免直接接觸冷空氣，使表皮變皺。

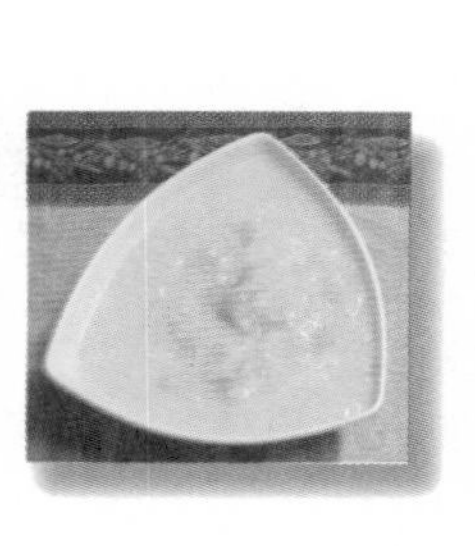

地瓜稀飯材料：

米一杯半（量米杯），地瓜一斤，水十杯。

做法：

1. 地瓜去皮洗淨，切滾刀塊備用。
2. 米洗淨，加入十杯水與地瓜，放進電鍋內，外鍋放一杯半的水，按下開關，待開關跳起續燜二十分鐘即可取出享用。

紅糟肉醬

黃恆正難友柯耀光點的菜。

坐牢時，柯媽媽總帶紅糟肉醬來探，這道菜讓他想起獄中歲月。

材料：

絞肉半斤，紅糟三大匙，薑末半大匙，蒜末一大匙，蔥末二大匙。

調味料：

糖一大匙，醬油膏一大匙，鹽一小匙。

做法：

1. 熱鍋，放入一大匙油，放入絞肉炒至鬆散。
2. 加入薑末炒香，續放入蒜末炒香，加入紅糟拌炒均勻。
3. 加入調味料炒至油亮色，放入蔥末拌炒即可盛盤。

醉雞

難友黃英武愛吃的菜。
食用時酒香撲鼻，肉質滑嫩，是冷盤中常見的經典菜式。

材料：
雞腿二隻，蔥二根，薑三片，水一千五百CC。

調味料：
雞粉一大匙，鹽三大匙，紹興酒三百CC，米酒三大匙。

做法：
1. 雞腿洗淨備用。
2. 鍋內放入一千五百CC的水，放入蔥、薑、米酒煮滾後放入雞腿，待水滾即熄火，蓋上鍋蓋燜十五分鐘，將雞腿取出，再將湯汁煮滾放入雞腿，見水滾即熄火，蓋上鍋蓋續燜十五分鐘，取出泡入冰開水備用。
3. 將鹽、雞粉放進雞湯內，拌至鹽溶化放涼加入紹興酒，雞腿浸泡，移至冰箱冷藏至隔天，即可取出剁塊擺盤。

大腸、鮮蚵、絲瓜煮豆簽

難友林德川點菜，是嘉義的在地吃食。當年坐政治牢時，他總想到：看不見的牢同時也關著遠在嘉義老家的母親。

材料：

鮮蚵半斤，煮熟大腸頭一條，絲瓜一條，豆簽三片，薑三片，蔥一根，芹菜末一大匙，油蔥酥一大匙，高湯一千五百CC。

調味料：

鹽與雞粉各適量。

做法：

1. 鮮蚵洗淨，濾乾水份備用。
2. 鍋內放入六百CC的水煮滾，沖入鮮蚵內略拌即撈出濾乾水份備用。
3. 大腸頭切小段備用。
4. 絲瓜刨去外皮，洗淨對剖去籽再改刀切段備用。
5. 熱鍋，放入一大匙油爆香蔥、薑，放入絲瓜炒軟，加入高湯與調味料煮滾，放入大腸、鮮蚵與豆簽，待湯滾即熄火，盛入大湯碗內，灑上芹菜末與油蔥酥即可享用。

黃金白玉

老雞友們有了年紀，牙口略感不靈，
黃姊特別設計這道以鹹蛋黃搭配豆腐作爲主題的溫暖料理。

材料：
盒裝豆腐二盒，絞肉六兩，鹹蛋黃三個，蔥末一大匙，龍井茶末一大匙，高湯八百ＣＣ。

調味料：
鹽與雞粉各適量。

做法：
1. 鹹蛋黃切碎備用。
2. 熱鍋，倒入二大匙油，放入鹹蛋黃炒至香氣溢出並呈金沙狀，盛出備用。
3. 絞肉加入二大匙水與一大匙油拌醃備用。
4. 豆腐切小方丁備用。
5. 鍋內放入高湯與絞肉，用筷子挑鬆絞肉，煮滾放入豆腐與調味料，煮滾後以太白粉水勾芡，熄火盛入水盤內，放上蔥末，鹹蛋黃泥，旁邊灑上龍井茶末即成，享用時略拌。

古早日子

除了考慮牙口，也有憶懷舊時的設計——
有什麼比地瓜葉更能代言從那個苦難年代走出來的人呢？

材料：
地瓜葉一斤，金華火腿末一大匙，新鮮香菇三朵，肉絲二兩，高湯七百CC。

調味料：
鹽與雞粉各少許。

做法：
1. 金華火腿末加一大匙紹興酒入鍋蒸十分鐘備用。
2. 香菇洗淨切絲備用。
3. 肉絲加一大匙水與一大匙油拌醃備用。
4. 地瓜葉（只取葉子部份）洗淨備用。
5. 鍋內放入水與二大匙油煮滾，放入地瓜葉汆燙，撈出泡入冰水，待涼透撈出擠乾水份，切成細末備用。
6. 鍋內放入高湯煮滾放入香菇、肉絲地瓜葉、與調味料，續滾後以太白粉水勾芡，熄火盛入水盤灑上金華火腿末即可享用。

【民國三十年代生，從彰化、花蓮而來】

第四宴

苦兒的快樂流浪

兒童哲學家楊茂秀的故事

糯米腸。香煎鹹魚。雙醬五花肉。蛤蜊百合絲瓜。鹹稀飯。梅菜肉捲。福圓米糕。福菜肉片湯。黑糖薑片地瓜湯。檸檬雞片。

糯米腸

糯米腸在幼時楊茂秀兄弟姊妹眼中可說是人間美味！但媽媽總是嚴格管制，不過他們兄弟總會設法「不告而取」。

材料：豬大腸一副，長糯米三斤，花生三兩，油蔥酥二大匙，棉繩五條。

調味料：鹽一大匙，胡椒粉一小匙。

做法：

1. 糯米洗淨泡水二小時濾乾水份備用。
2. 花生洗淨煮軟備用。
3. 豬大腸用剪刀剪去多餘的肥油，再將大腸翻面，並剪成三十公分的段狀，用鹽搓洗後再用麵粉、酒抓洗（此動作需重複三次），放在水龍頭下以活水的方式沖洗乾淨至無異味，濾乾水份備用。
4. 棉繩剪成適長的段狀備用。
5. 取一容器將糯米、花生、油蔥酥、鹽、胡椒粉放入充分拌勻備用。
6. 將大腸的一端先用棉繩固定後，將做法（5）灌進腸內（約七分滿）再用棉繩綁好，並略為整形至粗細均勻備用。
7. 鍋內放入水煮滾後將灌好的糯米腸放入，以中小火煮二十～廿五分鐘（不可開大火煮，以免腸子爆開）取出再放入蒸籠內續蒸四十分鐘即成。
8. 食用時切厚片狀擺盤。

⊙整副的豬大腸，大腸頭及太粗、太細、破洞部分均需避開剪下不用，可將其另外處理，可用滷或白水煮的方式，搭配其他食材烹煮（例如：大腸麵線、茄子肥腸煲、苦瓜肥腸煲等）。

香煎鹹魚

爲了重現苦兒的重鹹童年，黃姊特地託人從日本帶回一條鹹青花，因日本醃法口味較淡，烹煎未加鹽，要讓重鹹變清甘。

材料：

日本進口鹹青花魚一條，香菜一棵。

調味料：

酒一大匙。

做法：

1. 魚洗淨，抹上酒靜置十分鐘備用。
2. 將魚肉片下，並切成小段備用。
3. 熱鍋放入三大匙油，將魚肉放入煎至金黃酥香後取出，再將魚頭與中間大骨放入煎至香酥盛出備用。
4. 取一長形盤子，先放上魚頭與魚骨，再將魚肉分別放入，恢復成全魚狀，再以香菜當盤飾即成。

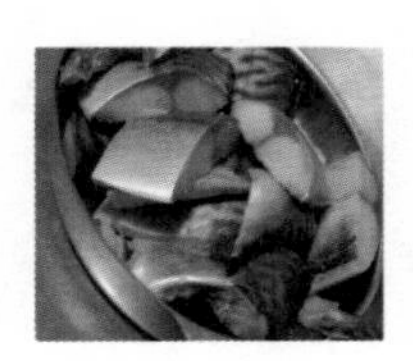

雙醬五花肉

雙醬中的桔醬，是頗具代表性的客家食物蘸醬；五花肉則牽動昔日少年「無肉伙食」的辛酸記憶。

材料：

五花肉一斤，小黃瓜二條，銀芽四兩，海苔一片，蔥一根，薑二片。

調味料：

酒一大匙，味精四分之一小匙。

沾醬：

1. 紅油醬：醬油膏三大匙，白醋一大匙，紅油一大匙調勻。
2. 桔醬：桔醬三大匙，味增一大匙，糖二分之一大匙調勻。

做法：

1. 鍋內放入五花肉，加水（淹過五花肉）與調味料，蔥，薑，蓋上鍋蓋，開火煮滾一分鐘即熄火悶十分鐘。
2. 小黃瓜洗淨，用刨刀刨薄片備用。
3. 鍋內放入一千五百CC的水與一大匙鹽煮滾後加入半大匙醋將銀芽汆燙撈出鋪在盤底備用。
4. 海苔片剪成〇．五公分寬的條狀備用。
5. 五花肉切成〇．三公分的薄片備用。
6. 取五花肉片捲成圓柱狀，再用小黃瓜包捲，再用海苔條鑲捲即成。
7. 將五花肉捲分別擺在銀芽上即成。
8. 食用時可依個人口味沾上沾醬。

蛤蜊百合絲瓜

兼具絲瓜甘甜、蛤肉鮮軟、湯汁清爽等口感的這道菜，在這一晚向重鹹微傾的菜色中，算得上是個清新的異數。

材料：

絲瓜一條，百合一粒，蛤蜊一斤，紅辣椒一支，嫩薑一塊。

調味料：

雞粉、鹽適量。

做法：

1. 絲瓜刨去外皮後切成寬條段狀，中間瓜籽略去掉備用。
2. 百合小心剝開洗淨備用。
3. 蛤蜊吐淨沙子後洗淨放入鍋中加水（約蛤蜊一半）開火煮至蛤蜊略開口即熄火離開瓦斯爐，剝開蛤蜊將肉取出，湯汁留著備用。
4. 嫩薑切絲泡水，紅辣椒取中間較粗部分（五公分長）挖去仔，將薑絲塞入（當盤飾）備用。
5. 鍋預熱放入一大匙油，爆香薑片後放入絲瓜拌炒，加入鹽、雞粉、蛤蜊汁煮三分鐘，將百合放入續煮二分鐘，再將蛤蜊肉放入續煮一分鐘即可盛盤，再將做法（4）放在中間裝飾即成。

干貝老蘿蔔乾稀飯（鹹稀飯）

干貝、油蔥伴奏，一鍋熱騰騰的老菜脯稀飯，溫暖吃客胃腸，也重新召喚苦兒的徬徨歲月。

材料：

白飯一又二分之一碗，干貝五個，老蘿蔔乾一條，油蔥酥一大匙，芹菜末一大匙，高湯一千五百CC。

調味料：

鹽、雞粉各適量。

做法：

1. 干貝放在碗內加酒一大匙，水（淹過干貝）入鍋蒸二十分鐘備用。
2. 老蘿蔔乾洗淨泡水二十分鐘後取出切細末備用。
3. 乾鍋將蘿蔔乾末放入煸乾水份，並炒香盛出備用。
4. 干貝撕成絲備用。
5. 鍋內放入高湯、白飯，以及做法（3）、（4）與調味料，煮滾後續煮五分鐘後熄火，放入油蔥酥灑上芹菜末即成。

梅菜肉捲

醃菜、滷肉這兩種處理食材的作法，是客家菜常見的烹調應用手法，也見證客家人與時間對話的另一種態度。

材料：

梅乾菜六兩，五花肉一斤，蔥二根，薑二片。

調味料：

醬油二大匙，冰糖一大匙，紹興酒二大匙，高湯三百CC。

做法：

1. 五花肉放入鍋中加水（淹過肉）、蔥、薑，蓋上鍋蓋開火煮滾後即熄火浸泡二十分鐘備用。
2. 五花肉取出切長薄片備用。
3. 梅乾菜充分洗淨，擠乾水份備用。
4. 將梅乾菜切小段備用。
5. 鍋預熱後放入三大匙油燒熱後放入梅乾菜煸炒至水份略收乾後淋入酒、醬油、冰糖拌炒均勻後加入高湯燉煮二十分鐘備用。
6. 將五花肉分別包上梅乾菜捲成肉捲狀，依序擺在蒸碗內並鋪上未用完的梅乾菜，再將梅乾菜汁淋入，移至鍋中蒸一小時即可取出。
7. 將湯汁到進鍋內煮滾並以太白粉勾芡。
8. 將梅菜肉捲倒扣盤中淋上梅乾菜蒸汁即成。

福菜肉片湯

客家福菜的出名之處，說穿了，與酸菜醬瓜醃冬瓜腐乳等同一掛，都是閩客女人對抗貧瘠的私房武器！

材料：松阪豬肉一斤，客家福菜半斤，薑三片，高湯二千五百CC。

調味料：雞粉適量，紹興酒一大匙。

做法：

1. 松阪豬肉切片備用。
2. 福菜洗淨切小段備用。
3. 湯鍋放入高湯煮滾後放入福菜、薑片，煮滾後改小火煮五~十分鐘後再放入肉片、雞粉續煮五分鐘淋上紹興酒即可熄火。

福圓米糕

青色瓷盤上，桂圓米糕點了紅枸杞，就像媽媽的臨終眼淚，灑入每個在座朋友的心肝。

材料：圓糯米一斤，桂圓肉五兩，枸杞適量。

調味料：白砂糖三大匙，紹興酒一大匙，豬油一大匙。

做法：

1. 糯米洗淨泡水三十分鐘，濾乾水份加三杯水移至電鍋，外鍋放一又二分之一杯水煮熟備用。
2. 桂圓肉用白開水洗淨後切小塊備用。
3. 將調味料與桂圓肉放進糯米飯內。趁熱充分拌勻即成米糕。
4. 撒上枸杞作點綴。

⊙可用模型將糯米糕做成不同的形狀呈現。

⊙一斤米約四杯（量米杯），煮糯米飯時水量需略減，約三杯水即可。

黑糖薑片地瓜湯

楊茂秀想起每次淋雨回來，卡桑會煮黑糖薑片地瓜湯，給孩子們祛寒保暖；現在，兄妹們怎麼叫也叫不回卡桑……

材料：地瓜一斤，薑六片，水適量。

調味料：黑糖半斤。

做法：

1. 地瓜洗淨刨去外皮，切成滾刀塊備用。
2. 鍋內放入水煮滾後放入地瓜、薑片，煮至地瓜鬆軟後放入黑糖續煮至糖溶化即可熄火。

檸檬雞片

黃姊聽了酸楚故事，特地追加這道開胃菜，取其甜甜酸酸、入口溫潤的滋味，安慰說故事的人。

材料：

去骨雞胸肉一副，芝麻一大匙，堅果碎一大匙，地瓜粉適量。

調味料：

1. 酒一大匙，蛋白一個，鹽一小匙，胡椒粉一小匙，太白粉一大匙——醃雞肉用。
2. 檸檬三大匙，糖三大匙，醋一大匙，鹽一小匙，水三大匙。

做法：

1. 雞肉洗淨切片後加入調味料（1）抓醃，靜置二十分鐘備用。
2. 將雞肉分別沾上地瓜粉備用。
3. 熱鍋放入炸油，待油溫一百五十度時放入雞肉炸熟並呈金黃色，改大火逼油後即可撈出，並將炸油倒出備用。
4. 利用鍋中的餘油將調味料（2）放入煮滾並用太白粉水勾芡，將雞肉片放入拌勻即可熄火盛盤並灑上芝麻與堅果碎即可享用。

【民國三十年代生，從嘉義而來】

第五宴

追夢的吉他

音樂家黃淵泉的故事

西班牙海鮮飯。鵝肝醬吐司。椒鹽香雞排。蘑菇濃湯。蔬菜大封。螞蟻上樹。紅嘴綠鸚哥　烏龜頂上爬。松阪芋頭。千絲豆腐羹。清炒花生芽。生日紫米糕。

西班牙海鮮飯

西班牙人過節常在野外橄欖樹下野餐，用大鍋烹煮海鮮飯；各式海鮮、時蔬，以番紅花、紅椒粉等香料提味，使飯粒呈現淡黃的可口色澤。

材料：

長米二杯（量米杯），蝦半斤，花枝一隻，孔雀蛤一斤，螃蟹腿半斤，松阪豬肉半斤，紅椒半個，黃椒半個，洋蔥一個。

調味料：

1. 橄欖油三大匙。
2. 蕃紅花一錢，紅椒粉一大匙。
3. 鹽一大匙。
4. 高湯四杯（量米杯）。
5. 奶油一大匙。

做法：

1. 米洗淨濾乾備用。
2. 花枝洗淨切塊備用。
3. 蝦洗淨，螃蟹腿洗淨備用。
4. 松阪肉切塊備用。
5. 孔雀蛤洗淨，挑去腸泥備用。
6. 紅、黃椒分別切塊備用。
7. 洋蔥剝去外皮洗淨切小丁備用。
8. 熱鍋，放入油，放入洋蔥炒香，放入米拌炒，將高湯分次加入，炒至米八分熟時，放進做法（2）（3）（4）（5）（6）與調味料的（2）（3）拌炒均勻後蓋上鍋蓋以中小火燜煮至熟，放入奶油略拌即成。

⊙烹煮的鍋具使用不沾鍋，較容易操作。

鵝肝醬吐司

在歐美，鵝肝醬是具有節慶感的世界級珍饈，
偶爾也成為負笈異鄉的追夢遊子補充能量的憑依。

材料：

吐司麵包半條，鵝肝醬二罐。

做法：

1. 吐司麵包去邊，一切四（成三角形）備用。
2. 將鵝肝醬塗抹在麵包上即可擺盤。
3. 紅辣椒雕花與巴西里搭配當盤飾。

椒鹽香雞排

作爲這場晚宴的「意外訪客」，雞排也是台灣小吃界的新嬌客。黃姊在宴後補充了做法。

材料：

帶骨雞胸肉二副，粗地瓜粉二碗。

調味料（醃料）：

玉米粉三大匙，在來米粉三大匙，低筋麵粉三大匙，酒一大匙，鹽二小匙，胡椒粉一小匙，五香粉四分之一小匙，蒜泥一小匙，水一杯（標準量杯約二百四十CC）。調勻即成醃汁。

做法：

1. 雞胸肉一開二，分別用刀將肉較厚處略片開，用刀拍鬆備用。
2. 將雞胸肉放入醃汁內醃泡，移至冰箱冷藏三小時以上備用。
3. 將醃好的雞排均勻地沾上地瓜粉備用。
4. 熱鍋，放入炸油待油溫升至一百八十度放入雞排，改中火炸熟，起鍋前改大火逼油即可挾出，濾油、剁塊，擺盤享用。

⊙享用時沾上椒鹽。

蘑菇濃湯

搭配西班牙海鮮飯的湯品。以磨菇、紫山藥等陸珍平衡海鮮，口感濃郁醇厚，恰如其分完成傑出合音。

材料：

1. 低筋麵粉一百公克，沙拉油三大匙，奶油二大匙——炒奶糊用。
2. 磨菇六兩，南瓜丁一碗，紫山葯丁一碗，洋蔥半個，培根肉六片。
3. 水一千二百CC，鮮奶三百CC。

調味料：

鹽一大匙，雞粉一大匙。

做法：

1. 磨菇切片汆燙備用。
2. 南瓜與紫山葯蒸熟備用。
3. 洋蔥與培根分別切小丁備用。
4. 熱鍋，放入一大匙油炒軟洋蔥，放入培根炒至香酥盛出備用。
5. 熱鍋，放入材料（1）以中小火炒成奶糊，分次加入一千二百CC水（須不停的攪拌），待滾後將（1）（2）（4）放入，加入調味料與三百CC鮮奶煮滾即可熄火，盛進湯碗享用。

⊙視個人口味可灑上黑胡椒粉。

蔬菜大封

基於健康考量，黃姊以高麗菜填入菇類，仿客家封肉，做出口味清淡、但仍氣派十足的料理。

材料：
高麗菜一顆，柳松菇三兩，金針菇一包，美白菇三兩，鴻禧菇三兩，鮑魚菇三兩，秀針菇三兩，香菇一朵。

調味料：
鹽、雞粉各少許，高湯三百CC。

做法：

1. 高麗菜洗淨，用刀挖去中心部份，並修去部份菜心呈中洞狀備用。
2. 各種菇蕈洗淨汆燙撈出備用。
3. 將菇蕈鑲進高麗菜內，移入蒸鍋蒸二十分鐘，取出倒扣在盤上備用。
4. 鍋內放入高湯與調味料，煮滾後以太白粉水勾芡備用。
5. 用刀子將高麗菜的葉片劃開呈花狀，將高湯汁淋上即成。

螞蟻上樹

一段異國奇遇，意外地解了遊子思鄉的饞，更順理成章作了「只動口，不動手」的君子。

材料：

豬絞肉六兩，冬粉二把，蔥末大匙，蒜末一大匙，薑末半大匙。

調味料：

1. 醬油一大匙，雞粉一小匙，糖一小匙，辣豆瓣醬二大匙。
2. 高湯三百CC。

做法：

1. 冬粉泡軟，剪成段狀備用。
2. 熱鍋，放入二大匙油，放入絞肉炒至鬆散，放入薑、蒜末炒香，放入調味料（1）炒至香氣出來加入高湯、冬粉拌炒均勻，待湯汁略收，粉絲呈透明狀即熄火灑上蔥末拌勻即可盛盤。

紅嘴綠鸚哥　烏龜頂上爬

追夢者從不會遠離幽默與達觀，
尋常的牛腱、紅頭菠菜，也能讓他發現製造趣味的名目。

材料：

滷牛腱一個，紅頭菠菜半斤。

調味料：

油一大匙，鹽一大匙，糖半小匙——汆燙菠菜用。

做法：

1. 牛腱切片備用。
2. 菠菜洗淨備用。
3. 鍋內放入水煮滾，加入調味料，放入菠菜汆燙撈出泡冷開水備用。
4. 撈出菠菜，擠乾水份，切段擺盤（須排成菠菜原狀），牛腱片依序鋪在菠菜上，淋上滷汁即成。

滷牛腱材料：

1. 牛腱二斤半。
2. 蔥支，薑一塊，蒜頭六粒，滷包一包。

調味料：

醬油二百CC，酒三大匙，冰糖二大匙，高湯二千CC。

做法：

1. 牛腱汆燙洗淨備用。
2. 滷鍋放入調味料與材料（2）煮滾，放入牛腱煮滾，改小火滷五十分鐘，熄火燜十分鐘即成。

松阪芋頭

黃三哥最愛的松阪豬肉，包覆在芋泥中過油，既封存豬肉的鮮美肉汁，黃姊也陳倉暗渡地順便幫助他攝取蔬食。

材料：

1. 松阪豬肉一斤，芋頭一個。
2. 麵粉一大匙，玉米粉二大匙，豬油二大匙。
3. 酸黃瓜適量。

調味料：

鹽一小匙，糖一小匙，胡椒粉一小匙，香油一小匙。

做法：

1. 松阪肉蒸熟，切成長四公分寬一．五公分的塊狀備用。
2. 芋頭去皮洗淨，切片蒸熟，趁熱搗成泥狀，加入材料（2）與調味料拌揉成團即是芋泥。
3. 取一塊肉，用芋泥包裹整形成長橢圓狀備用。
4. 熱鍋，放入炸油，待油溫升至一百五十度將（3）放入炸至金黃色即可撈出備用。
5. 酸黃瓜切碎備用。
6. 將芋泥球擺盤，並於每個芋泥間放上酸黃瓜末，搭配著享用。

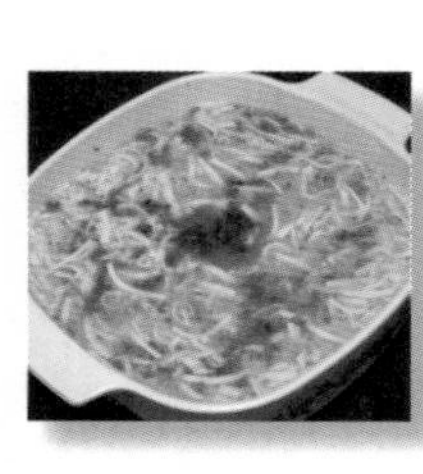

千絲豆腐羹

此菜頗見刀功：豆腐切細如髮絲如琴弦，像昔日蟄伏時的數不盡煩惱；也是今日不拘一格的旋律。

材料：

1. 盒裝豆腐二盒，蟹腿肉二盒，金華火腿末一大匙。
2. 蔥末一大匙，薑末一小匙，香菜末一大匙。
3. 高湯六百CC。

調味料：

鹽與雞粉各適量。

做法：

1. 豆腐切成細絲狀備用。
2. 蟹腿肉汆燙備用。
3. 鍋內放入高湯、做法（1）、（2）、金華火腿與薑末，煮滾後加入調味料，再以太白粉水勾芡，灑上蔥末盛入水盤內，灑上香菜末即可享用。

清炒花生芽

這道健康取向的有機小菜，對心血管有益，準備卻頗費功夫，得孵養數日才讓花生冒出芽來。

材料：

花生半斤，香菜梗末一大匙，芹菜末一大匙，紅辣椒末一大匙。

調味料：

鹽一小匙，糖半小匙。

做法：

1. 花生洗淨，放入不鏽鋼鍋內加水浸泡（蓋上鍋蓋）至隔夜，將水倒掉，續蓋鍋蓋燜著，每天須淋水再將水倒出，直至花生抽芽約一公分左右即成花生芽。（過程約須六～七天）
2. 將孵好的花生芽洗淨剝去外膜備用。
3. 熱鍋，放入一大匙油放入花生芽拌炒，加入調味料，五十CC的水拌炒三分鐘放入香菜根末、芹菜末、紅辣椒末拌炒均勻即可盛盤。

⊙孵花生芽的鍋子不能沾有油，亦不可見光。

生日紫米糕

第七宴（簡媜故事）辦桌當天，正巧碰上黃淵泉生日，黃姊特別追加甜點。

材料：紅豆一杯，紫糯米一杯，紅糯米半杯，長糯米一杯，金桔餅十小棵，桂圓肉三兩。

調味料：二砂糖二大匙，黑糖一大匙，豬油二大匙，紹興酒一大匙。

做法：

1. 紅豆洗淨泡水半小時，濾乾水份備用。
2. 紫糯米、紅糯米放在一起洗淨，濾乾水份加入三杯半水浸泡一小時備用。
3. 長糯米洗淨浸泡二十分鐘濾乾水份備用。
4. 將分別泡好的紅豆、長糯米放入（2）內，移至電鍋，外鍋加二杯的水煮熟即可。
5. 桂圓肉洗淨，加一大匙紹興酒拌勻備用。
6. 金桔餅切小丁備用。
7. 將煮好的紫米飯取出加入二砂糖、黑糖與豬油、桂圓、金桔餅拌勻即成。
8. 容器內先抹上油，再用桂圓乾擺上壽字，再將紫米飯盛入壓平放入鍋中蒸二十分鐘，即可取出倒扣盤上。

⊙量杯部分以家中量米杯計。

第六宴

【民國四十年代生，從台南而來】

大轉法輪

戲劇學者李惠綿的故事

碗粿。大麵羹。獅子頭燉豆腐腦。雞捲。紅豆、鯉魚燉豆腐。金華凍冬瓜。金菇水蓮根。米糊燴菱角蓮藕。鮑魚魚翅干貝香菇雞湯。銀耳鳳梨桂圓湯。

大轉法輪——碗粿

今晚以前，李惠綿姊妹只吃母親做的碗粿。在今晚，黃姊的碗粿，多了祈願老友與母親都能「撥雲見日」的心意。

材料：

1. 絞肉一斤，油蔥酥二大匙——炒肉燥用。
2. 在來米粉六百公克，太白粉三大匙，冷水七百CC。
3. 滾水一千七百CC。

調味料：

1. 醬油一百二十CC，水五百CC，糖二分之一大匙，酒一大匙，胡椒粉一小匙——炒肉燥用。
2. 鹽一大匙，糖二分之一大匙，醬油二大匙——碗粿用。

做法：

1. 起一油鍋放入絞肉炒至鬆散後，放入油蔥酥，調味料（1）煮滾後改小火燉煮二十分鐘即成肉燥（多出來的肉燥可澆淋飯上成魯肉飯）。
2. 蒸鍋加水煮滾後，將蒸碗放入先蒸熱（此動作避免粿糊沾碗）備用。
3. 鹹蛋黃壓扁後放在蒸熱的碗底內備用。
4. 將材料（2）放進容器內拌勻後加入調味料（2）與一碗肉燥拌勻後沖入一千七百CC的滾水拌勻成粿糊備用。
5. 取適量的粿糊填入蒸碗內（約八分滿），放入蒸籠以大火蒸廿五～三十分鐘，即可熄火取出放涼。
6. 將碗粿倒扣於盤中即可淋上沾醬享用。

沾醬：醬油三大匙，肉燥汁一碗，水三百CC，太白粉二大匙，糖一大匙，調勻後煮滾。

⊙每一百公克在來米粉用水量約四百CC。
⊙材料表的份量約可蒸出十二～十三碗的碗粿。
⊙視個人口味沾醬可加入蒜泥或芥末醬、辣椒醬。

大麵羹

油麵在中央攏成座小丘，四周羹湯環繞，散列眾多材料，彷彿母親以愛砌築的城堡與護城河。

材料：

1. 油麵半斤。
2. 豬腿肉六兩，乾香菇五朵，木耳二片，大白菜五片，紅蘿蔔一根（小），蔥一根，熟筍子一支（綠竹筍），扁魚乾五片，香菜二顆，油蔥酥二大匙，甜紅椒半個。
3. 高湯二千CC。

調味料：

1. 醬油一大匙，糖二分之一小匙，胡椒粉一小匙，地瓜粉三大匙——醃肉做肉羹用。
2. 鹽、雞粉各適量，醬油一大匙，烏醋二大匙，糖一小匙。

做法：

1. 豬肉切條狀，加入調味料（1）拌至出筋黏稠，靜置二十分鐘備用。

2. 鍋內放入水煮至九十度後將肉條分別放入煮至浮起撈出即成肉羹備用。
3. 香菇泡軟切絲備用。
4. 木耳切絲，紅蘿蔔切絲，筍子切絲分別氽燙備用。
5. 大白菜洗淨切段後切絲氽燙備用。
6. 香菜洗淨切段備用。
7. 扁魚乾放入油鍋中炸酥撈出放涼壓碎備用。
8. 紅椒用心形的模型壓出一個紅心備用。
9. 蔥切段備用。
10. 起一油鍋爆香蔥段呈焦黃取出，再放入香菇炒香，淋入醬油炒香，加入高湯（4）、（5）、糖、鹽、雞粉，煮三~五分鐘後，放入肉羹續煮二分鐘放入扁魚乾酥、油蔥酥，再以太白粉水勾芡，淋上烏醋拌勻即成羹湯備用。
11. 油麵放入滾水鍋中氽燙撈出濾乾水份，盛入碗中定形後倒扣在深的大水盤中，將羹湯盛入，灑上香菜，並將心形的紅椒放於油麵上即成。

獅子頭燉豆腐腦

有著強烈存在感的獅子頭，起鍋時就注定見證圓滿、缺角、消逝的過程；溫潤的豆腐腦環抱，彷彿提供暫時的慰藉。

材料：

1. 絞肉（梅花肉）一斤，蛋一個，蔥、薑末各二分之一大匙。
2. 豆腐腦（豆花）二碗。
3. 毛豆三兩（汆燙過的）。
4. 粉絲一把。

調味料：

1. 鹽一小匙，糖一又二分之一小匙，醬油一大匙，胡椒粉一小匙，香油一大匙，太白粉一大匙。
2. 水一百CC。
3. 鹽一小匙，雞粉一小匙。

做法：

1. 熱鍋放入炸油待油溫升高至二百度時，將粉絲放入炸至鬆脹後撈出濾油，並壓碎備用。
2. 容器內放入材料（1）及調味料的（1）攪拌，攪拌的過程須將一百CC的水分次加入，攪拌至黏稠狀後分次摔打，再將粉絲放入拌勻，即成肉餡，移至冰箱冷藏一小時備用。
3. 將肉餡分成適當的大小，放在手中整形成圓球狀並左右來回摔打（約十次），將空氣摔出備用。
4. 熱鍋放入炸油待油溫升至一百五十度時，將肉丸子放入炸至二面金黃色並定形後撈出備用。
5. 將獅子頭放進鍋內，加入水（與獅子頭平）與調味料（3），移至電鍋，外鍋用一又二分之一杯水燉煮，待開關跳起後，取出移至瓦斯爐上，開火放入豆腐腦燉煮三～五分鐘，放入毛豆續燉一分鐘，即可盛入砂鍋或康寧鍋內即成。

雞捲

舊稱「多捲」（閩語）的雞捲，如今內餡以豬肉、魚漿等爲主，早不復從前清苦農家「多出剩菜之捲」的形象。

材料：

1. 豬腿肉三百公克，洋蔥半個，魚漿三百公克，甜薯三百公克，蛋一個，油蔥酥一大匙，豆腐皮三張。
2. 麵粉一大匙，水二大匙調成麵糊。

調味料：

1. 醬油一大匙，胡椒粉一小匙——醃肉用。
2. 鹽二分之一小匙，糖一大匙，香油一大匙，太白粉一大匙。

做法：

1. 豬肉切細條狀加入調味料（1）拌醃備用。
2. 洋蔥剝去外皮洗淨切丁備用。
3. 甜薯剝去外皮洗淨切丁備用。
4. 豆腐皮（半圓形狀）一開二備用。
5. 容器內放入（1）、（2）、（3）、魚漿、蛋、油蔥酥與調味料（2）抓拌均勻備用。
6. 取一張豆腐皮，鋪上適量的（5）包捲成圓柱狀，再以麵糊封口即成生雞捲備用。
7. 熱鍋，放入炸油，待油溫至一百二十度時放入雞捲以中溫油炸熟，於起鍋前開大火逼油即可挾出濾乾油份。
8. 將炸好的雞捲切段擺盤即可。

紅豆、鯉魚燉豆腐

這道皇家菜餚，是黃姊特別設計表彰李惠綿爲人師表、作育英才之功；也有降火、利水、溫補的食療考量。

材料：

鯉魚一隻，紅豆四兩，板豆腐一塊，蔥一根，薑一塊。

調味料：

醬油三大匙，冰糖一大匙，酒二大匙。

做法：

1. 紅豆洗淨後泡水二十分鐘後煮熟備用。
2. 板豆腐切厚片，放入鍋中煎至二面金黃備用。
3. 蔥切段、薑切片備用。
4. 鯉魚洗淨並擦乾水分備用。
5. 熱鍋放入三大匙油待油溫升高，將鯉魚放入煎至二面金黃後，放入蔥、薑略煸，淋入酒、醬油、冰糖，煮一分鐘後加入水（淹過魚身）煮滾後放入豆腐，蓋上鍋蓋改中小火燜煮五分鐘，再放入煮熟的紅豆續燜五分鐘（過程中須將鍋中做一搖動，此動作是避免沾鍋），打開鍋蓋，改大火將湯汁略收乾即可熄火盛盤。

金華凍冬瓜

對李惠綿而言，這道菜不僅是入口清爽的上海菜；更是一干老友挖空心思，將單調食材變爲佳餚的魔術。

材料：

1. 汆燙過的雞骨架二副，金華火腿三兩，水二千CC，薑三片，蔥二根，紹興酒二大匙——熬高湯用。
2. 冬瓜一塊（十五乘十二公分）。
3. 嫩薑一塊，金華火腿末二分之一大匙（蒸熟的）。

調味料：

鹽，雞粉各適量。

做法：

1. 鍋內放入二千CC的水，煮滾後放入材料（1）待水再滾後改小火熬煮三十分鐘（過程中須撈去浮沫，以保持高湯清澈度），過濾即是高湯。
2. 冬瓜去皮、籽，並修切成四方狀備用。
3. 嫩薑切絲泡入冷開水中備用。
4. 鍋中放入高湯煮滾後加入調味料，放入冬瓜煮五分鐘即熄火，蓋上鍋蓋燜一小時備用。
5. 將冬瓜取出盛盤，將薑絲放在冬瓜上，灑上金華火腿末即成。

⊙喜食口感較軟的冬瓜，可將烹煮時間調爲八分鐘。

金菇水蓮根

這道菜的水蓮意象，既是對說故事者的讚譽，也是廚娘另一次想像力大奇航。

材料：

水蓮根一把，杏鮑菇六兩，紅甜椒半個。

調味：

鹽一小匙，雞粉一小匙。

做法：

1. 紅甜椒切細末備用。
2. 杏鮑菇切絲備用。
3. 水蓮根洗淨切段備用。
4. 熱鍋，放入一大匙油，放入甜椒末炒至呈椒油亮狀盛出備用。
5. 熱鍋，放入二大匙油，待油溫略升高，將水蓮根放入，加調味料拌炒均勻即盛出鋪盤底。
6. 鍋內放入六百CC的水，加一大匙鹽，一大匙油，煮滾後放入杏鮑菇汆燙一分鐘撈出鋪放在水蓮根上，再將紅椒末擺上即成，食用時將三樣食材略拌即可。

米糊燴菱角蓮藕

菱角、蓮藕都是台南特產，黃姊特別設計入菜，藉以配襯說故事者對父母之鄉的依戀。

材料：

1. 白飯半碗，水五百CC——米糊。
2. 菱角六兩，蓮藕二節。
3. 熟青豆仁二大匙。
4. 芹菜末一大匙。

調味料：

鹽一又二分之一小匙，雞粉一小匙。

做法：

1. 菱角放入水鍋中煮五分鐘後撈出泡入冷水中，並剝去外膜備用。
2. 蓮藕刨去外皮切薄片後氽燙撈出備用。
3. 將做法（1）與（2）放進鍋內移至電鍋，外鍋用一杯水蒸熟備用。
4. 將材料（1）放進果汁機中打勻成米糊備用。
5. 鍋內放入（3）（4）與調味料，一大匙油，以小火煮滾後（須不斷的拌動避免食材沾鍋）放入青豆仁拌勻，再以太白粉水勾薄芡即可，起鍋前灑上芹菜末即可盛盤。

鮑魚、魚翅、干貝、香菇、雞湯——大補湯

這盅頂級「專寵湯」，以雞湯爲底，
加入多種高級乾貨熬燉，滋味鮮美，無與倫比，最是羨煞座中好友。

材料：
鮑魚（小粒）罐頭一罐，魚翅三兩，干貝六粒，花菇三朵，雞腿一隻，蔥一根，薑二片。

調味料：
雞粉一小匙，紹興酒一大匙。

做法：
1. 魚翅放入鍋中加適量的水加蔥、薑、酒煮滾後，改以小火煮十分鐘熄火，蓋上鍋蓋燜三十分鐘備用。
2. 干貝放在碗內加酒、水（醃過干貝）入鍋蒸三十分鐘備用。
3. 花菇泡軟，加四分之一小匙糖、一小匙，油入鍋蒸二十分鐘取出切塊備用。
4. 雞腿去骨切塊狀汆燙撈出備用。
5. 取一陶鍋將鮑魚（含湯汁），（1）、（2）、（3）、（4），蔥段、薑片，調味料、水（須滿過食材）放入，蓋上鍋蓋煮滾後改小火續燉一小時即成。
6. 享用前挑去蔥、薑。

銀耳、鳳梨、桂圓湯

微酸微甜的口感，滑潤但曲折，
是複雜的女兒心；是母親烙在女兒心底的印記。

材料：

銀耳二兩，鳳梨半顆，桂圓乾四兩。

調味料：

1. 冰糖五大匙，紅酒一大匙，鹽八分之一小匙
   ——蜜鳳梨用。
2. 另備冰糖適量。

做法：

1. 銀耳洗淨泡軟後剁成小片狀備用。
2. 桂圓乾洗淨，改刀切小塊備用。
3. 鳳梨去皮切小塊後放入鍋中加上調味料（1），煮滾後改小火續煮二十分鐘，再改中大火煮五分鐘即為蜜鳳梨備用。
4. 鍋內放入銀耳、水（醃過銀耳）大火煮滾後改小火續煮三十分鐘後加入蜜鳳梨續煮十分鐘後加入冰糖煮至糖溶化後，加入桂圓乾煮一分鐘熄火即可。

⊙可加一大匙枸杞提色。

【民國五十年代生，從宜蘭而來】

第七宴

我那粗勇婢女的四段航程

散文家簡媜的故事

暖沙拉。乾煎烏魚卵。椒麻雞腿。蒸魚捲。鑲小雛菊。茄茉菜捲。炸蓮藕。六色元寶（菠菜、紫山藥、南瓜、芋頭、馬鈴薯、紅椒等六種水餃）。繡球綠鑽湯。花生湯搭油條。

暖沙拉

盤中央的蓮花，
是一段文人相憐相惜、關於初識也是與回憶重逢的往事。

材料：

1. 日本鮭魚一片，西洋芹二片，蘋果（小）一個，水梨半個。奇異果二個，洋蔥四分之一個，檸檬半顆。
2. 紫色洋蔥一顆——雕蓮花當盤飾用。

調味料：

1. 鹽二分之一小匙，酒一小匙——醃魚用。
2. 鹽一小匙，橄欖油二大匙，黑胡椒一大匙。

做法：

1. 鮭魚抹上鹽、酒，靜置五分鐘備用。
2. 熱鍋，倒入二大匙油待油溫升高時將鮭魚放入煎至兩面金黃後盛出備用。
3. 西洋芹用刨刀刨去外皮，放入滾水鍋汆燙撈出泡入冰塊水備用。
4. 蘋果、水梨、奇異果分別刨去外皮，洗淨後分別切丁備用。
5. 洋蔥切成細末，檸檬壓汁備用。
6. 鮭魚切成丁備用。
7. 西洋芹切丁備用。
8. 取一容器將做法（4、5、6、7）放入，再將調味料（2）加入輕輕拌勻即可盛盤，將紫色蓮花至於盤中央即可。

⊙雕好的蓮花需泡在水裡，花瓣才會展開。

乾煎烏魚卵

巴掌大的烏魚卵烹烤至酥金微焦，是如今泛黃孩提時候最奢華的零嘴。

材料：

1. 新鮮烏魚卵一副，青蒜一顆。
2. 綠色竹葉十片，新鮮桂花一大匙。

調味：

紹興酒一大匙，沙拉油三大匙，冰糖二大匙，醬油三大匙，水一百CC。

做法：

1. 將紹興酒抹在魚卵上備用。
2. 青蒜（只取蒜白的部分）洗淨並切成絲泡在冰開水內備用。
3. 綠色竹葉洗淨並擦乾水份，鋪在盤底。
4. 新鮮桂花洗淨濾乾水份備用。
5. 熱鍋後，倒入沙拉油，待油溫略升高即將魚卵放入煎二分鐘即翻面，再用鍋鏟輕壓魚卵，使魚卵呈扁狀，約二分鐘後淋入醬油，放入冰糖，燒至焦化後再淋入水續煎至水份收乾即可熄火。
6. 將煎好的魚卵切厚片擺盤，灑上桂花，搭配蒜苗絲一起食用。

⊙煎魚卵需控制火候，並每隔一分鐘翻面，使魚卵不至太熟而老化。

椒麻雞腿

雞腿帶有豐盛的節慶之感，也承載了遊子的懷鄉情緒。

材料：

去骨雞腿一隻，洋蔥半顆，蔥一棵，薑一小塊，辣椒二條，蒜頭五個，香菜二棵，熟芝麻一大匙。

調味料：

1. 紹興酒一大匙——醃雞腿用。
2. 油三大匙——煎雞腿用。
3. 淋醬：醬油膏三大匙，白醋二大匙，糖一大匙，紅油二大匙，花椒油一大匙。

做法：

1. 雞腿洗淨擦乾，用刀將雞腿肉較厚處略敲剁，並將酒抹上醃五分鐘備用。
2. 洋蔥切細絲泡入冰水備用。
3. 將蔥、薑、蒜、辣椒、香菜分別切末。
4. 平底鍋預熱後，倒入三大匙油，待油溫升高，放入雞腿（皮朝下）改小火煎至熟透，兩面呈金黃色後即可盛出切塊備用。
5. 取一容器將調味料（3）放入先調勻，再將做法（3）放入拌勻即成淋醬。
6. 將洋蔥絲鋪在盤底，放上雞腿，淋上淋醬，灑上芝麻即可。

⊙淋醬先調好靜置三～五分鐘，味道會較佳。

蒸魚捲

魚類料理是港邊囝仔童年飯桌上最常見的風景，總透著陽光和海洋交互作用的鮮暖氣息。

材料：

鯛魚（大）一條，新鮮栗子十顆，蛋三個，蔥二棵，辣椒二條。

調味料：

1. 酒一大匙，鹽一小匙，胡椒粉一小匙，太白粉一大匙——醃魚片用。
2. 高湯三百CC，鹽一小匙，雞粉一小匙，紹興酒一小匙——蒸蛋用。
3. 香油三大匙。

做法：

1. 鯛魚洗淨，取下魚肉，切成雙飛片（一刀不斷，二刀斷）。將調味料（1）加入醃拌，靜置十分鐘。
2. 栗子蒸熟，趁熱搗成泥狀，加入八分之一小匙鹽，奶油二分之一小匙拌勻備用。
3. 蛋打勻，加入調味料（2）拌勻後蓋上保鮮膜入鍋以中小火蒸熟備用。
4. 蔥、辣椒切絲泡水備用。
5. 將魚片攤開，灑上太白粉，鋪上栗子泥，捲成圓柱狀後放在蒸蛋上，放入鍋中以大火蒸八分鐘即可熄火。
6. 鍋內放入三大匙香油，燒至滾燙備用。
7. 將蔥、薑絲放在魚捲上，淋入熱香油即可。

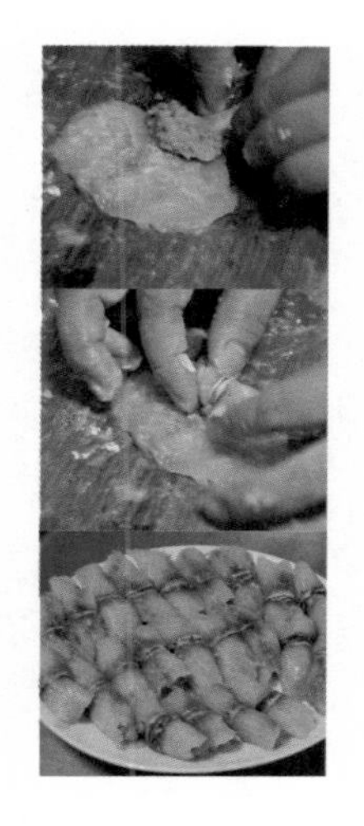

鑲小雛菊

往事如煙。

當年傷心身世的見證，今晚是生者告慰亡者的美麗心情。

材料：蝦仁半斤，肥膘油二兩，生小卷十二隻，青豆仁四兩，高湯三百CC，蔥薑末各二分之一小匙。

調味料：鹽、胡椒粉、酒、蛋白三分之一個、太白粉各適量。

做法：

1. 蝦仁先用鹽抓洗後，再用太白粉抓洗乾淨，充分擦乾水份備用。
2. 蝦仁先用刀拍碎後加入肥膘油一起剁成泥狀，加入調味料與（蔥薑末）攪拌至黏稠狀，移入冰箱冰三十分鐘備用。
3. 小卷去皮、去腳，只取身體部分，並切去兩邊，只取中段部分（約六～八公分），並於三分之一處用刀直切幾刀備用。
4. 鍋內加水煮至七十度，將小捲入鍋汆燙撈出泡冷水備用。
5. 青豆仁洗淨煮熟撈出漂冷水備用。
6. 將青豆仁、高湯放入果汁機內打成青豆泥備用。
7. 小卷內先灑入太白粉。
8. 將蝦泥鑲入小卷內並於上面放上一粒青豆仁，放入鍋中，大火蒸六分鐘即可熄火。
9. 將青豆泥倒入鍋中加四分之一小匙鹽煮滾，並以太白粉水勾芡盛入盤底。
10. 將蒸熟的（8）放於青豆泥上即可。

茄苳菜捲

綠色茄苳葉保留淡淡的鄉土苦味，也裏藏了海陸食材雙重奏的開闊。

材料：

牛皮菜十二片（含梗），花枝漿半斤，蛋豆腐二盒，高湯三百CC，枸杞一大匙。

調味料：

鹽、雞粉各適量，油三大匙。

做法：

1. 牛皮菜洗淨，並將梗與菜葉分開備用。
2. 鍋內放入水，煮滾後放入三大匙油，將菜梗與菜葉分別放入鍋中汆燙，撈出泡入冷水備用。
3. 蛋豆腐切成適當大小的片狀備用。
4. 牛皮菜葉攤開，先放上蛋豆腐，再鋪上花枝漿，包捲成枕頭狀，再放入鍋中蒸八～十分鐘熄火備用。
5. 牛皮菜梗切成約六公分長段狀備用。
6. 鍋中放入高湯、鹽、雞粉適量，牛皮菜梗煮至軟後，夾出鋪在盤底，湯汁用太白粉水勾芡汁備用。
7. 將牛皮菜捲放在菜梗上，淋上高湯汁，灑上枸杞即成。

⊙牛皮菜草酸較重，汆燙時需用較多的油除去澀味。

⊙枸杞不可泡水太久才可保持口感和甜度。

炸蓮藕

油炸蔬食彷彿象徵一個猶未成形熟成的倔強少女，甘於自虐的不羈青春。

材料：

蓮藕二斤，蝦仁四兩，肉絲四兩，蟹腿棒半斤，香菜五棵，麵粉適量，炸油一鍋。

做法：

1.蓮藕洗淨刨去外皮，切掉藕節，順絲切成條狀備用。

2.蝦仁用鹽抓洗後再用太白粉抓洗，濾乾水份後擦乾，由背部一開二備用。

3.蟹腿棒剝成絲條狀，香菜洗淨切段備用。

4.將（1）（2）（3）、肉絲放進容器內充分拌勻，再加麵粉拌勻備用。

5.熱鍋放入炸油加溫至一百八十度後將做法（4）取出適量整型成片狀放入，炸至兩面呈金黃色即可夾出濾油盛盤。

六自在王——六色元寶之一（菠菜皮）

繽紛、華麗、氣派，好一幅太平盛世圖；
也是滿溢著長者慈愛的福杯。

蔬菜皮材料：

中筋麵粉三杯，菠菜半斤，鹽二分之一小匙。

做法：

1. 菠菜洗淨汆燙撈出備用。
2. 菠菜加水二杯放入果汁機打勻後倒出濾去菜渣成菠菜汁備用。
3. 容器內放入麵粉、菠菜汁（需一又二分之一杯）、鹽，拌揉成團，鬆弛二十分鐘再揉至光勻備用。

內餡材料：豆干六塊，粉絲二把，絞肉十二兩，香菜梗四兩，蝦米二兩，蔥薑末各一大匙。

調味料：鹽、糖、香油、胡椒粉、醬油適量。

做法：

1. 豆干洗淨切細丁，粉絲泡軟切小段，香菜梗洗淨切末，蝦米洗淨泡軟切末備用。
2. 絞肉再剁過，放進容器內加入調味料拌勻後再加入一百CC的水攪拌至黏稠狀，再將蔥薑末和豆乾、粉絲加入拌勻，移入冰箱冰三十分鐘～一小時備用。

元寶的做法：

1. 將皮分成髻子（約六十～六十二個），再分別做成餃皮，包入適量的餡，包成元寶形狀。
2. 鍋內放入水（約六分滿）煮滾，將元寶放入煮（煮的過程需點二次冷水），待元寶浮起並呈圓滾狀即可撈出盛盤。

⊙此材料用的量杯爲標準量杯，以下各種外皮皆同。

六色元寶 之二（紫山藥皮）

紫山藥皮材料：中筋麵粉三杯，紫山藥半斤，鹽二分之一小匙。

做法：

1. 紫山藥去皮切塊蒸熟取出備用。
2. 紫山藥加水一又二分之一杯放入果汁機內打成山藥泥備用。
3. 容器內放入麵粉、鹽、山藥泥（一又二分之一杯）拌揉成團狀，鬆弛二十分鐘再揉至光勻備用。

內餡材料：高麗菜一斤，韭菜十二兩，蝦米二兩，蔥薑末各一大匙。

調味料：鹽、糖、醬油、胡椒粉、香油適量。

做法：

1. 高麗菜洗淨切丁後加鹽略醃十分鐘，擠乾水份備用。
2. 韭菜洗淨切丁備用。
3. 蝦米洗淨泡軟切末備用。
4. 絞肉再剁過放進容器內加入調味料拌勻後再加入一百CC的水攪拌至黏稠狀再將蔥薑末和（1）（2）（3）加入拌勻移至冰箱冰三十分鐘備用。

⊙高麗菜與韭菜的比例爲一：二。

⊙元寶的做法：同前。

六色元寶之三（南瓜皮）

南瓜皮材料：中筋麵粉三杯，南瓜半斤，鹽二分之一小匙。

做法：

1. 南瓜去皮去仔，切塊蒸熟備用。
2. 蒸熟的南瓜（含湯汁）加水一杯，放入果汁機內打成南瓜泥備用。
3. 容器內放入麵粉、鹽、南瓜泥（一又二分之一杯），拌揉成團狀，鬆弛二十分鐘，再揉至光勻備用。

內餡材料：青江菜二斤，絞肉十二兩，蝦米二兩，蔥薑末各一大匙。

調味料：鹽、糖、香油、胡椒粉、醬油適量。

做法：

1. 青江菜洗淨撈出漂水待涼擠乾水份，再切成細丁再一次擠乾水份備用。
2. 蝦米洗淨泡軟切末備用。
3. 絞肉再醃過放進容器內加入調味料拌勻後，加入一百CC的水攪拌至黏稠狀，再將蔥薑末和（1）（2）加入拌勻移至冰箱冰三十分鐘備用。

⊙元寶的做法：同前。

六色元寶之四（馬鈴薯皮）

馬鈴薯皮材料：中筋麵粉三杯，馬鈴薯半斤，鹽二分之一小匙。

做法：

1. 馬鈴薯去皮切片蒸熟備用。
2. 蒸熟的馬鈴薯加一又二分之一杯水放入果汁機內打成泥狀備用。
3. 容器內放入麵粉、馬鈴薯泥（一又二分之一杯）、鹽，拌揉成團，鬆弛二十分鐘再揉至光勻備用。

內餡材料：馬鈴薯（大）三個，培根四兩，洋蔥一棵。

調味料：鹽、黑胡椒各適量，奶油一大匙。

做法：

1. 馬鈴薯去皮切片蒸熟，趁熱壓成泥狀備用。
2. 洋蔥切小丁，培根切小丁備用。
3. 鍋內放入洋蔥末炒香，再放入培根炒香後，灑上黑胡椒拌炒均勻熄火備用。
4. 容器內放入薯泥、鹽、奶油、（3），拌勻即成，移入冰箱冰一小時備用。

⊙元寶的做法：同前。

六色元寶之五（芋頭皮）

芋頭皮材料：中筋麵粉三杯，芋頭半斤，鹽二分之一小匙。

做法：

1. 芋頭去皮切片蒸熟備用。
2. 蒸熟的芋頭加一又二分之一杯水放入果汁機內打成泥狀備用。
3. 容器內放入麵粉、芋頭泥（一又二分之一杯）、鹽，拌揉成團狀，鬆弛二十分鐘，揉至光勻備用。

內餡材料：絞肉十二兩，芋頭半斤，香菇五朵，芹菜二棵，蝦米二兩。

調味料：鹽、糖、醬油、香油、胡椒粉適量。

做法：

1. 芋頭去皮切小丁，入油鍋炸熟備用。
2. 香菇泡軟切小丁，芹菜洗淨切末備用。
3. 蝦米泡軟切末備用。
4. 絞肉再剁過，加入調味料拌勻，再加入一百CC的水攪拌至黏稠狀再加入（1）、（2）、（3）拌勻後移至冰箱冰三十分鐘～一小時備用。

⊙元寶的做法：同前。

六色元寶之六（紅椒皮）

紅椒皮材料：中筋麵粉三杯，紅椒三個，鹽二分之一小匙。

做法：

1. 紅椒洗淨去籽，汆燙撈出泡入冷水備用。
2. 紅椒加二杯水放入果汁機內打勻後倒出過濾成紅椒汁備用。
3. 容器內放入麵粉、紅椒汁（一又二分之一杯）、鹽，拌揉成團，鬆弛二十分鐘再揉至光勻備用。

內餡材料：四季豆一斤半，絞肉十二兩，蝦米二兩，蔥末二大匙。

調味料：鹽、糖、醬油、香油、胡椒粉適量。

做法：

1. 四季豆摘去頭、尾洗淨汆燙撈出泡水備用。
2. 將四季豆切細丁，擠乾水份備用。
3. 蝦米泡入切末備用。
4. 絞肉再剁過，放進容器內加調味料拌勻後再加入一百CC的水，攪拌至黏稠狀再將蔥末、（2）、（3）加入拌勻，移至冰箱冰存三十分鐘備用。

⊙元寶的做法：同前。

繡球綠鑽湯

緣分在不知不覺間降臨；彷彿命運的玩笑，或是幼時乖舛歲月的補償餽贈。

材料：

絞肉一斤，馬蹄四兩，蔥薑末各一小匙，青江菜（大棵）一棵，青江菜一斤半，高湯三千CC，蛋五顆。

調味料：

鹽、糖、胡椒、香油各適量，太白粉一大匙。

做法：

1. 馬蹄洗淨剁成末，擠乾水份備用。
2. 絞肉用刀剁過，放進容器內，加調味料拌勻後加水（約一百五十CC）攪拌（水需分次加入）至黏稠狀再加入太白粉拌勻後再加入馬蹄末拌勻，移至冰箱冰三十分鐘～一小時備用。
3. 蛋打勻，煎成蛋皮，再切成細絲備用。
4. 大棵青江菜雕成蓮花狀並汆燙備用。
5. 小棵青江菜撥去外部老葉片，只留中間較嫩部分，並用刀於菜梗頭部分略做削整成尖頭狀，放入滾水鍋汆燙備用。
6. 將絞肉餡分成適當大小，並整成圓球狀，均勻的滾裹上蛋皮絲成繡球狀，入鍋蒸十分鐘熄火備用。
7. 高湯煮滾加鹽、雞粉調味備用。
8. 大湯碗中先放上大顆青江菜，再將小青江菜圍邊，鋪上繡球，盛入高湯即成。

⊙高湯可視需要添加。

花生湯

誠意相待，杯水也甜！
何況老友們性情相近相惜，情更濃於水。

材料：

去膜花生仁一斤，水五千CC，油條十條。

調味料：

1. 糖一斤。
2. 奶粉五大匙，開水二百CC調勻成奶水。

做法：

1. 花生仁洗淨，裝進塑膠袋內封口後放進冰箱冷凍庫，冰凍至隔天備用。
2. 將花生仁放入鍋內加水，煮滾後蓋上鍋蓋改小火燉煮至花生軟爛，再加入糖續煮十分鐘，加入奶水煮滾即可熄火。
3. 食用時搭油條。

第八宴

【民國五十年代生，從台北而來】

翼下的風

治療師魏可風的故事

福州米粉湯。紅糟魚頭。雪菜筍絲炒豆渣。里脊肉捲。爆炒雙脆。糯米青豆。桂花釀南瓜。綠玫瑰。百菇湯。芋泥盅。草莓椰漿西米露。

福州米粉湯

傳統的福州米粉湯，食材極豐富，工序也頗繁瑣，卻始終以樸實面貌示人，宛如永駐心頭的母親形象。

材料：
福州粉片（米粉）半包，蛤蜊一斤，金針二兩，木耳二兩，大白菜半顆，日本花菇五朵，干貝六粒，明蝦乾二兩，芹菜一棵，高湯三千CC。

調味料：
鹽與雞粉各適量。

做法：
1. 粉片洗淨備用。
2. 金針泡軟打結備用。
3. 干貝加一大匙酒與水（須淹過干貝）入鍋蒸二十分鐘，取出撕成絲備用。
4. 木耳泡軟切絲備用。
5. 香菇泡軟切絲備用。
6. 大白菜洗淨切條狀汆燙備用。
7. 蛤蜊將沙吐淨後洗淨備用。
8. 明蝦乾洗淨泡軟備用。
9. 熱鍋放入香菇炒香，續放入明蝦乾炒香，放入木耳，白菜，金針拌炒後倒入高湯與干貝（含蒸汁），煮滾放入粉片煮透，加入調味料，放入蛤蜊續煮三分鐘即可盛入大湯碗內享用。

紅糟魚頭

福州菜醬汁一絕的紅糟，均勻地塗佈在鰱魚頭表面，像困頓者的赧顏；落箸後，酸甜諸味紛至，卻不壓過主角魚頭的鮮味。

材料：

鰱魚頭一個（約一斤半），蔥二根，薑一塊。

調味料：

1. 紅糟三大匙，醬油三大匙，鹽一小匙，冰糖一大匙。
2. 紹興酒二大匙。

做法：

1. 鰱魚頭洗淨，並於魚肉較厚處切一刀備用。
2. 蔥切段，薑切片備用。
3. 熱鍋放入五大匙油，待油溫升高，放入魚頭煎至兩面金黃，放入薑片與蔥段，淋入紹興酒，再將調味料（1）放入炒香，加水（與魚頭平）煮滾後蓋上鍋蓋改小火燜煮至熟（煮的過程須不定時的搖動鍋子避免沾鍋），起鍋前改大火將湯汁略收乾即可盛盤。

雪菜筍絲炒豆渣

豆渣富含蛋白質，用少許油炒香即很下飯。若再加入雪菜、筍絲、香菇等同炒，就成爲滋味層次極豐富的小菜。

材料：
豆渣一碗，熟綠竹筍一支，雪裡紅三棵，香菇五朵，高湯五百CC。

調味料：
鹽半小匙，糖半小匙，雞粉半小匙。

做法：
1. 香菇洗淨泡軟切絲備用。
2. 筍子切絲備用。
3. 雪裡紅洗淨擠乾水份切細丁備用。
4. 熱鍋放入三大匙油炒香香菇，續放入筍絲、雪裡紅、豆渣與調味料，拌炒後加入高湯炒匀，改小火將豆渣炒透後即可熄火盛盤。

里脊肉捲

表皮麵衣炸至金黃酥脆，內層筋肉軟嫩多汁，
兩種風味共存一身，宛如明朗外貌下層層包覆的女性心事。

材料：

1. 里脊肉十二片（約○．七公分厚）。
2. 豬板油四兩，蔥五根。
3. 雞蛋二個，麵粉與麵包粉各適量。

調味料：

1. 酒一大匙，水一大匙，太白粉一大匙——醃肉用。
2. 鹽一小匙，粗顆粒黑胡椒一大匙。

做法：

1. 里脊肉用拍肉器略拍，加入調味料（1）抓醃備用。
2. 豬板油剁成泥狀備用。
3. 蔥洗淨切末備用。
4. 將（2）、（3）與調味料的（2）拌勻成餡料備用。
5. 將里脊肉片分別包入適量的（4）後包捲成肉捲備用。
6. 蛋打成蛋汁備用。
7. 將肉捲分別依序沾上麵粉、蛋汁、麵包粉備用。
8. 熱鍋放入炸油，待油溫升至一百五十度時，將肉捲放入，以中溫油炸熟，起鍋前改大火逼油即可撈出切段盛盤。

爆炒雙脆

這道講究刀工的傳統福州菜，切花刀的深淺、間距，都影響爆炒的火候、時機，以及口感。充滿啓示意味。

材料：

豬腰子一副（二個），軟絲一隻，油條一根，蔥二根，薑一塊，蒜頭三粒。

調味料：

醬油三大匙，糖一大匙，鹽半小匙，烏醋二大匙，白醋一大匙，酒一大匙，胡椒粉半小匙，水二百CC，太白粉一大匙。

做法：

1. 將調味料放入碗中調勻成綜合醬汁備用。
2. 豬腰對剖，切去筋膜，於表面切花刀，改刀切段泡入水中（須不段換水）備用。
3. 軟絲去除內臟與外膜，切花刀再改刀切段備用。
4. 蔥切段、薑切片、蒜切片備用。
5. 鍋內放入水，加蔥、薑、與一大匙酒，開火煮至八十度時放入軟絲汆燙，見捲起時撈出泡入冰水，再將水煮滾，放入豬腰汆燙撈出泡入冰水備用。
6. 油條切小段，放入油鍋中過油變酥脆撈出鋪在盤底備用。
7. 將軟絲與豬腰從冰水中撈出濾乾水份備用。
8. 熱鍋放入二大匙油，爆香薑、蒜片，倒入綜合醬汁煮滾後放入（7）與蔥段拌炒均勻即可熄火盛盤。

糯米青豆

糯米補氣，青豆益腑，再綴以有「長壽果」之名的松子，就構成這樣一幅飯桌上的簡單風景，清爽宜人。

材料：

長糯米二杯（量米杯），家鄉肉三兩，熟青豆半碗，松子三大匙，高湯一碗。

調味料：

鹽半小匙，紹興酒一大匙。

做法：

1. 米洗淨泡水十分鐘，濾乾水份，加水一杯半煮熟備用。
2. 家鄉肉加一大匙酒蒸熟，取出切末備用。
3. 松子放入油鍋中炸呈微金黃色撈出備用。
4. 熱鍋，放入二大匙油，放入家鄉肉炒香，淋入紹興酒，放入糯米飯、青豆，鹽、與高湯拌炒均勻即可盛盤，撒上松子即成。

桂花釀南瓜

營養豐沛、口感鬆綿的南瓜，佐桂花醬蒸煮，提升了甜味的整體感，清甘而不膩，彷彿經歷一次「見山又是山」的洗禮。

材料：

南瓜一顆（約七百公克），現採新鮮桂花一大匙。

調味料：

鹽半小匙，桂花醬三大匙。

做法：

1. 南瓜洗淨對剖，去籽切塊，鋪排在蒸碗內，放上調味料，封上耐熱保鮮膜，入鍋蒸三十分鐘，即可熄火。
2. 將蒸南瓜的湯汁倒入鍋內煮滾，並以太白粉水勾芡備用。
3. 蒸好的南瓜倒扣在盤上，淋上湯汁，灑上新鮮的桂花即成。

綠玫瑰

翠綠的青江菜只取頭部，稍加雕飾，一朵朵綠玫瑰便含苞待放。嚐一口鮮綠，彷彿心底也跟著開闊清平。

材料：

青江菜十六棵，去殼綠豆仁三兩，枸杞十六粒，高湯三百CC。

調味料：

鹽、雞粉各適量。

做法：

1. 綠豆仁洗淨加水（與綠豆仁平）入鍋蒸熟備用。
2. 枸杞洗淨泡水一分鐘取出備用。
3. 青江菜略漂洗，用雕刻刀雕去菜葉成玫瑰花狀備用。
4. 鍋內放入水煮滾加一大匙油，放入雕好的青江菜汆燙撈出泡入冷水備用。
5. 蒸熟的綠豆仁與高湯放進果汁機內打成泥狀，倒入鍋內加調味料煮滾後用太白粉水勾薄欠，盛在盤底備用。
6. 熱鍋放入一大匙油，放入青江菜與四分之一小匙鹽，快速拌炒後盛出備用。
7. 依序將青江菜花鋪排在綠豆沙上，枸杞分別放在花心上即成。

百菇湯

魏可風過去吃長素，黃姊體貼地使用十餘種形態、口感皆各異其趣的菇蕈，煮成一道既單純、又繁複的滋補湯品。

材料：

1. 黃豆芽半斤，馬蹄四兩，白蘿蔔半條，紅蘿蔔條，洋蔥一顆，高麗菜四分之一顆——熬素高湯材料。
2. 鴻禧菇三兩，巴西磨菇三兩，精靈菇三兩，雞腿菇三兩，珊瑚菇三兩，柳松菇三兩，秀珍菇三兩，鮑魚菇三兩，杏鮑菇三兩，新鮮香菇六朵，金針菇一包，薑三片。

調味料：鹽與雞粉各適量。

做法：

1. 將材料（1）分別洗淨放入湯鍋內，加水（淹過食材），煮滾後改中小火熬三十分鐘，撈出所有食材即是素高湯備用。
2. 香菇洗淨切絲，杏鮑菇洗淨用刨刀刨成薄片備用。
3. 各種菇蕈洗淨備用。
4. 將素高湯倒進陶鍋內，放入薑片煮滾，放入所有菇蕈與調味料，續煮五分鐘即可熄火上桌享用。

⊙杏鮑菇用刨刀刨薄片，口感最佳、最脆。

芋泥盅

福州人筵席上常見的壓軸甜品，細膩甜潤，外冷內熱，別具風味；像一個靜靜地、等待黑夜離開的小太陽。

材料：

1. 芋頭一個（約一斤），糯米粉十大匙。
2. 紅豆沙半碗，葡萄乾二大匙，桂圓乾半碗。
3. 花生粉半碗。

調味料：白砂糖三大匙，豬油三大匙。

做法：

1. 芋頭去皮洗淨切片入鍋蒸熟，趁熱搗成泥狀，加入調味料與糯米粉拌揉均勻成芋泥備用。
2. 蒸碗先抹上油，將葡萄乾與桂圓乾鋪在碗底部，填入三分之一的芋泥，再放入豆沙，續填入芋泥壓平，封上耐熱保鮮膜，放進鍋中蒸三十分鐘備用。
3. 將蒸好的芋泥倒扣在盤上，並將花生粉圍灑在盤邊即可享用。

草莓椰漿西米露

依據季節、區域、配料（如草莓）等條件變化，椰漿西米露也會展現口味風貌的百十種差異，竟頗似治療師與個案的關係？

材料：
草莓半斤，去殼綠豆仁四兩，西谷米四兩，椰漿一罐。

調味料：
紅酒五十CC，二砂糖三大匙，冰糖半斤。

做法：
1. 草莓洗淨放入鍋中，加入紅酒與二砂糖，開火煮滾，改小火續熬煮二十分鐘備用。
2. 綠豆仁洗淨加水（與綠豆仁平）放入電鍋煮熟備用。
3. 鍋內放入二千五百CC的水煮滾，放入西谷米，須不停的攪拌至西谷米浮上來，煮至透明，放入綠豆仁、冰糖、與草莓，待糖溶化後倒入椰漿拌勻即可熄火。

我們的故事，說到這裡
接下來，留給您！

誌八段奇情　一本奇書
美饌友情與生命故事之交響

玉饌金酌
皆是如來說法
遵黃姊囑　錄全書目錄
以誌因緣難得

簡媜　二〇〇八年八月

INK PUBLISHING 文學叢書 215

吃朋友

總策畫　簡　媜
故事提供　簡　媜　楊茂秀等
故事整理　石　憶
總編輯　初安民
責任編輯　丁名慶
美術編輯　劉亭麟　黃昶憲
封面設計　劉亭麟
校　對　丁名慶　石　憶　趙偵宇　黃照美　簡　媜

發行人　張書銘
出　版　INK印刻文學生活雜誌出版有限公司
新北市中和區中正路800號13樓之3
電話：02-22281626
傳眞：02-22281598
e-mail : ink.book@msa.hinet.net
網　址　舒讀網http : //www.sudu.cc

法律顧問　漢廷法律事務所
劉大正律師
總代理　成陽出版股份有限公司
電話：03-3589000（代表號）
傳眞：03-3556521
郵政劃撥　19000691　成陽出版股份有限公司
印　刷　海王印刷事業股份有限公司

出版日期　2009年 1 月　初版
2012年 2 月 20 日　初版十二刷
ISBN　978-986-6631-38-2
定　價　350元

Published by INK Literary Monthly Publishing Co., Ltd.

Printed in Taiwan

國家圖書館出版品預行編目資料

吃朋友／簡媜總策畫，簡媜、楊茂秀等故事，石憶整理.--初版，
--新北市中和區：INK印刻文學, 2009.01
面；　公分.--（文學叢書：215）
ISBN 978-986-6631-38-2（平裝）

855　97021353